Joachim Strienz

Ritux

Gianni Moretti leidet an ME/CFS

Thriller

Herstellung und Verlag:
BoD-Books on Demand, Norderstedt
ISBN: 978-3-7412-2451-5

Ritux

für

Mirjam

und

David

Verzeichnis der Personen

Gianni Moretti	Philosoph, an ME/CFS erkrankt
Tapara Moretti	Giannis Frau
Andreas Steinfeld	Freund von Gianni, Arzt
Jutta	Frau von Andreas Steinfeld
Siggi	Freund von Andreas Steinfeld
Peter Hill	Wissenschaftler, ME/CFS-Forscher
Susan Hill	Frau von Peter Hill, Künstlerin
Emil Bühler	Chief Executive Officer (CEO) Youngstar Pharmacy
Alessandro Rodini	Chief Operating Officer (COO) Youngstar Pharmacy
Jean Petit	Chief Security Officer (CSO) Youngstar Pharmacy
John Hooker	Chief Human Resources Officer (CHRO) Youngstar Pharmacy
Beat Brand	Landarzt

Start

Quantenphysik

„Sprechen wir über Quantenphysik? Lieber nicht, denn das ist doch ziemlich verwirrend. Das ist alles viel zu kompliziert. Unser Alltag hat ja gar nichts mit Quantenphysik zu tun. Wir sehen die Auswirkungen der Quantenphysik ja überhaupt nicht. Wenn man sich mit Quantenphysik beschäftigt, dann ist es eines der irritierendsten Dinge, dass die Welt so hartnäckig klassisch ist. Die Quantenphysik liefert alle möglichen aufregenden Vorgänge, nämlich, dass sich Teilchen wie Wellen verhalten, Objekte sich an zwei Orten gleichzeitig befinden oder dass es Überlagerungszustände gibt, die sich eigentlich ausschließen. Aber trotzdem beobachten wir nichts davon in der Welt, in der wir leben. Warum ist das so?

Betrachten wir einen Gegenstand aus unserer Alltagswelt, dann sehen wir ihn in einem bestimmten klassischen Zustand. Er ist an einem bestimmten Ort, er bewegt sich mit einer festgelegten Geschwindigkeit und er hat eine bestimmte Energie. Da ist nichts von Quantenphysik zu sehen. Nur im Labor sind diese Besonderheiten überhaupt nachweisbar. Gleichzeitig sind diese Zustände auch noch hochgradig instabil. Warum die Regeln der Quantenphysik in der normalen Welt nicht sichtbar sind, hat schon viele Wissenschaftler beschäftigt. Es gibt immer noch keine eindeutigen Antworten.

Die meisten Probleme, welche die Quantenphysik aufwirft, drehen sich um die Interpretationen dieser Theorie. Dieses Problem gibt es nur bei der Quantenphysik, denn die klassische Physik braucht keine Interpretation. In der klassischen Physik kann man die Position, die Geschwindigkeit und die Beschleunigung eines Objektes voraussagen und jeder weiß genau, was diese Größen bedeuten und wie man sie messen kann. Theorie und Realität sind unmittelbar und intuitiv miteinander verbunden.

Ganz anders die Quantenphysik. Sie ist nicht annähernd so leicht zugänglich. Wir haben mathematische Gleichungen für diese Theorie, die es möglich machen, Wellenfunktionen zu berechnen und ihr Verhalten vorauszusagen, aber was diese Wellenfunktionen dann wirklich bedeuten, ist nicht sofort klar. Wir brauchen hier eine Interpretation, eine weitere Ebene für die Erklärung, um die Wellenfunktion mit den Eigenschaften in Verbindung zu bringen, die im Experiment auftreten.

Quantenphysik ist aber auch nicht Magie. Es handelt sich um eine wissenschaftliche Theorie. Auch das Wörtchen „Quanten" in der Beschreibung eines Phänomens erlaubt es nicht, Energie aus dem Nichts zu erzeugen oder Nachrichten schneller als mit Lichtgeschwindigkeit zu versenden. Zwar scheinen viele der Vorhersagen der Quantenphysik unserer Alltagsauffassung von der Welt zu widersprechen, doch brechen sie nicht alle Regeln des gesunden Menschenverstandes. Wenn etwas viel zu schön klingt, um wahr zu sein, dann ist es das mit ziemlicher Sicherheit auch nicht."

Aus einem Buch von Andreas Steinfeld

Medizinische Fakten

„Es ist wichtig, dass immer genügend Energie für die Zellen zur Verfügung steht. Sonst sinkt das Leistungsvermögen der Zelle stark ab. Die Energiegewinnung der Zelle geschieht vor allem in den Mitochondrien. Das sind bestimmte Bereiche innerhalb der Zelle. Die Arbeitsweise dieser Mitochondrien ist sehr kompliziert und endet mit der Bildung von ATP. Der Träger der Energie ist also Adenosintriphosphat (ATP). Es ist ein biologisches Energie-Speicher-Molekül. Die täglich produzierte ATP-Menge entspricht etwa dem Körpergewicht eines Menschen. Das ist ungeheuer viel. Da es ständig verbraucht wird, sehen wir das ATP nicht.

Etwa 90% der ATP-Produktion erfolgt durch Verbrennung von Sauerstoff, nur 10% der Tagesproduktion entsteht ohne Sauerstoff. Die Bildung von ATP durch Verbrennung ist viel effizienter als die ohne Sauerstoff, weil dadurch viel mehr ATP hergestellt werden kann.

Die Nutzung von Sauerstoff als Betriebsstoff hat aber nicht nur Vorteile. Es fallen dabei nämlich auch reaktive Sauerstoffverbindungen als Abfallprodukte an. Sie werden den freien Radikalen zugeordnet. Diese Substanzen sind sehr reaktionsfreudig. Sie müssen deshalb durch „Radikalenfänger" entschärft werden, da sie sonst Strukturen der Zelle beschädigen. Dies würde zu Funktionsstörungen oder gar zum Absterben der Zelle führen.

Besonders schwerwiegend ist es, wenn die DNA, die Erbsubstanz, der Mitochondrien geschädigt wird. Dies versucht die Zelle unter allen Umständen zu verhindern. Die DNA der Mitochondrien kann nämlich nicht mehr repariert werden, denn sie stammt ausschließlich von der Mutter des Individuums ab.

Eine Schädigung muss nicht befürchtet werden, wenn die Energiegewinnung ohne Sauerstoff erfolgt. In besonders sensiblen Phasen, etwa bei der Zellteilung, wird deshalb vorübergehend die ATP-Produktion in den Mitochondrien gestoppt.

Die Sache ist aber noch viel komplizierter, weil auch Stickstoffradikale beim Verbrennungsprozess auftreten können. Es entsteht dabei das Gas Stickstoffmonoxid (NO). Es kann mit den Sauerstoffradikalen dann noch gefährlichere Verbindungen wie Peroxynitrit bilden.

Die Zellen sind aber auch durch externe freie Radikale aus Chemikalien, Medikamenten und selbst durch die Nahrung gefährdet. In der modernen Welt ist der Mensch überhaupt immer mehr diesen Stoffen ausgesetzt. Die Entgiftungssysteme werden dadurch immer stärker in Anspruch genommen und arbeiten mit voller Kraft. Sie müssen mehr leisten als bei unseren Großeltern.

Immer müssen ausreichend Elektronen zum Neutralisieren dieser gefährlichen Stoffe zur Verfügung stehen. Ganz im Vordergrund stehen schwefelhaltige Verbindungen wie das Glutathion. Diese Substanz stellt laufend Elektronen bereit, muss danach aber selbst wieder regeneriert werden.

Die Fähigkeit eines Organismus, anfallende Radikale zu beseitigen, bestimmt seine Vitalität.

Ist kein ausreichender Schutz mehr vorhanden, weil etwa kein Glutathion mehr zur Verfügung steht, dann muss die Sauerstoff-Verbrennung in den Mitochondrien abgeschaltet werden. Die Gefahr ist nämlich zu groß, dass weiter Radikale entstehen und dass dann die Zelle tatsächlich irreparabel geschädigt wird.

Jetzt kann nur noch die leistungsschwache und nährstoffintensive Energieproduktion außerhalb der Mitochondrien eingesetzt werden. Herzzellen, Nervenzellen und Muskelzellen brauchen aber besonders viel Energie. Wenn dort die Mitochondrien abgeschaltet werden, macht sich der Leistungsabfall besonders stark bemerkbar. Starke Erschöpfung und Schwäche treten dann auf.

Die Leistungseinbuße ist sehr stark. Der „mitochondriale Turbo" fehlt an allen Ecken und Enden. Nur noch das allernotwendigste ist dann noch möglich. Differenzierte Zellleistungen finden kaum mehr statt. Es kommt zu unkontrollierten Zellteilungen mit der Gefahr der Entartung und Tumorbildung. Die Zelle bleibt in diesem Zustand gefangen, wenn nicht wieder die ATP-Produktion in den Mitochondrien angeschaltet wird.

Dieser Zustand führt also zu einer Vielzahl von Funktionsstörungen. Die Ursache ist aber immer der Energiemangel.

Ein Symptomenkomplex, bei dem ein Energiemangel im Mittelpunkt steht, hat sich zu einem Krankheitsbild verdichtet, das in der modernen Medizin als ME/CFS bezeichnet wird. Dabei steht im Vordergrund eine lähmende Erschöpfung, die in keinem Verhältnis zur vorausgegangenen Aktivität steht und sich auch durch Ruhe oder Schlaf nicht bessert. Diese Erschöpfung betrifft in besonderem Maß auch die Muskulatur. Nach Bewegung treten Schmerzen auf. Die geistige Belastbarkeit ist ebenfalls deutlich herabgesetzt.

Diese Buchstaben sind Abkürzungen für schwierig auszusprechende Bezeichnungen. Damit muss sich aber niemand herumquälen. Nur so viel: ME heißt Myalgische Enzephalomyelitis und CFS ist die Abkürzung für Chronic Fatigue Syndrom, also Chronisches Erschöpfungssyndrom.

Diese Erkrankung ist eine schwere Herausforderung für die Medizin und die moderne Gesellschaft. Dieser müssen wir uns dennoch stellen. Nur auf diese Weise kommen wir weiter. Wer die Existenz dieser Erkrankung ablehnt oder ihre Erforschung verhindert, nimmt in Kauf, dass ein großer Schaden für Menschen entsteht. Die gesellschaftlichen Folgen sind heute noch nicht absehbar."

Aus einem Buch von Andreas Steinfeld

Die stille Revolution

„Der Umbruch von der klassischen Physik zur Quantenphysik ist für uns heute Geschichte. Wir akzeptieren die neue Physik mit ihren praktischen Konsequenzen widerspruchslos als Faktum, als abgeschlossene Schulweisheit. Wir hantieren mit ihr nach den vorgegebenen Regeln, ohne ihre erkenntnistheoretischen Hintergründe und das philosophisch Revolutionäre in ihrer Aussage wahrzunehmen."

Hans-Peter Dürr, Mitarbeiter von Werner Heisenberg, Alternativer Nobelpreises 1987

Kapitel 1

Andreas Steinfeld ging nach Hause. Der Tag war anstrengend gewesen. Viele Menschen, die er heute gesehen hatte, waren müde und erschöpft. Warum war das so? Man sah es ihnen nicht unbedingt sofort an. Manchmal aber doch, z. B. an den Augen. Tiefliegend und dunkel umrandet. Die Sprache war etwas monoton, selten ein Lächeln. Manchmal ein Flackern im Gesicht. Sie blickten mich konzentriert an. Kann er mir vielleicht doch helfen? Das stand in ihren Gesichtern geschrieben. Leichte Verunsicherung. Ich spreche ruhig, versuche Sicherheit auszustrahlen. Jetzt ein Lächeln. Vertrauen! Gibt es ein Konzept? Wie wird es aussehen? Man wird sehen. Vorbefunde? Ganze Ordner voll. Ich werde mir alles ansehen. Wann? Bald! Ich verabschiedete mich.

Der Abend war kühl. Ich zog den Kragen hoch. Was gibt es zu essen? Noch Einkaufen? Eigentlich keine Lust! Fleisch? Gerne!

Die Pfanne stand auf dem Herd. Ich hatte Hunger. Wein? Ja, einen Schluck Roten. Nicht zu viel. Das passte! Ich legte die Füße hoch.

Wie hieß das neue Arzneimittel eigentlich? Ich sollte mich endlich auch damit befassen. Immer wieder sprach jemand darüber. Keine Ahnung. Telefon! Ich ging hin. „Komme später, die Sitzung geht länger!" „Okay Jutta, bis später!" Noch ein Schluck. Zu viel? Nein!

Wie hieß das neue Medikament?

Rit... ich wusste es nicht mehr so genau. So ähnlich. Dann ein u? Möglicherweise. Also Ritu? Schon möglich! Irgendwo war auch noch ein x. Kann schon sein! Aber wo? Ritux...? Schon besser! Ritux.., ok. Und weiter? Nichts weiter! Auch noch ein Vokal? Rituxo? Nein, so nicht! Eher ein i! Ein i? Ja, ein i! Also Rituxi? Schon besser, aber noch nicht vollständig. Es fehlte noch etwas, eine Endsilbe! Eine Endsilbe? Ja! Immer gab es so seltsame Endungen! „Auf" oder „ab"? „ab"? Ja genau, „ab"!

Aber das passte noch nicht!

Nein! Es fehlte noch ein Buchstabe. Ja, genau, ein Buchstabe fehlte noch. Ein Konsonant! Genau, aber welcher? Ich kam einfach nicht auf den Namen.

Es blieb beim Ritux. Aber, was bedeutete das? Was sollte das? Wozu war das gut? Wer brauchte das? Ich nicht, aber diese Patienten schon! Ich schloss die Augen. Sollten wir es nicht besser Rituxol oder einfach Ritux nennen? Einfach Ritux!

Das Telefon klingelte erneut. Ja, wirklich, das Telefon klingelte schon wieder. Ich stand auf und nahm den Hörer ab.

„Tapara, hier ist Tapara!", ertönte eine Frauenstimme. Schweigen. Ich dachte nach. „Bist Du es, Tapara?" „Ja, ich bin es!" Stille. Ich dachte nach. Tapara, die Nichte des Ötzi. Wir waren zusammen im Sommer vor zwei Jahren. In den Bergen. Was war das für ein Stress gewesen. Ötzi und sein Volk. Ich war mit Gianni auf einer Hütte. Lange hatte ich nichts mehr von ihr gehört. Ich hier, sie dort. Sie war bei Gianni, oder? Wahrscheinlich, ich wusste es nicht so genau. Die tägliche Arbeit hatte mich völlig eingenommen. Ich hatte nichts mehr von den beiden gehört. Wie ging es weiter mit ihnen? Ich wusste es nicht!

„Tapara, bist du noch dran?" fragte ich. „Ja", sagte sie und ihre Stimme klang klar.

„Was ist los?"

„Es gibt Probleme!" sagte sie ruhig. Wieder Stille. Ich hörte ihr Atmen. „Ich würde dich gerne besuchen. Ist das ok?" fragte sie.

Schweigen.

„Klar", sagte ich. „Du bist immer willkommen! Du alleine, mit oder ohne Gianni?"

„Ich komme ohne Gianni", sagte sie.

„Also, du alleine? Ohne Gianni?"

„Ja!" sagte sie.

„Kein Thema! Sag mir, wann du kommst! Wir haben ein Zimmer für dich. Ich informiere Jutta. Es ist ok!"

„Ich bin morgen bei dir", sagte sie ruhig. "Ich komme mit dem Zug." „Gut!" sagte ich, ich hole dich am Bahnhof ab."

Sie legte auf. Tapara hier. Ohne Gianni. Was hatte das zu bedeuten? Ich wusste es nicht. Was würde Jutta dazu sagen? Ich setzte mich wieder hin.

Tapara wollte kommen. Eigentlich lebte sie ja vor langer Zeit. Viele tausend Jahre vor uns. Gianni und ich hatten es erlebt. Es war der Ötzi, der Eismann, den sie gefunden hatten. Tapara war seine Nichte. Sie hatte sich später in Gianni verliebt. Das war ok. Jetzt kam sie wieder.

Das Telefon klingelte erneut. „Hallo!", meldete ich mich. Die Leitung war still. Nein, ich hörte jemanden atmen. „Hallo!" wiederholte ich. Stille. Plötzlich knackte es in der Leitung. Dann wieder Stille. Seltsam, was hatte das denn zu bedeuten?

Jutta kam nach Hause. „Ich bin so hungrig!" Ein Käsebrot und ein Glas Bier waren zur Stelle. „Tapara kommt!" sagte ich.

„Wer?" „Tapara, ohne Gianni" „Eine Freundin von Dir?" „Nein, ganz anders! Vor zwei Jahren in den Bergen, bei Gianni." Ich erzählte ihr kurz die Geschichte über Ötzi und sein Volk. Sie hatte sie inzwischen wohl wieder vergessen.

„Das trifft sich gut. Morgen kommt ja auch Emelia. Sie soll das Gästezimmer vorbereiten und alles in Ordnung bringen", meinte sie etwas ungerührt.

Tapara hier! Es blinkte an meinem Handy und ich schaute nach. Eine SMS von Tapara! „Der Zug kommt um 08:00 Uhr am Morgen an. Freue mich!"

Wir gingen zu Bett.

Ich träumte von Tapara. Es war an dem Tag nach dem Überfall auf unsere Berghütte durch Ötzis Leute als ich sie zum ersten Mal sah. Was war das damals für eine Nacht gewesen. Sie wollten alle in unsere Hütte und rannten gegen die Türe an. Wir hatten später den Schrank davor gestellt und hofften, dass die Türe standhielt. Aber sie waren sehr raffiniert und hatten vorher ein Loch in die Türe gebohrt, so dass ein Pfeil durchpasste. Und der ging nahe an meinem Kopf vorbei. Was ich nicht wusste, war, dass Gianni von früher noch eine Pistole und Munition besaß. Er schoss nur einmal, und dann waren alle geflüchtet.

Aber später mussten wir weitere Überfälle aushalten und dann nahmen sie uns auch noch gefangen. Als Geisel! Als Berater für den Schamanen! Egal, wir waren trotzdem Gefangene gewesen. Am Tag nach dem ersten Überfall gingen wir langsam runter zum See. Wir hatten beide große Angst und es war mutig, was wir taten. Dann standen sie plötzlich da, Tapara und ihr Vater Sagomare. Skurril sahen sie mit ihren Ledermänteln mit den großen Kapuzen aus. Und erst die Lederhosen! Aber sie waren freundlich zu uns. Sie servierten uns Tee und es geschah uns nichts. Gianni lud sie dann ein, auch uns zu besuchen. Sie kamen tatsächlich und tranken Espresso mit uns.

Aber irgendwann befürchteten sie doch, dass wir fliehen könnten und nahmen uns deshalb gefangen. Wir sollten helfen, den Ötzi, Sagomares Bruder Ritomare, wieder zu ihnen zu bringen, um ihn ehrenvoll bestatten zu können. Dann der Krieg mit den Cibolla, dem Nachbarvolk, das plötzlich angriff und die Schmelzöfen für die Kupfergewinnung für sich erobern wollte. Gianni hatte die Lösung. Und dann kam Ritomare zurück und konnte endlich feierlich beerdigt werden. Wir waren frei und Tapara ging mit Gianni.

Plötzlich war ich wach. Jutta schlief noch ruhig. Ich dagegen war ziemlich unruhig. Was war los mit Tapara? Es gab Probleme. Sie kam ohne Gianni. Es ging um etwas Wichtiges. Wurde sie etwa bedroht? Irgendwann schlief ich dann doch wieder ein. Vor 5000 Jahren hatten die gelebt. Wie sind die bloß zurechtgekommen ohne unsere Technik? Und die Kälte in den Bergen, der viele Schnee? Sie hatten damals Probleme in der Familie. Einer ist eben immer unzufrieden. Diesmal war es der Ötzi selbst. Ständig unzufrieden mit seiner Lebenssituation rebellierte er heftig. Es kam zum Streit. Er fing an, die Familie zu bestehlen, dann der Entschluss, den Kupfertransport über die Alpen umzuleiten und den Gewinn selbst einzustecken. Hatte er nicht gewusst, dass der Transport scharf bewacht wurde? Bewaffnete Krieger mit Beilen, Lanzen, Pfeil und Bogen sicherten damals die kostbare Fracht. Sie nahmen keine Rücksicht auf ihn.

Ein Pfeil tötete ihn, dann noch der Schlag auf den Kopf und er starb hoch oben auf dem Pass. Es war Mai, aber es schneite nochmals heftig und dann lag viel Schnee auf ihm.

Niemand fand ihn mehr, der Gletscher hatte ihn verschluckt.

Jetzt nach 5000 Jahren zog sich der Gletscher wieder zurück und er taute auf. Ritomare kam so wieder zum Vorschein. Und dann ab ins Museum. Er war zum Star geworden. Alle sprachen vom Ötzi, aber eigentlich hieß er ja Ritomare. Die Familie trauerte trotzdem um ihn. Aber sie blieben versteckt in den Bergen. Sie mussten bleiben, bis Ritomare richtig beerdigt worden war. Leider war er gesichert und bewacht im Museum. Wer sollte ihn dort herausholen? Dann kamen wir, Gianni und ich, und die Hoffnung stieg wieder.

Der Wecker klingelte! Es war Samstag, und ich hätte eigentlich länger schlafen können.

Kapitel 2

Tapara hatte den Nachtzug genommen. Sie hatte allein im Abteil gesessen und das Licht ausgemacht. Auf dem Gang waren immer wieder Leute vorbeigegangen, die zu ihr hereingesehen hatten. „Ich glaube, ich stehe hier unter Beobachtung", hatte sie zu sich schließlich gesagt und sich auf die Fensterseite gedreht.

Sie schaute in die Dunkelheit, die am Zug vorbeiraste. Sie legte den Kopf in den Nacken. Es war nach Mitternacht und die Ankunft war um 08:00 angekündigt worden. Ihr Instinkt verriet ihr, dass ihr jemand gefolgt war, sie wusste nur nicht, wer es war. „Wäre das wichtig zu wissen und warum?" fragte sie sich.

Sie erhob sich, sie musste Gewissheit haben. In ihrem Hosenanzug wirkte sie schlank und sportlich. Die braunen Haare bewegten sich hin und her und ihr Teint war hell.

Den Koffer ließ sie zurück, sie nahm nur ihre Umhängetasche mit. Lautlos schob sie die Abteiltüre zur Seite und trat auf den Gang hinaus. Dort war nur wenig Licht. Langsam ging sie nach vorne. Die Abteile, an denen sie vorbeikam, waren jetzt alle dunkel. Die Leute schliefen wahrscheinlich.

Sie erreichte nun die Toilettentür, die plötzlich vor ihr vehement aufsprang. Sie bewegte sich zur Seite in den Raum zwischen den beiden Wagen. Dann sah sie es. Ein Mann mit einer Pistole in der Hand kam durch die Türe gerade auf sie zu. Er bewegte sich langsam vorwärts. Das hätte sie nicht erwartet, dass jemand im Zug eine Pistole auf sie richtete. Würde er auf sie schießen? Sie musste ihm zuvor kommen.

Sofort reagierte sie und ergriff seinen rechten Arm und schlug von oben gegen den Unterarm. Er ächzte vor Schmerzen und ließ die Pistole auf den Boden fallen. Ehe er reagieren konnte ergriff sie die Waffe und richtete sie auf ihn.

„Sie tun mir weh", sprach der Mann sie an. „Was wollen Sie überhaupt von mir?"

„Das wollte ich Sie gerade auch fragen", sagte sie in einem ruhigen Ton. „Wer sind Sie? Was wollen Sie von mir?"

„Ich weiß nicht, was Sie meinen, ich kenne Sie nicht", antwortete er und hielt noch immer seinen Arm. Bei dem Schlag hatte es ein Knackgeräusch gegeben, so dass sie annahm, dass der Arm erstmal nicht mehr zu gebrauchen war.

Sie musste jetzt schnell handeln, denn möglicherweise hatte er einen Komplizen. Sie packte rasch seinen schmerzhaften Arm, hielt die Pistole auf seine Brust und drückte ihn zurück in die Toilette. Mit dem rechten Knie schlug sie gegen seinen Unterleib und er brach stöhnend zusammen. Sie zog ihm die Krawatte über den Kopf und fesselte seine Hände. Rasch wickelte sie Toilettenpapier ab und stopfte es in seinen Mund. Er stöhnte weiter. Sie drehte an dem Türschloss, zog die Türe mit einer raschen Handbewegung zu, und der Mann war in der Toilette eingeschlossen.

Jetzt hatte Sie für ein paar Minuten Ruhe. Wer war dieser Kerl? Sie ging zurück zu ihrem Abteil, holte ihren Koffer und ging zu den vorderen Wagen. Dort gab es wieder hell erleuchtete Abteile und sie schob die Türe auf. Zwei junge Frauen schauten sie an.

„Ist hier noch frei?" fragte sie. „Ja, gerne", antwortete eine von beiden. Und sie nahm Platz. Sie musste vorsichtig sein. Würden die Angreifer jetzt bald kommen?

Der Zug raste durch die Nacht. Sie war müde. Aber sie durfte jetzt nicht einschlafen. Die Frauen unterhielten sich weiter. Sie schaute zur Türe. Nichts bewegte sich, niemand lief auf dem Gang. Fast wäre sie doch eingeschlafen. Doch dann stand ein Mann an der Türe und blickte ins Abteil, aber er ging wieder weiter. Sie hatte ja noch die Waffe in ihrer Tasche, fiel ihr wieder ein. Es war eine Glock 9 mm.

Langsam verringerte der Zug seine Fahrt. Die nächste Haltestelle stand bevor. Hier musste sie raus aus dem Zug. Das war ihr klar. Jetzt aber nicht gleich aufstehen. Erst ganz kurz bevor der Zug wieder losfuhr. Sie wartete ab. Der Zug hielt. Langsam straffte sie ihre Muskeln. Rasch sprang sie auf. Ergriff ihren Koffer. Sie stürmte zur Zugtüre und sprang auf den Bahnsteig. Die Türen schlossen sich sofort hinter ihr, der Schaffner pfiff und der Zug fuhr wieder an.

Niemand war ihr gefolgt.

Sie stellte sich hinter eine Säule und ließ den Zug passieren. War doch jemand mit ihr ausgestiegen? Sie sah allerdings keinen Menschen, der ihr verdächtig erschien und sie setzte sich erstmals auf eine Bank, um sich etwas auszuruhen. Sie wollte zu Andreas Steinfeld. Sie musste mit ihm sprechen. Wann kam der nächste Zug? Sie ging zum Schalter und erfuhr, dass bereits schon in 50 Minuten der nächste ICE hier halten würde.

Das beruhigte sie. Sie musste wachsam sein. Vielleicht bestand ja immer noch eine Gefahr für sie.

Im Bahnhofsrestaurant war sie sicher, also ging sie dorthin. Hier war wenig los, aber das lag an der Uhrzeit. Es war ja mitten in der Nacht. Sie setzte sich an einen freien Tisch und der Ober kam sofort. Nachdem sie einen Salat bestellt hatte, nahm sie ihr Handy und checkte Nachrichten.

Es gab keine.

Sie schaute sich um. Es gab hier keine verdächtigen Personen. Sie atmete tief durch. Der Salat kam, sie aß eigentlich viel zu schnell und stand rechtzeitig wieder am Bahngleis, als der nächste Zug hielt.

Rasch stieg sie ein. Alle Abteile waren voll. Sie ging weiter nach hinten. In einem Abteil waren noch zwei Plätze frei.

Sie ging hinein, nickte kurz den Anwesenden zu und nahm Platz, nachdem sie den Koffer in die Ablage gehoben hatte.

Sie schaute sich um. Ihr gegenüber saß ein bärtiger Mann mit einer Mütze und starrte in ein Buch. Er hatte bei ihrem Eintreten nur kurz aufgeschaut und war dann wieder in seinem Buch versunken. Neben ihm saßen Frauen. Eine Ältere und eine jüngere. Mutter und Tochter und er ist der Vater, dachte Tapara.

Sie hatte sich in die Mitte gesetzt. Links von ihr war der Platz noch frei, rechts saß eine stark geschminkte Frau, die sie anlächelte und dann wieder in ihr Handy schaute. Tapara fühlte sich zunächst sicher, aber irgendwie stimmte hier doch etwas nicht, aber sie wusste nicht was.

Ihr Gehirn begann zu rasen. Sollte sie gleich wieder aufstehen und gehen? Sie entschied sich zunächst fürs Bleiben. Aber sie musste wachsam sein. Plötzlich erhob sich der Mann, der ihr gegenüber saß. Er öffnete die Abteiltüre und trat auf den Gang hinaus.

Er blickte nach links und dann nach rechts. Ein Lächeln huschte über sein Gesicht. Jetzt wusste sie es. Es war doch eine Falle. Sie musste hier wieder raus. Jetzt kam die Durchsage, dass in wenigen Minuten schon der nächste Bahnhof erreicht werde. Also so schnell wie möglich hier wieder hier heraus! Sie blickte in die Runde. Alles war unverändert. Es war nichts passiert. Das war ein guter Moment.

Jetzt musste sie gehen. Sie stand auf. Ganz langsam. Dann holte sie ihren Koffer aus der Ablage und öffnete die Schiebetüre. Kein Mensch war auf dem Gang zu sehen. Es war wie im letzten Zug. Langsam ging sie nach vorne. Immer noch war niemand zu sehen. Die Toilettentür! Aber sie öffnete sich diesmal nicht.

Sie ging weiter. Sie spürte, wie der Zug abbremste. Die nächste Station war jetzt ganz nahe. Sie stand vor der Wagentüre und weitere Menschen mit Koffern kamen hinzu. Der Zug wurde immer langsamer und hielt schließlich an. Sie konnte aussteigen.

Jetzt war sie in Sicherheit.

Langsam verliefen sich die Leute. Wieder war sie ziemlich alleine auf dem Bahnsteig. Wie würde es weiter gehen? Sie stand und wartete. Sollte sie jetzt Andreas anrufen? Oder auf den nächsten Zug warten?

Sie schaute auf den Fahrplan. Diesmal würde es nicht so lange dauern, bis der nächste Zug kam. Was sollte sie jetzt tun? Sie konnte nicht so lange auf dem Bahnsteig ausharren. Sie musste hier weg, Aber wohin? Vielleicht ein Stück mit dem Taxi fahren? An den Bahnhöfen gab es doch immer einen Taxistand.

Sie schaute sich um. Wahrscheinlich musste sie durch die Fußgängerunterführung zum Ausgang. Sie nahm ihren Koffer, hängte die Tasche über die Schulter und ging in Richtung Unterführung. Zunächst die Treppe hinunter. Auf halber Höhe sah sie das Schild, das nach rechts zeigte und auf dem „Ausgang" stand. Sie ging in diese Richtung.

Irgendwo in der Ferne hörte sie Schritte, die lauter wurden. Es waren harte Aufschläge wie bei Pumps. Plötzlich war sie hellwach. Etwa zehn Meter weiter gab es den nächsten Aufgang zu einem Gleis. Dort stellte sie sich hinter die Ecke. Die Umhängetasche legte sie auf den Koffer. Sie musste jetzt agieren, nicht reagieren. Etwas in ihr sagte, dass es nun gefährlich für sie würde. Alle Muskeln waren angespannt, als sie sich an die Wand drängte. Sie hörte die Schritte immer näher kommen. Eine Waffe wäre jetzt nützlich. Die Pistole! Sie hielt sie jetzt in der rechten Hand. Jetzt würde sie gleich sehen, wer sie verfolgte. Blitzschnell trat sie vor. Es waren zwei Personen. Die Schritte der zweiten Person hatte sie nicht gehört. Sie schaute in die Gesichter und war überrascht.

Beide Personen hatte sie schon einmal gesehen. Es waren zwei Personen aus dem letzten Zugabteil. Die geschminkte Frau mit dem Handy neben ihr, und der Mann gegenüber, der in einem Buch gelesen und dann das Abteil plötzlich verlassen hatte. Das konnte nichts Gutes bedeuten. Jetzt sah sie auch, dass der Mann einen Gegenstand in der rechten Hand hielt, und es war tatsächlich auch eine Pistole. Schon wieder eine Waffe! Sie reagierte sofort.

Jetzt ging es ganz schnell!

Tapara wirbelte aus ihrem Versteck hervor, packte mit der linken Hand den rechten Arm mit der Pistole und drückte ihn nach oben. Mit der rechten Hand schlug sie gegen seinen Kehle und gleichzeitig trat sie mit dem Fuß gegen seine linke Kniescheibe.

Grunzend ging er zu Boden und ließ die Pistole auf den Boden fallen. Die Frau war starr vor Schreck. Tapara nahm die Pistole und richtete sie auf beide. Jetzt machte es keinen Sinn mehr zum Taxistand zu gehen. Sie hörte, wie über ihr ein Zug in den Bahnhof einfuhr. Sie dreht sich blitzschnell um, schnappte ihren

Koffer und rannte wieder hoch zum Bahnsteig. Die Schaffner ließ sie gerade noch einsteigen, bevor der Zug wieder anfuhr.

Das war jetzt schon der dritte Zug. Wer waren die Auftraggeber dieser Leute? Für wen arbeiteten die überhaupt? Hatte das alles mit ihrem Auftrag zu tun? Sie musste zu Andreas Steinfeld. Der konnte ihr das sicher sagen. Sie lief den Gang entlang und kam ins Bord-Restaurant. Hier sollte sie bleiben. Hier war sie bestimmt sicher. Sie nahm Platz. Den Koffer stellte sie auf die Seite. Sie hatte jetzt auch wirklich Hunger. Sie bestellte Kaffee und ein Sandwich. Später blickte sie aus dem Fenster. Der Zug war schnell. Lichter flitzten am Fenster entlang. Wann würde sie ankommen? Erstmal würde sie hier sitzenbleiben und ihre Umgebung beobachten. Ihr Puls ging schnell. Das Essen kam, sie aß langsam und es passierte weiter nichts.

Einmal kam eine junge Frau ins Abteil, aber sie nahm keine Notiz von ihr. Später gesellte sich dann noch ein Mann hinzu, beide unterhielten sich lebhaft. Sie fühlte sich hier sicher. Der Zug fuhr und fuhr. Er hielt noch an zwei weiteren Bahnhöfen an. Sie konnte allerdings nicht sehen, ob weitere Fahrgäste hinzukamen.

Sie dachte an ihre Heimat. An Gianni und an ihren Vater Sagomare. Warum war sie eigentlich hier? Auf dem Weg zu Andreas? Sie hatten sich damals verabschiedet. Sie war mit Gianni gegangen. Sie hatten eine gute Zeit. Und jetzt?

Sie hatte ein Medikament bei sich. Ritux hatten sie ihr gesagt, sei der Name. Es war das Anti-CD20-Serum. Jetzt war sie auf dem Weg zu Andreas Steinfeld. Sie blickte wieder aus dem Fenster. In der Ferne sah sie einen hellen Streifen am Horizont. Der neue Tag begann. Bald war sie am Ziel. Andreas Steinfeld würde sie abholen. Dann war sie in Sicherheit. Das Medikament war wichtig. Es half den Menschen, die an ME/CFS erkrankt waren. Es gab Studien aus Norwegen. Das war bemerkenswert. Man hatte ihr das Medikament anvertraut. Sie sollte es nach Deutschland bringen.

Alle waren jetzt hinter ihr her. Das hätte sie so nicht gedacht. Und auch mit Waffengewalt. Sie musste sich nun beruhigen. Sie sollte sich jetzt entspannen. Bald war sie am Ziel. Sie nahm einen großen Schluck aus ihrer Teetasse. Gedankenverloren sah sie aus dem Fenster.

„Tapara Moretti?" Neben ihrem Tisch stand plötzlich ein Mann.

Für einen Moment war sie in Panik und wusste nicht, ob sie nach der Pistole greifen sollte, die immer noch in ihrer Tasche lag. Aber der Mann schien sie im Moment nicht zu bedrohen.

„Darf ich mich zu Ihnen setzen?" Ohne eine Antwort abzuwarten nahm er gegenüber von ihr am Tisch Platz.

Sie sagte weiterhin nichts.

„Ich bin beauftragt worden, mit ihnen zu sprechen", sagte er in ruhigem Ton. „Ich bin Chief Security Officer bei Youngstar Pharmacy und heiße Jean Petit. Wir haben Ritux entwickelt und wollen es weiterhin einsetzen. Nicht aber bei dieser Erkrankung, für die Sie das Medikament beschafft haben. Das wollen wir nicht. Das haben unsere Vorstände so festgelegt. Ich hoffe, Sie verstehen das."

Sie sagte immer noch nichts. Was hätte sie auch sagen sollen. Sie konnte es nicht verstehen. Dass es ein Medikament gab, das Menschen gesund machen konnte, das aber aus wirtschaftlichen oder aus politischen Gründen nicht dafür freigegeben wurde.

Deshalb hatte sie sich auch bereit erklärt, es nach Deutschland zu bringen. Jean Petit schaute sie freundlich an. Was wollte er konkret? Sollte sie ihm das Medikament jetzt übergeben? Sie würde es nicht tun!

Sie entschloss sich, ihn zu fragen.

„Was wünschen Sie von mir?" fragte sie und schaute ihm direkt ins Gesicht.

„Bitte beenden Sie jetzt Ihre Mission!", sagte er in ruhigem Ton.

Sie schwieg.

„Sie begeben sich dadurch nur in Gefahr, das wollen wir nicht, wirklich nicht."

Wie sollte sie reagieren? Sollte sie jetzt aufstehen?

Nein, hier sitzenbleiben war die beste Lösung! Hier konnten sie ihr nichts anhaben. Hier war sie in Sicherheit.

Sie blieb also sitzen. Als der Ober am Tisch vorbeikam, bestellte sie erneut einen Kaffee. Sie lächelte Jean Petit freundlich an.

„Wissen Sie, dass Sie uns große Probleme machen", begann er erneut.

„Warum?" fragte sie so unschuldig wie möglich.

„Weil Sie sich nicht an die Regeln halten, die wir vorgeben. Das ist unser Recht. Wir sind die Besitzer dieses Medikamentes. Sie können das nicht verhindern!"

Sie ließ ihn einfach reden. Sollte er doch. Sie war hier in Sicherheit, wenn auch unter Beobachtung.

Langsam trank sie ihren Kaffee und wartete ab, wie es weitergehen sollte. Unermüdlich fuhr der Zug Kilometer um Kilometer weiter. Draußen wurde es immer heller.

Sie schaute auf die Uhr. In einer Stunde würde der Zug seinen Zielbahnhof erreichen. Das konnte sie schaffen. Das Bordrestaurant füllte sich jetzt immer mehr. Das konnte ihr nützen.

Plötzlich fing Jean Petit wieder zu sprechen an.

„Wer steht hinter Ihnen, wer ist ihr Auftraggeber?"

„Es ist eine international agierende humanitäre Organisation. Sie hat mich unterstützt. Durch sie bekam ich das Medikament. Sie trauten mir zu, diesen Einsatz erfolgreich abzuschließen. Aber eigentlich geht es um meinen Mann. Er ist schwer erkrankt, und ich bin in der Lage, ihm zu helfen."

Wieder trat eine Pause ein.

Nichts geschah.

Sie saßen sich gegenüber. Sie musste jetzt damit rechnen, dass weitere Personen an den Tisch kamen und sie zum Aufgeben bewegen wollten.

Was würde sie dann tun?

Alle dachten sicherlich, dass das Medikament in ihrem Koffer lag, aber das war natürlich nicht so. Sie trug es an ihrem Körper. Dort war es nicht so leicht zu finden. Aber es geschah zunächst nichts.

Der Zug fuhr und fuhr. Gleichmäßig polterten die Gleisschwellen. Eine gewisse Monotonie stellte sich ein. Die Zeit zerrann.

Jean Petit stand schließlich auf.

Er deutete eine Verbeugung an und ging aus dem Speisewagen.

Niemand folgte ihm. Sie war wieder alleine. Der Zug fuhr weiter. Monoton rumpelte der Wagen. Sie nahm ihre Tasse wieder zur Hand und trank kleine Schlucke. Der Ober brachte ein Sandwich an den Nebentisch. Er unterhielt sich leise mit dem Gast. Tapara blickte umher. Nichts Auffälliges war zu sehen. Also blieb sie sitzen. Die Zeit arbeitete für sie. Bald hatte sie ihr Ziel erreicht. Dann war sie sicher.

Und dann war sie endlich am Ziel.

Langsam fuhr der Zug in den Bahnhof ein. Wegen der vielen Baustellen musste er sich auf den Gleisen entlangschlängeln.

Der Zug wurde immer langsamer und kam schließlich mit einem quietschenden Geräusch zum Stehen.

Tapara saß immer noch im Speisewagen. Jetzt musste sie aufstehen und aus dem Zug gehen. Langsam erhob sie sich und nahm ihre Tasche. Der Koffer stand noch neben ihr. Irgendwie war sie jetzt doch müde.

Ihre rechte Hand schmerzte etwas. Die Wagentüre stand offen. Sie konnte hinaus. Es war hell. Auf dem Bahnsteig standen viele Menschen mit unzähligen Gepäckstücken. Sie stieg die Stufen hinab. Das Licht blendete etwas.

Sie drehte sich um und lies den Blick den Bahnsteig entlangstreifen.

Wo war Andreas? Sie sah ihn nicht!

Kapitel 3

Psi (Ψ) ist das mathematische Zeichen der Wellenfunktion. Es handelt sich hier um eine Wahrscheinlichkeitswelle. Die Entdeckung dieser Wellenfunktion ist verbunden mit dem österreichischen Physiker Erwin Schrödinger. Das Quadrat der Wellenfunktion bezeichnet die Wahrscheinlichkeit, an einem bestimmten Ort das Teilchen zu finden. Diese Gleichung ist für die Quantenphysik so bedeutend wie Newtons Bewegungsgesetze für die klassische Physik.

Albert Einstein war Schrödingers Fürsprecher. Erwin Schrödinger floh vor dem Zweiten Weltkrieg nach Irland, seine Großmutter war Britin und er sprach fließend Englisch. Sein Leben war ungewöhnlich. Auch das Experiment mit der Katze. Es ist Schrödingers Katze. Es ist das bekannteste Beispiel, wie die Quantentheorie jeder Intuition widerspricht. Es ist ein Gedankenexperiment von 1935. Eine Katze sitzt in einer Kiste. Sie ist vollständig verschlossen. Sie kann durch einen radioaktiven Stoff in der Kiste getötet werden. Niemand weiß, ob es schon geschehen ist, denn keiner kann in die Kiste hineinsehen. Erst wenn die Kiste geöffnet wird, herrscht Klarheit. Leben und Tod überlagern sich. Diese Situation können wir uns nicht vorstellen. In unserer Welt gibt es normalerweise so etwas nicht.

Und Werner Heisenberg?

Er hat die nächste grundlegende Eigenschaft der Quantenphysik gefunden. Die „Unschärferelation". Es ist unmöglich zeitgleich mit exakter Genauigkeit bestimmte Kombinationen von physikalischen Eigenschaften eines Teilchens zu messen.

Zum Beispiel Ort und Impuls. Wenn eine Messgröße, also z. B. der Ort mit hoher Genauigkeit gemessen werden kann, dann ist es unmöglich, die andere Messgröße genau anzugeben, in diesem Fall der Impuls oder die Geschwindigkeit. In unserem Alltag spielt dies aber keine Rolle. Wir merken es nicht. Dieses Phänomen kann nur bei Teilchen beobachtet werden.

Aber es ist die Erklärung, warum wir Naturphänomene aus geringer Entfernung nur ungenau messen können. Es ist eine elementare Eigenschaft der Natur und kein Fehler der Messanordnung.

Das dritte Gesetz:

Der Kollaps! Der Kollaps der Wellenfunktion. Es ist wieder Schrödingers Wellenfunktion. Die Wellenfunktion fasst ja alle Faktoren des Ereignisses zusammen. Sie kann allerdings nur unterschiedliche Wahrscheinlichkeiten für einen bestimmten Zustand des Systems angeben. Die Messung ergibt dann allerdings nur eine einzige Antwort. Dieser Vorgang heißt Kollaps der Wellenfunktion. Das war der philosophische Schock. Der Betrachter beeinflusst also das Objekt. Ist der Kollaps eine reine mathematische Formalität oder ein realer physikalischer Prozess? Die tatsächliche Zustandsform kann also bis zu ihrer Messung nicht eindeutig bestimmt werden.

Und was bedeutet Dekohärenz? In der mikroskopischen Welt gelten Quantengesetze und in der alltäglichen Welt der Autos und Möbelstücke, Bäume und Häuser wird jedoch die klassische Physik angewandt. Wie werden Quanten klassisch? Wohin verschwinden sie? Sie werden neutralisiert durch Wechselwirkungen zwischen den Quanten und ihrer Umwelt. Das ist Dekohärenz.

Tapara stand immer noch auf dem Bahnsteig. Den Koffer hielt sie fest in der Hand. Dann sah sie Andreas in der Ferne. Er winkte und beschleunigte seine Schritte. Sie umarmten sich. Er drückte sie ganz fest an sich. Irgendwie war ihm das plötzlich sehr wichtig. Dann ließ er sie wieder los. Sie holte tief Luft.

„Ich bin froh, bei dir zu sein", sagte sie und seufzte. Er nahm das Gepäck, legte seinen Arm um sie und sie gingen zum Ausgang des Bahnhofes.

„Wir nehmen ein Taxi", sagte er und ging zum ersten Wagen. Den Koffer hob er in den Kofferraum und Tapara und Andreas setzten sich dann auf den Rücksitz.

Andreas nahm ihre Hand und streichelte sie leicht. Sie drehte sich mehrmals um und blickte aus dem Rückfenster. Kein verdächtiges Fahrzeug folgte ihnen.

Das Taxi hielt. Sie stiegen aus. Andreas nahm den Koffer und sie gingen ins Haus. Jutta begrüßte Tapara herzlich und alle setzten sich an den großen Tisch. Tapara war müde. Sie hatte ja nicht geschlafen. „Leg dich ein wenig hin", sagte ich, „wir sprechen später über alles". „Danke", sagte sie und verschwand im Gästezimmer.

Später saßen wir alle wieder zusammen und Tapara berichtete. „Gianni leidet an ME/CFS."

„Was hat Gianni?", fragte Jutta.

„Gianni hat ME/CFS", sagte Tapara.

„Was heißt das?" Jutta streckte sich etwas.

„Er ist oft sehr müde", sagte Tapara. „CFS heißt Chronic Fatigue Syndrome, Chronisches Erschöpfungssyndrom, eine etwas unglückliche Bezeichnung, denn wir alle sind ja irgendwann einmal erschöpft. Dies ist aber anders. Diese Menschen sind dauerhaft erschöpft. Da hilft zunächst nichts mehr. Es gibt einen anderen Namen dafür. „ME". Das bedeutet „Myalgische

Enzephalomyelitis". Das ist alles schwer zu merken, deshalb hat es sich bei uns auch nicht durchgesetzt. Das schlimme ist aber, dass beide Bezeichnungen bei den allermeisten Ärzten und Krankenhäusern gar nicht bekannt sind, so dass diese Patienten dort keine Hilfe bekommen können."

Jutta schüttelte den Kopf.

„Keine Hilfe bekommen?"

„Ja, das ist leider so. Sie werden als Simulanten oder Psychopathen angesehen, dabei ist die Krankheit doch so schlimm wie Krebs. Das macht die Betroffenen dann so richtig fertig."

Wir schwiegen.

„Und wo ist Gianni jetzt, fragte ich in die Stille.

„Er ist noch in den Bergen. Auf der Berghütte, die du ja kennst. Oben am See. Die frische Luft tut ihm gut. Aber er kann nicht viel machen. Er muss viel liegen und ruhen. Ein Freund hat ihm ein spezielles Sauerstoffgerät besorgt. Es kommt aus Amerika. Es vermindert den Sauerstoff zusätzlich. Es ist ein Höhentraining. Zellen sollen auf diese Weise schneller regenerieren. Aber, er will wieder ganz gesund werden. So wie früher sein. Deshalb braucht er das Medikament ja so dringend."

„Welches Medikament?" fragte Jutta.

„Es ist eigentlich ein Mittel gegen Lymphdrüsenkrebs. Hier, finde ich, ist auch die Verbindung von ME/CFS und Krebs zu sehen. Es wurde zufällig entdeckt, dass es auch bei ME/CFS hilft. Es zerstört bestimmte Blutzellen. Wenn sie weg sind, dann erholt sich der Mensch wieder. Leider ist es aber so, dass die Behandlung mehrfach wiederholt werden muss, damit der Erfolg bleibt. Das ist genauso wie bei Krebs. Da muss eine solche Therapie ja auch mehrmals durchgeführt werden."

Sie wirkte jetzt auch sehr erschöpft, als sie dies sagte. Aber ihre Augen funkelten immer wieder. Sie war noch voller Energie. Sie würde für Gianni alles tun. Das war mir klar.

Wir schwiegen.

Ich ging in die Küche, um frischen Kaffee zu brühen. Auf dem Tisch stand ein großer Hefekranz und Tapara hatte schon mehrere Stücke davon gegessen. ME/CFS, diese komplizierte Erkrankung soll bei Gianni ausgebrochen sein. Er tat mir Leid, aber das nützte ihm wenig. Er brauchte Hilfe, das war mir klar. Sicherlich gab es einen Grund, warum Tapara so überraschend zu mir kam. Sie nahm wahrscheinlich an, dass ich ihm helfen könnte.

Der Kaffee stand auf dem Tisch und ich schaute Tapara an. Sie lächelte.

„Ich bin heute zu dir gekommen, weil ich weiß, dass du Gianni helfen kannst und es auch tun wirst, soweit kenne ich dich. Du wirst eine ganz wichtige Rolle spielen. Du wirst Gianni retten, das weiß ich!"

Ich schaute sie etwas verblüfft an. Ich hatte keine Vorstellung, wie ich das schaffen sollte. Sie lächelte mich an.

Das Telefon klingelte. Jutta ging ran.

„Tapara Moretti ist bei Ihnen, wir wissen es. Für heute haben Sie Ruhe, aber morgen ist ein neuer Tag." Dann wurde wieder aufgelegt.

Wir saßen am Tisch und schauten uns an.

„Was ist los?" fragte ich und schaute Tapara an. „Hat das mit dir zu tun?"

„Ich denke schon", sagte sie und sie berichtete über die Vorfälle im Zug und am Bahnhof.

Jetzt war ich komplett ratlos. Was hatte das alles zu bedeuten?

„Was wollen die von dir?", fragte ich Tapara.

„Ich habe das Medikament bei mir, das Gianni helfen könnte. Es wurde aus dem Konzern herausgeschmuggelt. Es ist eigentlich ein Krebsmittel, aber sie wollen nicht, dass auch andere Erkrankungen damit behandelt werden. Es wurde allerdings bereits in einem anderen Land bei dieser Erkrankung erfolgreich eingesetzt."

„Ja, um Gottes Willen, warum nicht?", fragte Jutta.

„Sie haben Angst um den guten Ruf ihrer Firma. Sie wollen nicht mit dieser Krankheit in Verbindung gebracht werden."

„Ja, und warum das denn. Das hört sich ja an, als ob Gianni an Aussatz leiden würde."

„Das ist aber tatsächlich so. Wie waren bei verschiedenen Ärzten. Viele waren der Meinung, er bilde sich diese Krankheit einfach nur ein. Er müsse mehr Sport machen. Positiv denken, dann würde er wieder gesund werden."

„Eine körperliche Krankheit durch gute Gedanken zum Verschwinden zu bringen, hörte sich abenteuerlich an. Zauberei auf einem mittelalterlichen Jahrmarkt, aber nicht im 21. Jahrhundert", sagte ich.

Keiner sagte etwas dazu.

„Und wie hat er das alles aufgenommen?", fragte ich versonnen.

„Sehr schlecht, das hat ihn erst richtig heruntergezogen. Um es salopp zu sagen, er fühlte sich richtig verarscht. Sport schadet ihm sehr. Wenn er das macht, dann ist er mindestens für die nächsten zwei Tage völlig am Ende. Alle Muskeln tun ihm dann weh. Sie sind schwach und er kann kaum laufen. Ab dem dritten Tag wird es dann wieder etwas besser. Schlimm ist auch sein Kopf. Er kann nicht mehr denken. Das Sprechen fällt ihm dann schwer. Obwohl er müde ist, kann er trotzdem nicht mehr richtig schlafen. Er kann nicht einschlafen. Es ist eine Tragödie. Dieser intelligente und kräftige Mann ist nur noch ein Schatten aus früheren Zeiten. Vielleicht noch 5%, an besseren Tagen auch 10% von früher. Das war`s!"

Sie schluckte und versank im Sessel. Tränen liefen ihr über die Wangen. Ich musste sie trösten. Ich stand auf, nahm ihren Kopf und streichelte ihr über das Haar.

„Gianni, wie können wir dir helfen", sagte ich halblaut vor mich hin.

„Wir sprechen mit Peter Hill!", rief Jutta. Er ist doch Spezialist für seltene Erkrankungen. Er wird uns weiterhelfen."

Sie hatte Recht. Peter Hill war ein außerordentlich kluger Mensch und dabei immer sehr zurückhaltend und charmant. Jutta kannte seine Frau, eine renommierte Künstlerin. Im Nu hatte sie die Telefon-Nummer aus ihrem Smartphone gefischt und bereits die Nummer gewählt.

„Hallo Susan, bist du es? Wir sehen uns ja nächste Woche. Heute haben wir ein medizinisches Problem. Könntest du uns mit Peter verbinden? Das wäre großartig. Ist er in seinem Labor? Könntest du ihn bitten, dass er zurückruft? Vielen lieben Dank, Susan. Bis bald!"

Ja, das ist das Netzwerk der Frauen. Wir Männer tun uns da viel schwerer.

Keine fünf Minuten später war er schon am Telefon. Er hörte sich eine Weile den Bericht von Tapara an, dann hatte er die Idee, dass wir doch am Abend vorbeikommen und die Situation besprechen sollten. Er glaubte, dass möglicherweise die Diagnose nicht ganz korrekt sein könnte. Aber das könnten wir ja in Ruhe besprechen. Dann legte er wieder auf. Irgendwie waren wir doch jetzt alle etwas erleichtert. Peter Hill würde uns weiterhelfen. Das war uns jetzt klar.

Am späten Nachmittag machten wir uns auf den Weg. Ich holte den Wagen aus der Garage und wir fuhren ins Zentrum der Stadt. Der Verkehr war ziemlich stark. Immer wieder kam es zu kurzen Staus. Wir mussten beinahe an jeder Ampel anhalten. Langsam kamen wir nur vorwärts. Die Stimmung war trotzdem gut. Jutta und ich erzählten von unserer letzten Reise an die Ostsee. Wir schwärmten vom guten Essen und dem herrlichen Strand.

Immer wieder tauchten neue Baustellen auf. Die Stadt wurde an vielen Stellen erneuert. Leute, die schon längere Zeit nicht mehr hier waren, mussten sich zunehmend fremd fühlen. Es ging nun aber bergan, wir verließen den Talkessel. Plötzlich tauchte vor uns ein Polizeiwagen auf und ein Beamter winkte seitlich mit einer Kelle. Er deutete auf das Schild eines Parkplatzes. Wir fuhren hinterher.

„Was bedeutet das?", fragte Tapara.

„Keine Ahnung", sagte ich. „Waren wir vielleicht zu schnell?"

Vor uns hielt das Polizeiauto und die Beamten stiegen aus. Wir standen jetzt zwei Autolängen dahinter. Ich öffnete das Seitenfenster und schaute hinaus. Einer der Beamten grüßte und blickte in unseren Wagen. „Die Fahrzeugpapiere und den Führerschein!"

Ich holte beides aus meiner Brieftasche und gab sie dem Beamten. Er schaute sie kurz an und gab sie dann wieder zurück.

„Wir wurden informiert, dass sich in diesem Wagen eine illegal eingereiste Person befinden soll. Ihre Personalausweise!"

Jutta und Tapara gaben ihre Ausweise dem Beamten. Er kopierte beide Ausweise in seinen Scanner. „Ihre Ausweise sind in Ordnung. Frau Moretti, was führt Sie nach Deutschland. Wir haben den Hinweis bekommen, dass Sie bewaffnet sind."

„Ich bin zu Besuch bei meinem Freund Andreas Steinfeld. Wir haben uns schon lange nicht mehr gesehen. Auch wollte ich seine Frau einmal kennenlernen. Wir machen ein kleine Tour und schauen uns die Gegend an."

„Sind Sie bewaffnet und wozu?" Sein Blick war jetzt sehr ernst. „Ich war bewaffnet, aber ich wurde auch bedroht auf der Fahrt hierher", sagte sie.

„Wir haben andere Informationen. Steigen Sie bitte aus!" Tapara blickte mich an. Ihr Gesicht war konzentriert. Ich nickte ihr zu und sie öffnete langsam die Wagentür. Der zweite Beamte trat auf Sie zu. Hoffentlich verliert sie jetzt nicht die Nerven, dachte ich. Er darf sie ja laut Gesetz gar nicht anfassen. Es kann ihr also nichts passieren.

„Bleib ruhig Tapara!", flüsterte ich. Und es passierte dann auch nichts. Die Beamten schauten sich an, nickten einander zu und gingen wieder zurück zu ihrem Wagen.

„Gute Fahrt", rief einer der beiden uns noch über die Schulter zu und stieg ein. Der andere startete den Wagen und schnell waren sie außer Sicht.

Ich stieß die Luft durch die Zähne und blickte Tapara auf der Rückbank an. Sie saß nachdenklich da.

„Das war ein Einschüchterungsversuch", sagte sie. „Die Pharmaleute haben gute Connections hier. Ich muss wachsam sein!"

Jutta sagte nichts, sie war in Gedanken.

Kapitel 4

Peter Hill wohnte oben auf dem Berg. Es war Samstag und er hatte heute Zeit, mit uns zu reden. Worüber eigentlich, fragte ich mich auf der Fahrt zu ihm. Wie könnte er uns denn überhaupt weiterhelfen? Aber Tapara fand, dass das Treffen wichtig sei.

Wir erreichten Peter Hills Grundstück als schon langsam die Dämmerung hereinbrach. Wir mussten ein bisschen suchen, bis wir das Haus dann endlich fanden. Schließlich standen wir an der Haustüre und klingelten. Peter Hill begrüßte uns selbst. Auch Susan erschien und sie baten uns ins Haus. Wir gingen dann gleich mit ihm ins Dachgeschoss, wo er sein Arbeitszimmer hatte.

„Nehmt Platz, bitte", sagte er und bot uns seine Sessel an.

„Vielen Dank, Peter, dass wir kommen durften", ergriff Tapara das Wort. „Es geht um meinen Lebenspartner. Er ist schwer erkrankt."

Sie machte eine Pause, als ob sie nachdenken müsste, was sie alles noch berichten sollte. Sie atmete tief ein und sprach dann weiter.

„Ich muss etwas ausholen, um die ganze Geschichte zu erzählen. Ich habe Gianni und Andreas in den Bergen kennen gelernt."

Dabei schaute sie mich an.

„Meine Familie und ich lebten dort schon lange. Wir hatten das Problem, dass der Bruder meines Vaters, er hieß Ritomare, von seinen eigenen Leuten getötet wurde, weil er eine Rebellion angezettelt hatte und seine eigene Familie bestehlen wollte. Dies geschah hoch oben in den Bergen am Pass, als die Kupfertransporte mit den Muli vorbeikamen. Diese Transporte wurden aber durch Krieger gesichert, weil das Kupfer ja so wertvoll war. Das alles wusste Ritomare natürlich auch. Er hatte trotzdem versucht, das Kupfer zu stehlen und wurde dabei getötet. Danach war er verschollen. Niemand konnte ihn finden. Er konnte deshalb auch nicht ehrenhaft bestattet werden. Es hatte uns dadurch alle getroffen. Wir mussten bleiben. Wir verharrten in der Geschichte. Dann kam die Erderwärmung und die Gletscher gingen zurück. Durch Zufall wurde Ritomare im Eis durch Wanderer entdeckt. Fast genau an der Stelle, wo er damals getötet worden war. Es war eine Sensation. Die ganze Welt nannte ihn Ötzi, den Eismann. Er war zu einer Mumie, einer Eismumie, geworden. Extra für ihn wurde auch ein Museum eingerichtet. Ritomare war gefangen in diesem Museum. Wir mussten ihn aber bestatten, damit unser Leiden endlich ein Ende hatte. Gianni und Andreas haben uns dabei geholfen. Wir konnten Ritomare die letzte Ehre erweisen. Damit waren wir erlöst."

Sie schwieg einen Moment.

„Ich hatte mich in Gianni verliebt. Ich wollte unbedingt bei Gianni bleiben. Und ich durfte es. Das Schicksal hat es mir erlaubt. Andreas ist wieder zurück nach Hause gefahren und Gianni und ich sind geblieben. Es war ein herrliches Gefühl für mich. Gianni und ich. Klar, er war älter als ich, aber das hatte nichts zu bedeuten. Wir liebten uns. Es war eine sehr schöne Zeit."

Tapara machte eine Pause und blickte im Raum umher. Sie schien etwas zu suchen. Dann sprach sie weiter.

„Wir hatten unbekümmerte Tage. Wir hatten viel Spaß. Wir fühlten uns wohl und träumten von der Zukunft. Eines Abends kamen wir zurück vom Dorf, wo wir Einkäufe getätigt hatten. Als Gianni aus dem Auto stieg, sagte er, dass seine Muskeln sehr schmerzten. Wir haben uns zunächst nicht viel dabei gedacht. Er hatte sich dann hingelegt und ist gleich eingeschlafen. Aber am nächsten Tag waren die Muskelschmerzen immer noch nicht weg und sie blieben auch alle Tage danach. Dann kam leichtes Fieber hinzu, die Lymphknoten am Hals schmerzten und seine Belastbarkeit wurde immer geringer. Wir konnten keine Wanderungen mehr machen. Wenn wir zum See hinunter gegangen waren, dann musste er sich danach sofort hinlegen. Nach ein paar Stunden Ruhe konnte er sich ein wenig auf die Veranda setzen, aber bald musste er sich schon wieder hinlegen. So ging das alle Tage."

Tapara machte erneut eine Pause. Alle hatten stumm zugehört. Peter Hill hatte ein paarmal genickt und sich Notizen gemacht. Er hatte nicht unterbrochen und Tapara reden lassen. Keiner sagte jetzt etwas. Jeder wartete, dass Tapara weitersprach. Irgendwie war auch sie jetzt etwas kraftlos geworden. Sie brauchte jetzt auch eine Pause.

Ich musste seufzen. Sie hatten sich ja nie gemeldet. Ich wusste nichts von der Erkrankung von Gianni. Wahrscheinlich hatten sie gedacht, dass auch ich nicht weiterhelfen könnte und sich deshalb auch nicht gemeldet.

Tapara sprach weiter:

„Irgendwann habe ich dann zu Gianni gesagt, dass wir einen Arzt bräuchten. Er sah es ein, denn so konnte es ja nicht mehr weitergehen. Also sind wir zuerst ins Dorf zum Arzt gefahren. Der hat dann verschiedene Untersuchungen gemacht, aber er konnte nichts finden. Alle Blutwerte waren in Ordnung. Er hat uns angeschaut und dann gesagt, er wisse nicht, was Gianni fehle. Eine verschleppte Grippe vielleicht. Es wurden dann noch weitere Untersuchungen veranlasst. Der Arzt hat uns anschließend weiter zu anderen Ärzten geschickt, aber auch die konnten nichts finden. Zum Schluss wurde ein psychisches Problem vermutet und stimmungsaufhellende Mittel verschrieben, aber die hat Gianni gar nicht vertragen und es wurde alles nur noch schlimmer damit."

Stille.

„Jetzt hatten wir das Gefühl, dass etwas sehr schlimmes passiert sein musste. Eine schwere Erkrankung. Aber welche? Wir kamen nicht weiter. Alles schien trostlos. Wir waren verzweifelt. Gianni war nur noch ein Schatten von früher."

Wieder eine Pause.

„Ich habe dann viel recherchiert. Im Internet, aber dazu musste ich ja immer erst ins Dorf hinunterfahren. Ich hatte Kontakt mit verschiedenen Leuten aufgenommen. Schwierig waren die verschiedenen Sprachen, aber auch da habe ich Fortschritte gemacht. Ich kam zu dem Ergebnis, dass Gianni an einem Chronischen Erschöpfungssyndrom erkrankt sein musste."

Wieder ein Schweigen. Ich schaute Peter Hill an. Er blickte kurz auf, dann räusperte er sich und begann zu sprechen.

„Tapara, ich vermute, Sie haben recht und trotzdem möchte ich ein paar Einwände vorbringen."

Auch er legt eine kurze Pause ein.

„Wir gehen inzwischen davon aus, dass die Erkrankung durch ein Virus ausgelöst wird. Es sind Retroviren. Sie sind verwandt mit dem AIDS-Virus, aber sie sind allerdings nicht tödlich. Sie führen aber zu einer chronischen Erkrankung und am Beginn sind die Patienten auch ansteckend. Das erklärt, warum manchmal gleichzeitig mehrere Menschen erkranken. Wir nennen das Cluster-Infektionen."

Es war jetzt ganz still im Raum.

„Diese Viren befallen bestimmte Zellen und verlassen dann den Körper nicht mehr. Das Immunsystem hat dann keine Chance mehr, das Virus zu besiegen. Der Mensch lebt fortan mit dem Virus. Die Krankheit schreitet dabei aber voran."

Pause.

Jetzt kam wieder Bewegung in Tapara und sie sprach weiter.

„Diese Sichtweise der Erkrankung haben auch meine Nachforschungen ergeben. Ich habe auch mit den Leuten aus Norwegen gesprochen. Sie haben ein Medikament gefunden, das zu einer Heilung führen kann. Es heißt Ritux. Es ist teuer und schwer zu bekommen."

Keiner sagte ein Wort.

„Ja, die Norweger sind derzeit führend in der Behandlung dieser Erkrankung. Aber bei uns ist es schwierig, dieses Medikament zu bekommen", sagte Peter Hill.

Dann sprach Tapara weiter.

„Es ist mir gelungen, dieses Medikament zu kriegen, aber seither habe ich nur noch Schwierigkeiten. Alle verfolgen mich. Alle wollen mir das Medikament wieder wegnehmen. Auch im Zug. Ich hatte ein Gespräch im Speisewagen mit einem Direktor der Herstellerfirma. Was hat das alles zu bedeuten?"

Ich hatte keine Ahnung. Mir erschien das alles ziemlich unverständlich. Ein Medikament, das bisher für eine bestimmte Erkrankung benutzt wurde, sollte nicht bei Gianni verwendet werden dürfen? Warum? Ich hatte keine Erklärung dafür.

Nun meldete sich Peter Hill wieder zu Wort.

„Unser Problem ist der Name dieser Erkrankung. Das Wort „Chronische Erschöpfung" ist ja so irreführend. Erschöpfung kennt jeder. „Reiß dich am Riemen", bekommen wir dann gesagt, wenn wir müde sind. Wir selbst haben es also in der Hand, etwas zu tun. Wenn wir nichts tun, haben wir etwas versäumt. Wir brauchen uns dann auch nicht zu wundern, wenn wir nicht gesund werden. Niemand verbindet damit eine Infektionskrankheit durch ein Virus. Viel zu leicht konnte deshalb daraus eine psychische Erkrankung werden, die mit stimmungsaufhellenden Mitteln behandelt wurde. Aus einer neurologischen Erkrankung wurde eine psychiatrische gemacht. Deshalb wurde weltweit versucht, eine bessere Bezeichnung für diese Erkrankung zu finden. Wir haben uns für „ME" entschieden."

„ME? Was soll das denn bedeuten?" fragte Jutta.

„ME heißt Myalgische Enzephalomyelitis. Jetzt ist der neurologische Charakter der Erkrankung besser erkennbar", sagte Peter Hill.

Irgendwie fand ich es seltsam, dass ein anderer Name für eine Erkrankung die Behandlungsmöglichkeiten für Menschen verbessern sollte. Ich konnte mir das eigentlich nicht richtig vorstellen.

Peter Hill weiter:

„Es ist wichtig, dass es gelingt diese Krankheitsbezeichnung durchzusetzen. Nur so haben wir eine Chance für die Patienten."

Wieder trat eine Pause ein. Jeder dachte wahrscheinlich über das nach, was Peter Hill gerade gesagt hatte.

„Es ist nicht nachvollziehbar, dass diese körperlich schwer erkranken Patienten wegen ihrer Krankheit in die Psychiatrie gesteckt werden!" meldete sich Peter Hill wieder.

Pause.

„Es gibt leider ein ganz dunkles Kapitel. Darüber möchte ich mit euch sprechen. Vielleicht erklärt das auch die Übergriffe auf Tapara."

Wir schauten ihn überrascht an. Was meinte er damit? Wie sollten wir das verstehen?

„Es sind leider schreckliche Dinge passiert. Bewusst wurden Informationen falsch weitergegeben. Ärzte haben bewusst falsch informiert. Das war bisher undenkbar. Diese Leute haben sich dadurch einen Nutzen erhofft. Sie haben vom Staat Forschungsgelder bekommen und sie haben gedacht, dass sie deshalb alles tun müssten, um dem Staat behilflich zu sein. Sie haben die Hilfen für die Erkrankten völlig aus den Augen verloren. Der Staat sollte vor den Erkrankten geschützt werden. Das ist natürlich eine völlige Verdrehung der Tatsachen. Aber wie soll das jemals wieder rückgängig gemacht werden. Der Staat muss nicht geschützt werden, sondern die kranken Menschen. Das wurde völlig verdreht."

Wir schwiegen und waren betroffen. Was bedeutete das konkret?

„Die Anerkennung dieser Erkrankung hätte bedeutet, dass Zahlungen an die Betroffenen aus den Sozialsystemen erfolgen müssten. Das wollte niemand. Die haben das bei den AIDS-Erkrankungen gelernt. Das war ja 1982. Das sollte sich nicht mehr wiederholen. Eine psychiatrische Erkrankung ist viel preisgünstiger zu behandeln. Du gibst Antidepressiva. Die meisten Patente sind inzwischen erloschen. Die sind also billig zu haben. Wenn der Patient sie absetzt, weil sie ihm nicht helfen oder Nebenwirkungen haben, dann gibst du ihm ein zweites oder drittes. Der Patient wird sie aber irgendwann verweigern. Du drohst mit Infusionen. Er verweigert weiter. Jetzt hast du die Möglichkeit darauf hinzuweisen, dass eine Mitwirkungspflicht besteht. Er muss die Infusion zulassen, sonst verwirkt er alle Rechte. Er wird sonst gekürzt bei seiner Unterstützung. Diese Patienten haben also keine Chance. Mitmachen oder rausfallen! Das ist die Frage."

Wir schwiegen weiter. Eigentlich waren wir hier, um Gianni zu helfen und nicht in eine Kritik der Sozialsysteme zu verfallen.

„ME, Myalgische Enzephalomyelitis, ist der moderne Name einer schweren Erkrankung in der modernen Medizin. Ausgelöst durch ein Virus, das leider noch keinen Namen hat. Das heißt, diese Menschen sind am Anfang ansteckend, später nicht mehr. Nicht alle Menschen, die zu den Erkrankten in Kontakt stehen, erkranken auch. Es ist glücklicherweise nur ein kleiner Teil."

„Das bedeutet aber, dass sich Gianni angesteckt haben muss, als er mit mir bei Ötzis Volk war. Nur dort bestand ja ein enger Kontakt", warf ich ein. „Gleichzeitig muss auch bemerkt werden, dass das Virus bei mir, obwohl ich dieselben Kontakte hatte wie Gianni, nichts ausgerichtet hat, denn ich bin ja gesund."

Jutta lächelte mich an.

„Was können wir nun tun?", fragte Tapara in die Runde.

Peter Hill streckte sich. Er blickte Tapara direkt an.

„Also, ich denke, er bekommt jetzt das Ritux, das Anti-CD20-Serum. Das ist die bis heute am besten untersuchte Substanz für diese Patienten. Es ist der Verdienst der norwegischen Forscher, dass sie diese Substanz gefunden haben. Es war ein Zufall, dass sie bei Patienten mit Lymphknotenkrebs und ME/CFS diese Substanz nach den internationalen Leitlinien eingesetzt hatten und gleichzeitig die Symptome der Erschöpfung und die Muskelschmerzen beseitigen konnten."

„Leider sind ja nach ein paar Wochen die Beschwerden wieder zurückgekommen", entgegnete Tapara.

„Ja, das ist richtig", sprach Peter Hill, „deshalb wurde die Behandlung auch wiederholt und die symptomfreien Intervalle nahmen dadurch deutlich zu."

„Es gibt also ein Behandlungsschema?" fragte Tapara.

„Ja, es gibt inzwischen ein Behandlungsschema", bestätigte Peter Hill, „und es wird gerade an weiteren Patienten überprüft. Alle sind optimistisch, und wahrscheinlich werden schon bald weitere Substanzen untersucht werden können, die möglicherweise eine noch bessere Wirkung haben."

Tapara fasste in ihre Tasche und stellte ein kleines Fläschchen mit einer Flüssigkeit auf den Tisch.

Wir beugten uns vor und versuchten die Schrift darauf zu entziffern. Es stand tatsächlich Ritux auf dem Etikett. Das war also das Mittel, weshalb Tapara diese Schwierigkeiten bekommen hatte? Das also hatte sie in Gefahr gebracht? Auch Peter Hill nahm es in die Hand und hielt es ans Licht. Er lächelte verschmitzt und gab es ihr wieder zurück.

„Ja, das ist Ritux. Das würde ich ihm geben, dann hat er die besten Chancen, wieder gesund zu werden. Es wird verdünnt und dann über eine Vene gegeben. Vorher müssen andere Medikamente verabreicht werden, um die Nebenwirkungen niedrig zu halten. Dann wird es aber gut vertragen."

Er schien jetzt ganz entspannt zu sein und lächelte. Diese gute Stimmung strahlte auch auf uns ab. Tapara war erleichtert. Sie wusste, es ging weiter. Wir redeten und redeten. Die Atmosphäre war entspannt. Peter Hill hatte uns sehr geholfen. Wir waren uns sicher, wie es weiter gehen musste.

Wir scherzten. Machten Späße. Lachten. Susan brachte Häppchen und wir aßen vergnügt. Peter Hill öffnete eine Flasche Rotwein und wir prosteten uns zu. Jutta und Susan hatten viel zu bereden. Tapara und Peter Hill verstanden sich gut. Sie tauschten Informationen aus. Peter Hill wusste viel, Tapara konnte von ihm lernen.

Später zeigte er uns allen seine neuen Kunstwerke. Er und seine Frau waren auch Kunstsammler.

Er besaß Bilder einer Künstlerin, deren Bilder geschwungene Linien in weichen Farben zeigten. Sie benutzte viel grüne Farbe und die Bilder waren ziemlich groß.

Ein Bildhauer hatte aus Holz Hände geformt, die Gegenstände hielten. Alles! Autos, Waffen und Menschen!

Wir waren beeindruckt.

Kapitel 5

Gelassen und zufrieden gingen wir aus dem Haus. Es gab jetzt eine Therapie für Gianni. Peter Hill verabschiedete sich freundlich von uns. Jegliche Hilfe bot er uns an. Wir bedankten uns sehr. Wir gingen zum Wagen. Tapara saß wieder auf der Rückbank. Ich startete den Wagen. Wir fuhren langsam die Straße hinunter. Die erste Kurve, dann die zweite. Wir sprachen nicht. Jeder schien noch nachzudenken. Alles war gut gelaufen.

Plötzlich tauchte vor uns eine menschliche Gestalt auf. Sie schien etwas in der Hand zu halten. Plötzlich sah ich, dass es sich um eine Maschinenpistole handelt. Eine Utzi. Ich kannte sie aus meiner Militärzeit. Gefahr! Ich hielt an. Das Seitenfenster war unten.

„Ja", sagte ich.

„Aussteigen!!!" brüllte der Mann.

Sollte ich einfach Gas geben? Mein Gehirn wollte es so. Aber ich hielt doch an. Der Mann mit dem Maschinengewehr kam auf uns zu. Ich stieg aus. Er brüllte mich an.

„Los raus!"

Auch Jutta öffnete die Türe und stand dann neben dem Wagen.

„Nehmt die Hände hoch, aber plötzlich!!"

Wir taten, was er wollte. Er kam weiter auf uns zu und schaute in den Wagen.

„Wo ist sie?"

Er riss die hintere Wagentüre auf und schaute hinein. Die Rückbank war leer. Tapara war verschwunden. Der Mann mit der Maschinenpistole wandte sich wieder an uns.

„Wo ist Sie? Wo habt ihr sie rausgelassen?"

„Nirgendwo", sagte ich. „Wir haben ja nicht gewusst, dass Sie uns hier anhalten werden."

„Verdammt! Verdammt!", brüllte er aggressiv. „Sie ist weg!" „Fuck!" „Lasst den Wagen hier! Kommt mit! Keine falsche Bewegung, oder ich schieße."

Er richtete den Lauf der Pistole auf uns. Wir gingen nun langsam am Wagen vorbei und weiter auf der Straße bergab zur nächsten Kurve. Es war kühl, aber mein Kopf glühte.

Was sollte das Ganze? fragte ich mich.

Klar, die suchten Tapara. Aber warum? Wegen des Medikaments? Sie hatte doch berichtet, dass sie schon im Zug angegriffen worden war. Irgendwie hatte ich das alles nicht richtig ernst genommen.

Wir liefen nun neben dem Mann mit der Maschinenpistole die Straße entlang. Es war dunkel. Die Scheinwerfer unseres Wagens wurden immer schwächer. Nun machte die Straße auch noch eine Biegung, dadurch wurde es immer finsterer.

Jutta hatte bis jetzt keinen Ton gesagt. Jetzt begann sie zu sprechen. „Was soll das? Wir gehen keinen Schritt mehr weiter!" Sie blieb auch tatsächlich stehen. Auch ich blieb stehen. Der Mann trat auf uns zu.

„Ich kann euch auch hier sofort erschießen", brüllte er los.

Die Pistole bewegte er vor meinem Kopf hin und her. Er schwenkte sie dann auf die Seite und drückte ab. Ein lauter Knall war zu hören und dann sofort ein zweiter. Wie durch Geisterhand sackte der Mann in sich zusammen und die Pistole schlug auf den Asphalt auf.

Er lag tot auf dem Boden und starrte uns an. Von ihm ging jetzt keine Gefahr mehr aus.

Dann plötzlich die Stimme von Tapara: „Schnell, zurück zum Wagen. Wir müssen hier weg!"

Wir liefen zurück.

„Eine Gruppe von Leuten steht hinter der nächsten Biegung. Sie haben dort schon auf uns gewartet."

Wir rannten los. Ich keuchte. Alles tat mir weh, aber ich rannte weiter. Jutta war die letzte, die am Wagen ankam.

„Wende!" rief Tapara. Doch das war nicht so einfach. Ich war nervös und zitterte an den Händen. Doch es gelang schließlich und wir fuhren zurück.

„Wohin sollen wir fahren?" fragte ich. „Wieder zu Peter Hill?"

„Nein!" sagte Tapara, das macht keinen Sinn. Wir dürfen ihn nicht in Gefahr bringen. Ich schlage vor, wir fahren zurück nach Hause. Dort sind wir am sichersten. Wir müssen auf eine stark befahrene Straße kommen. Können wir das schaffen?"

„Ich denke schon", sagte ich mit noch etwas zittriger Stimme.

Wir hatten Glück, niemand folgte uns. Aber sicherlich wussten sie bereits, wo wir jetzt genau waren. Der Wagen war wahrscheinlich mit einem Sender präpariert worden, als wir bei Peter Hill waren. Aber wir kamen durch. Keiner sagte ein Wort.

Jeder hoffte, dass wir es schafften, nach Hause zu kommen. Und es gelang!

Wir bogen in die Straße zum Haus ein und sahen dann aber, dass irgendetwas passiert sein musste. Vor dem Haus standen zwei Polizeiwagen und verschiedene Leute darum. Ich erkannte auch unsere Nachbarin. Ich hielt den Wagen an und wir stiegen aus. Tapara hielt sich im Dunkeln.

Ein Polizist kam uns entgegen.

„Guten Abend! Gut, dass Sie kommen. In ihr Haus wurde eingebrochen. Es gab laute Geräusche und die Nachbarin hat uns alarmiert. Schauen Sie nach, was fehlt. Auch wegen der Versicherung!"

Wir gingen langsam zur Tür und schauten uns um. Tatsächlich war sie aufgebrochen worden. Die Tür war jetzt stark beschädigt. Ich trat ein. Es sah alles so aus wie immer. Wir schauten in alle Räume. Die Einbrecher waren im Gästezimmer, dort, wo Tapara ihre Sachen hatte. Hier lag alles auf dem Boden verstreut. Das Gepäck war komplett durchsucht worden. Ich rief nach Tapara und dann sah sie die Bescherung.

„Fehlt etwas?", fragte ich. „Ich weiß noch nicht. Ich muss erst nachschauen!" Sie kniete auf dem Boden. „Ich glaube, es ist alles noch da. Das, was sie gesucht haben, war nicht hier. Nämlich die Waffe und das Medikament. Nein, es war gar nicht hier. Sie haben um sonst eingebrochen."

Ich musste lachen. Natürlich hatte Tapara das Ritux hier gar nicht gehabt. Dafür war sie einfach zu clever. Der Polizist ging wieder. Wir verschlossen die Haustüre provisorisch und setzten uns ins Wohnzimmer. Ich holte aus dem Keller eine Flasche St. Emillion Grand Cru und schenkte jedem einen ordentlichen Schluck ein. Wir prosteten uns zu. Wir hatten eine gefährliche

Situation überstanden. Es ging uns gut. Wir wussten nicht, wie es weitergehen würde. Aber trotzdem, wir sollten das Leben genießen. Peter Hill hatte uns Hoffnung gegeben, das andere würde sich schon von alleine ergeben. So dachte ich. Wir prosteten uns zu. Tapara nippte nur am Glas. Sie musste wachsam sein. Dann wünschten wir uns eine gute Nacht und legten uns schlafen.

Die Nacht war ruhig. Jeder träumte von den Ereignissen. Was würde wohl der nächste Tag bringen? Wie gefährlich war unser Leben? Warum war das so? Was hatten wir getan? Warum wurden wir bedroht?

Die Quantentheorie ist der wichtigste Pfeiler der modernen Physik und die Grundlage unseres Verständnisses der Wirklichkeit. Die Theorie erklärt das Wechselspiel von Wellen und Teilchen bei Elektronen oder Photonen, also Lichtteilchen. Als die Quantentheorie Gestalt annahm, wirkte sie zunächst mysteriös. Nach der Schrödinger-Gleichung können sich Teilchen nämlich wie Wellen verhalten. Der in Kopenhagen tätige Niels Bohr lieferte eine etwas befremdliche Erklärung. Sie wird heute als Kopenhagener Deutung bezeichnet. Erstmals wurde klar, dass die Wissenschaft nicht alles erklären konnte. Unbeantwortete Fragen mussten akzeptiert werden.

Die Kopenhagener Deutung besagt, dass ein Zustand bis zu seiner Messung nicht bestimmt werden kann. Alles hängt mit dem so genannten Kollaps der Wellenfunktion zusammen. Doch wer lässt eigentlich die Wellenfunktion kollabieren? Muss es ein Mensch sein? Muss der Betrachter ein Bewusstsein haben?

Wellenfunktionen der Quanten kollabieren beim Versuch, das Quantensystem zu untersuchen oder zu messen. Wenn das passiert, verschmelzen alle möglichen Zustände des Quantensystems zu einem Zustand, der dann beobachtet wird. Dieses Phänomen führte zur Kopenhagener Deutung und den anderen Interpretationen der Quantentheorie. Die Frage nach der Ursache des Kollapses zum Zeitpunkt der Messung blieb weiterhin umstritten. Es schien, dass wir durch das bloße betrachten, die Quantenwelt verändern könnten. Aber das wäre ja ungeheuerlich. Das würde ja bedeuten, dass wir selbst Einfluss auf die Welt nehmen könnten und nicht umgekehrt.

Aber benötigt das Betrachten ein Bewusstsein? Ein Vorschlag war, dass die Wellenfunktion nur dann kollabierte, wenn die Messung einen bewussten Beobachter mit einbezieht. Der Gedanke war, dass bewusste Beobachter die Welt nur auf eine einzige Art beobachten könnten, deshalb müssten Teilchen den einen oder anderen Zustand annehmen und könnten sich nicht zeitgleich in verschiedenen Zuständen befinden. Dieses Bewusstsein erzwang dann den Zusammenbruch der Wellenfunktion. Die Möglichkeit, dass unser Verstand auf irgendeine Weise mit der Quantenwelt zu tun hatte, führte zu der Frage, ob unser Bewusstsein nicht selbst ein Quantenphänomen sei.

Unser Gehirn besteht aus Atomen und erzeugt elektrische Signale, die den Gesetzen der Physik unterliegen. Möglicherweise kann eines Tages dieser Zusammenhang doch hergestellt werden.

Aber es gab auch andere Erklärungsversuche. Die bekannteste ist die von Hugh Everett. Sie ist als Viele-Welten-Theorie bekannt geworden.

Die Viele-Welten-Theorie schlug vor, dass eine unendliche Zahl von Paralleluniversen existieren müsse. Viele Physiker stimmten zu, dass sich Quantenteilchen nach der Kopenhagener Deutung tatsächlich gleichzeitig in mehr als einem Zustand befinden könnten und die Wahrscheinlichkeitswelle, die ihre

Position voraussagt, es ihnen dann ermöglicht, sich so zu verhalten, als ob sie an mehreren Orten wären.

Hugh Everett präsentierte seine Idee. Sie verzichtete auf den Wellenkollaps. Er kam ohne ihn aus. Stattdessen verzweigte sich die Welt jedes Mal, wenn ein Quantenteilchen mehrere Zustände haben konnte. In einem Zustand befand sich das Teilchen in der ersten Variante des Universums, in einem anderen Zustand in der zweiten Variante. Und so ging es immer weiter.

Beide Wissenschaftler hatten sich später in Kopenhagen getroffen und diskutierten damals ihre verschiedenen Vorstellungen, aber sie konnten sich nicht einigen. Jeder beharrte weiter auf seiner Theorie.

Die wahrgenommene Wirklichkeit ist nur ein einzelner Pfad durch jede dieser Welten. Wir müssen uns also nicht länger darum kümmern, wie ein Photon im Doppelspaltexperiment reagiert. In einem Universum geht es durch den ersten Spalt in einem anderen Universum durch den zweiten. Auch wenn wir nur ein einzelnes Universum unmittelbar erleben, können wir doch das Ergebnis der Wechselwirkungen verschiedener Universen erkennen.

Kapitel 6

Ich wachte auf, und mir fiel plötzlich ein, was gestern alles passiert war. Ich war wie gelähmt. Langsam stand ich dann doch auf und lief durchs Haus in die Küche, um Kaffee zu kochen. Irgendetwas war anders als sonst. Ich ließ die Kaffeekanne stehen und stieg nochmals die Treppe hinauf.

Genau, das war es. Taparas Tür stand offen. Ich schaute ins Zimmer hinein. Es war leer. Kein Gepäck, nichts war mehr da. Auf dem Tisch lag ein Zettel. Ich nahm ihn und las.

„Ich bin weg! Ihr hattet genug Ärger mit mir. Ich versuche Gianni zu helfen. Seid mir bitte nicht böse! Ich melde mich wieder!"

Tapara war weg! Was hatte das zu bedeuten? War es besser, auf eigene Faust los zu gehen? Waren wir ihr keine wirkliche Hilfe gewesen? Wahrscheinlich hatte sie Recht, dachte ich mir.

Der Kaffee war stark, aber das musste heute so sein. Was konnte ich jetzt tun? Gianni brauchte das Medikament. Das war seine Chance. Peter Hill war derselben Meinung gewesen. Deswegen war sie ja jetzt aufgebrochen. Das war verständlich. Sie musste die Zeit nützen. Sie durfte sich deshalb nicht aufhalten lassen. Aber wer sollte Gianni denn das Medikament geben? Das war ja der eigentliche Grund gewesen, weshalb sie hierher gekommen war. Sie wollte sich absichern, ob Ritux das richtige Medikament für Gianni war und sie suchte jemanden, der es ihm verabreichen konnte.

Der Widerstand bestand weiterhin. Die wollten nicht, dass ihr Medikament für diese Erkrankung eingesetzt wurde. Dies würde einen Präzedenzfall schaffen. Das wollten sie nicht. Diese Krankheit existierte ja offiziell gar nicht. Man wollte es anders machen als bei der Entdeckung von HIV. Damals konnte man nicht anders. Die Leute sind ja gestorben, das ließ sich nicht mehr geheim halten. Da hatte man zu spät reagiert. Aber jetzt, bei dieser Erkrankung war es noch möglich. Das Virus war ja noch nicht entdeckt. Das würde noch dauern. Wenn alle zusammenhielten wahrscheinlich noch lange. Und es funktionierte ja auch gut. Keiner wollte sich mit der neuen Erkrankung beschäftigen. Sie galt als umstritten. Keiner wollte damit seinen Ruf beschädigen. Alle wollten ja noch Karriere machen. Schwierigkeiten? Wozu denn? Ich war frustriert!

Früher war das alles anders gewesen. Da wäre so etwas nicht gegangen. Da brannten alle darauf, Neues zu entdecken. Aber heute? Keine Zeit, zu viel Bürokratie. Alle freien Valenzen waren blockiert. Life-Work-Balance. Das musste so sein. Alle fanden das gut. Nicht darüber sprechen. Die Kosten müssten verheerend sein. Die Sozialsysteme würden überaus stark belastet werden. Das durfte nicht sein. Das musste vermieden werden. Und es gelang ja. Bisher! So schnell würde sich nichts ändern. Nein! Und die Psychologen? Die hatten viel zu tun. Was nicht zu erklären war, musste psychologisch sein. So war das ja schon immer. Der Psychologe kann alles erklären. Ein geschlossenes System. Keine Chance, da raus zu kommen. Der Vatikan wusste schon immer, wie es funktionierte, um das System zu erhalten.

Ich saß da und trank meinen Kaffee. Wo war Tapara jetzt? Fuhr sie geradewegs zu Gianni? War sie jetzt in Gefahr? Sicherlich hatte sie das Anti- CD20-Serum dabei.

Tapara war jetzt wieder unterwegs. Sie war zum nächsten Taxistand gegangen, eingestiegen und nochmals zu Peter Hill gefahren. Das Ritux war noch im Auto von Andreas gewesen. Sie hatte es sich wieder geholt. Es stand in der Garage und die war nicht abgeschlossen gewesen. Sie musste nochmals zu

Peter Hill. Er wusste Bescheid. Er war informiert. Sie rief ihn an. Es war früh am Morgen, aber er hatte doch Zeit für sie gehabt.

Das Taxi hielt. Sie ging zum Haus und klingelte. Diesmal war Peter Hill selbst an der Türe.

„Hallo, kommen Sie herein!" Sie schloss die Türe. Vielleicht war ihr ja jemand gefolgt, aber sie wusste es nicht genau. Sie ging hinter ihm her. Das Arbeitszimmer war erleuchtet. Dort nahm sie Platz.

„Es hat mich sehr beschäftigt, dass Sie sagten, dass die Erkrankung, an der Gianni leidet, eine Infektionskrankheit ist. Das hatte ich nicht gewusst. Andreas hat dann ja gefolgert, dass sich Gianni bei unserem Volk angesteckt haben musste, denn das war der einzige Kontakt mit Menschen, den er hatte. Wir sind ja ein altes Volk. Wir lebten ja eigentlich vor 5000 Jahren in der Alpenregion. Es war die Kupferzeit. Wir hatten gelernt aus dem Kupfererz, das vom Norden kam und über die Alpenpässe transportiert wurde, das reine Metall zu gewinnen und zu verarbeiten. Vor allem Waffen wie Beile konnten wir perfekt herstellen. Dadurch erreichten wir einen für damalige Zeiten großen Wohlstand. Leider hatten wir ein familiäres Problem. Mein Vater und sein Bruder vertrugen sich nicht. Es wurde schlimmer und schlimmer und dann ist es eskaliert. Sein Bruder Ritomare hat einen Kupfererz-Transport überfallen und ist dabei umgekommen."

Sie schwieg einen Moment. Das alles hatte sie ja schon einmal erzählt. Es war ihr wohl sehr wichtig, diese Dinge nochmals zu erklären.

„Dieses Ereignis hatte ja dann alles verändert. Ein Fluch lag über unserem Volk. Wir mussten so lange verharren, bis Ritomare feierlich bestattet war. Nach der Ermordung war er dann spurlos verschwunden und erst vor wenigen Jahren wurde er als Eismumie durch die Gletscherschmelze wieder entdeckt. Ötzi, der Eismann, wurde er von allen genannt."

Peter Hill schwieg weiter und hörte aufmerksam zu.

„Möchten Sie auch eine Tasse Kaffee?" fragte er dann. Tapara nickte. Er ging in die Küche und kam mit zwei Tassen wieder zurück.

„Was Sie mir berichtet haben, ist natürlich sehr interessant. Wir sind ja immer davon ausgegangen, dass die Urvölker von nachfolgenden Gesellschaften mit Krankheitserregern infizierte wurden. In diesem Fall wäre es ja aber genau umgekehrt gewesen. Die Ureinwohner infizierten den modernen Menschen. Es könnte natürlich auch sein, dass zusätzliche Faktoren eine Rolle spielten. Ernährung, das heutige Leben oder auch die Genetik. Es ist sicherlich schwierig, das alles herauszufinden."

Tapara sagte nichts. Sie rutschte etwas nervös auf dem Sessel hin und her.

Dann sprach wieder Peter Hill.

„Leider handelt es sich bei ME/CFS inzwischen nicht mehr um eine seltene Krankheit. Das war ja mein eigentliches Forschungsgebiet gewesen. Ich habe dann bei der Fakultät erreicht, dass ich einen kleinen zusätzlichen Etat bekommen habe zur Erforschung dieser Erkrankung. Der Höhepunkt war ein Symposium vor 15 Jahren. Es wurden viele Aspekte der Erkrankung erörtert. Wir sind alle aufgelebt. Jeder dachte, dass es jetzt so weiter ginge, aber wir sind eigentlich dann nicht mehr weiter vorangekommen. Damals wurden auch Selbsthilfegruppen eingeladen und es gab auch Patientenvorstellungen. Sie berichteten von ihrem Alltag und den Umgang mit den Behörden und Versicherungen. Auch die Probleme in der Partnerschaft bei diesen Erkrankten wurden lebhaft diskutiert. Danach waren wir sehr betroffen über die Äußerungen, die damals von den Patienten gemacht worden sind."

Er holte tief Luft.

„Schon das Aufstehen am morgen wird diesen Patienten zur Qual. Die Kranken umgeben sich mit Weckern, um überhaupt wach zu werden. Viele überkommt die Müdigkeit beim Autofahren, ohne dass sie es vorher rechtzeitig bemerken. Das Arbeitsleben wird durch diesen Zustand stark belastet. Und natürlich auch das Privatleben. Selbst der prächtigste Hengst hat keine sexuelle Lust mehr. Die Patienten schleichen oft den ganzen Tag herum, ständig auf der Suche nach einer Sitzgelegenheit oder einem Platz zum Liegen. Schulkinder können nicht mehr am Unterricht teilnehmen. Studenten müssen ihre Vorlesungen reduzieren. Berufstätige können ihren Beruf und ihre Karriere nicht weiter vorantreiben oder sie aufrechterhalten. Viele verlieren schließlich auf eigenen Wunsch oder gezwungenermaßen ihre Tätigkeit und kommen in finanzielle Bedrängnisse. Ihr gesellschaftliches Leben versickert im Sande. Freunde wenden sich ab und können die Klagen nicht mehr ertragen. Die Opfer finden zu nichts, außer dem unbedingt notwendigen."

Er machte eine Pause.

„ Alles ist zu schwer. Oft schaffen sie es nicht einmal mehr, die Wäsche aufzuhängen, nicht einmal mehr die Haare zu frisieren und schließlich wird es sogar zu schwer, den Arm einige Minuten hochzuheben. Ihr ganzes Denken dreht sich nur noch darum, Energie einzusparen. Wundern sie sich nicht, wenn sie nicht einmal mehr ihre Fragen beantworten. Dies geschieht nicht aus Abneigung oder Unhöflichkeit, sondern die Betroffenen wissen nicht mehr, was sie sagen sollen. Selbst wenn sie vom Kopf her dazu noch in der Lage wären, wird selbst die dafür notwendige Artikulation zu anstrengend."

Er machte wieder eine Pause.

„Sie können 24 Stunden am Tag schlafen, ohne je ausgeruht zu sein. Sie schütten sich mit unglaublichen Mengen Kaffee voll oder mit Energy-Drinks. Nichts geht mehr, nichts existiert mehr als ein riesiges schwarzes Loch. Gleichzeitig füllen sich ihre Medizinschränke mit immer mehr nutzlosen Vitaminpillen. Immer mehr versinken sie in ein Stimmungstief für dessen depressionsähnliche Zustände die Verzweiflung über die eigene Erschöpfung verantwortlich ist."

Dann sprach er weiter:

„Dabei gebe es doch so viel zu tun. Haustiere müssten versorgt werden. Der Kühlschrank ist schon wieder leer. Das Auto müsste zur Inspektion. Alles bewegt sich an einem Abgrund entlang. Diese Menschen haben nicht einmal mehr die Kraft, sich laut über ihr Schicksal zu beschweren. Schlaf wird zum Dauerzustand. Dabei ähnelt er immer mehr einem Komazustand. Aber sie sterben noch lange nicht. Selbst dies hat diese Krankheit verhindert."

Er rang nach Luft.

„Magnesium, Zucker, Sauerstoff, Vitamine, Ribose, Carnitin, Q10 und jetzt auch noch K2. Alles wird versucht. Oder handelte es sich ja doch um eine Depression? Dann gibt es halt Antidepressiva, bevorzugt werden Serotoninwiederaufnahmehemmer oder Neuroleptika eingesetzt. Zwangsjacken oder Elektroschocks werden nicht mehr angewendet. Auch kaltes Abduschen wie noch im 19. Jahrhundert gibt es nicht mehr. Der Zustand wird aber immer schlimmer."

Pause

„Aber musste es denn so weit kommen? Durften wir es überhaupt so weit kommen lassen? ME/CFS-Patienten sind selbstmordgefährdet. Ich kannte einige. Sie starben, ohne eine Nachricht zu hinterlassen. Sie hinterließen dann nur noch ein schwarzes Loch. Das Entsetzen bleibt zurück. Nichts ist mehr so, wie es war. Danach gehen Ehen zu Bruch. Alle orientieren sich später neu. Sie müssen es tun, denn die Situation ist nicht mehr zum Aushalten."

Wir schwiegen.

Tapara konnte nichts dazu sagen. Sie dachte an Gianni und all das Elend, das auch sie bereits kennengelernt hatte.

Peter Hill sprach weiter. Er hatte sich inzwischen in Rage geredet.

„Sie fallen schon bei der Gesichtsfarbe auf. Zementfarbig bis gelblich ist die Hautfarbe. Es fehlt an Sauerstoff in den Kapillargefäßen. Die Auswirkung einer erfolgreichen Therapie ist hier am besten zu erkennen. Wenn es ihnen wieder besser geht, werden sie rosiger im Gesicht. Die Augen liegen dann nicht mehr so tief. Die Nase ist besser konturiert. Blutdruck und Puls sind niedrig. Alles ist verlangsamt. Manchmal ist der Pulsschlag kaum zu tasten. Die Augen sind oft gerötet und trocken. Sie wirken wie entzündet. Auch der Mund wird immer trockener, dadurch wird das Sprechen immer noch mühsamer. Immer häufiger treten Herzrhythmusstörungen auf. Das Herz stolpert ständig, weil es ohne Kraft ist. Die Unruhe des Herzens nimmt weiter zu. Soll ich noch mehr Untersuchungen durchführen lassen? Eigentlich habe ich keine Lust mehr dazu. Alles fällt mir doch so schwer. Warum? Wozu? Es gab bisher kein Medikament gegen diese Krankheit. Nur Psychopharmaka, das macht alles keinen Sinn mehr! Die Haut ist sehr empfindlich. Es besteht ein positiver Dermographismus. Du kannst den Namen des Patienten auf den Rücken schreiben und dieser bleibt dann über Minuten sichtbar."

Er hörte auf zu sprechen. Trank weiter seinen Kaffee. Tapara nippte nun an einem Wasserglas.

„Sie können nicht mal Duschen. Sie überlegen sich das, bevor sie es tun. Die Haare waschen? Aber es kostet doch so viel Energie. Ich lasse es lieber sein. Die Geräusche! Sie sind nicht auszuhalten! Sie suchen nach Ruhe. Die soziale Isolation wird dadurch zur Normalität!"

„Aber wie kann es denn sein, dass diese Erkrankung überhaupt als psychologisch angesehen wird?" meldete sich Tapara wieder zu Wort.

„Psychologen, Psychotherapeuten und Psychiater, in deren Händen sich hilfesuchende Menschen begeben, tragen eine immens große Verantwortung. Ihre Aufgabe ist es, Menschen in seelischer Not wieder eine Perspektive zu geben. Gesetzt den Fall es handelt sich um einen Menschen mit einer organischen Erkrankung, der gleichzeitig auch psychische Probleme mit der Bewältigung seiner Erkrankung aufweist, dann besteht die Gefahr, dass der Psychologe die Entstehung der Erkrankung durch psychische Ursachen begründet. Dabei zieht der Patient aber den Kürzeren. Seine wirklichen körperlichen Probleme werden auf diese Weise überhaupt nicht mehr wahrgenommen."

Er hielt kurz inne.

„Das Eingeständnis des Nichtwissens fällt vielen Therapeuten schwer. Etliche von ihnen, insbesondere die unzureichend ausgebildeten, haben es in ihrer Praxis oft genug erlebt, nicht zu wissen, was ihren Patienten wirklich fehlt. Aber sie müssen Diagnosen angeben, und sie greifen dann nach dem Naheliegenden, nämlich zu den Fakten, die ihnen die Patienten und ihre Angehörigen im Vertrauen berichtet haben."

Peter Hill holte tief Luft.

„In Wirklichkeit ist diese Vorgehensweise aber die von Laien, und nicht von Professionellen. Denn Laien glauben oft, Wichtiges im Zusammenhang mit einer Krankheit beitragen zu können. Viele Menschen fühlen sich dazu berufen, psychologische Aussagen machen zu müssen. Die Psychologisierung der Gesellschaft ist sehr weit fortgeschritten. Der Experte ist entbehrlich. Das machen wir selbst, so lautet die Devise. Diese Haltung hat sich leider auch auf viele Behandler übertragen, die eigentlich mit ihrem Latein am Ende sind. Sie haben nämlich ihre Möglichkeiten bereits vollständig ausgeschöpft."

Wieder eine Pause.

„Leider haben sie aber auch keine Ahnung von psychologischen Zusammenhängen. Das wiegt noch viel schlimmer. Es ist eine persönliche Niederlage, nicht zu wissen, was dem Patienten fehlt. Sie begreifen nicht die Chance, ihren Horizont zu erweitern, denn sie könnten es ja tun."

Pause.

Das war hart, dachte Tapara. Das hatte sie nicht erwartet. Das war jetzt eine komplette Abrechnung mit Kollegen. Der Frust saß ziemlich tief.

„Was tut man dagegen?" fragte Tapara. „ Wie schützt man sich gegen Behandler, die alle Regeln der ärztlichen Kunst verletzen?"

„Man kann sich leider überhaupt nicht davor schützen. Man bekommt sie nämlich von Ämtern und Behörden zugeteilt. Was wollen Sie dann machen. Und es sind ja leider nicht die besten, die diese Jobs machen."

Tapara sagte nichts mehr.

„Das Problem ist außerdem, dass der Patient schwer krank ist, dass ihm aber seine Krankheit zu Beginn auf den ersten Blick oft nicht anzusehen ist. Uninformierte Ärzte müssen darüber aufgeklärt werden, dass der Patient alle seine Kräfte mobilisiert hat, um diesen Termin, z.B. bei einem Gutachter, überhaupt durchzustehen. Er muss sich davon allerdings hinterher dann tagelang wieder erholen."

Tapara schwieg weiter.

Das hörte sich alles nicht gut an. Wie würde es Gianni weiter ergehen. Sie hatte jetzt schon über drei Tage nichts mehr von ihm gehört. Sie fühlte plötzlich eine Traurigkeit in sich aufsteigen. Sie dachte nach. War abgelenkt. Dann blickte sie wieder zu Peter Hill. Der lächelte freundlich. Aber auch er schwieg jetzt. Sie nippte wieder an ihrem Kaffee. Alles war so kompliziert. Früher war alles so einfach gewesen. Bei ihrem Volk, zusammen mit ihrem Vater Sagomare. Ihre beiden Brüder waren immer zur Stelle, wenn sie gebraucht wurden. Jetzt musste sie alles selbst regeln.

Peter Hill war doch noch nicht fertig.

„Die Häufigkeit mit der heute psychiatrische Diagnosen gestellt werden, hat inzwischen Dimensionen angenommen, die den Rahmen jeglicher Vernunft und Wissenschaftlichkeit sprengen. Es muss deshalb vermutet werden, dass Unwissenheit nicht alleiniges Motiv sein kann, weshalb psychiatrische Diagnosen eine so breite Anwendung finden. Das ist besonders bei

ME/CFS zu beobachten. Die Krankheit ist ja bis jetzt unheilbar. Was soll die Betonung des Psychischen. Es erscheint lächerlich. Spätere Generationen werden darüber nur den Kopf schütteln."

Peter Hill schwieg kurz.

Tapara schenkte sich nochmals Kaffee nach. Sollte sie wieder zu Gianni fahren? Oder doch noch hier bleiben?

„Gianni zu unterstellen, ein psychisches Problem könnte der Auslöser seiner Erkrankung sein, ist natürlich absurd und total konstruiert. Wir waren glücklich zusammen. Kein negativer Funke hat unsere Liebe getrübt. Bis zu dem Tag, als alles anfing. Wie aus heiterem Himmel, wie wenn plötzlich ein Gewitter aufzieht und es dann regnet. Niemand konnte damit rechnen. Nein, eine psychische Ursache hat diese Krankheit nicht."

Da war sich Tapara ganz sicher.

„In der heutigen Zeit ist das eine kindliche Vorstellung. Der erwachsene Mensch urteilt anders", ergänzte Peter Hill.

Nach kurzer Pause sprach er weiter.

„Das Regelwerk des ICD, das ist die Einteilung von Erkrankungen durch die Weltgesundheitsorganisation WHO, wird ständig verletzt. Der hilflose Arzt schiebt dem Patienten die Verantwortung für seine Gesundung in die Schuhe. Aber der Patient ist nicht verantwortlich für seine Krankheit. Der Patient ist mit seiner Erkrankung nicht seinem Willen und seiner Disziplin unterworfen. Er kann sich nicht seiner Erkrankung entledigen. Im Gegenteil. Jede konfrontierende Psychotherapie und jede Verhaltenstherapie die dem Patienten die Heilungskompetenz überantwortet, wird die Situation verschärfen. Dem Patienten wird auf diese Weise die Schuld für seinen schlechten Gesundheitszustand angelastet."

Nochmals entstand eine Pause.

„Unser größtes Problem ist, dass es keinen typischen Blutwert gibt, wodurch die Diagnose eindeutig gestellt werden könnte. Wir kennen nur die Symptome der Erkrankung. Auch das Virus ist bis heute nicht nachgewiesen worden. Natürlich gibt es Auffälligkeiten bei den Untersuchungen, aber sie sind alle nicht typisch für diese Erkrankung, denn sie können auch bei anderen Erkrankungen auftreten. Diese Patienten haben ein verändertes Immunsystem, aber das beweist nichts. Wir müssen weiter forschen!"

Tapara hatte für heute genug gehört. Sie stand auf und bedankte sich bei Peter Hill für seine Erklärungen und ging zur Türe.

Er winkte ihr zu und schloss die Türe dann hinter ihr. Sie stand wieder auf der Straße und fragte sich, wohin sie jetzt gehen sollte. Zu Andreas? Aber das Haus wurde sicherlich überwacht. Vielleicht einfach in ein Hotel. Dort würde sie alles Weitere dann veranlassen. Wie sollte sie auch wieder zu Gianni kommen? Dafür brauchte sie ja ein Auto!

Sie nahm ihr Handy aus der Tasche und bestellte ein Taxi.

Das war rasch zur Stelle. Mit quietschenden Bremsen stand es neben ihr. Sie öffnete die Tür und stieg ein. Auf dem Rücksitz saß allerdings schon eine Person.

Kapitel 7

Es war Jean Petit, Chief Security Officer bei Youngstar Pharmacy. Der Mann aus dem Zug. Sie erkannte ihn sofort. Was wollte er von ihr? Sie schaute ihn überrascht an.

Der Wagen fuhr los. Der Schub drückte sie in den Sitz.

„Guten Tag, Frau Moretti. Schön, Sie wiederzusehen. Wie geht es Ihnen?"

Er grinste sie an und wendete dann den Blick rasch wieder von ihr ab. Sie schaute stur geradeaus. Das waren nur Floskeln. Die Lage war in Wirklichkeit jetzt sehr gefährlich.

„Wir waren auf ihrer Spur. Was haben Sie vor? Es wird nicht gelingen, was Sie vorhaben. Das weiß ich!" Er grinste sie erneut an.

Tapara sagte nichts. Was hätte sie auch sagen sollen. Die Sache war jetzt ziemlich gefährlich. Die wollten sie jetzt beseitigen, das war ihr klar. Gab es denn eine Möglichkeit der Flucht? Sie musste alles versuchen. Aber wie?

Der Wagen fuhr schnell. Niemand sagte etwas. Wohin fuhren sie überhaupt? Sie hatten sie in ihrer Gewalt. Das war ihr jetzt klar. Sicherlich gab es irgendwann eine Gelegenheit zur Flucht. Das musste sie dann schnell ausnützen. Der Wagen hielt nicht an. Es fand auch kein Gespräch mehr statt. Worüber auch? Sie war ja gefangen. Irgendwann verlangsamte der Wagen dann doch seine Geschwindigkeit. Häuser waren nun zu sehen. Ein Hotel? Dort würde der Wagen halten. Wie ginge es dann weiter?

Der Wagen hielt tatsächlich an. Die Wagentüre wurde rasch geöffnet und Tapara wurde aufgefordert auszusteigen. Langsam stieg sie aus. Jean Petit stand bereits neben ihr. Sie war jetzt wichtig für ihn. Er nahm ihren Arm und führte sie zum Hoteleingang. Wie in Trance ging sie mit. Aber ihr Gehirn arbeitete auf Hochtouren. Gab es eine Fluchtmöglichkeit? Wohin könnte sie gehen? Langsam schritt sie weiter. Sie gingen durch den Eingang ins Hotel. Sie kamen in die Hotellobby. Alles sah friedlich aus. Sie fand nichts Auffälliges und ging mit ihm weiter. Dann zum Aufzug und nach oben. Der Aufzug hielt abrupt, beide stiegen aus. Den Gang entlang. Eine Zimmertüre stand bereits offen. Sie gingen ins Zimmer hinein. Zwei Männer standen am Fenster und drehten sich um.

„Signora Moretti! Guten Tag!" wurde sie begrüßt.

Tapara setzte sich in einen Sessel. Sie war jetzt doch ziemlich angespannt. Sicherlich würde nicht sofort etwas passieren, aber sie war nun eingesperrt. So schnell kam sie hier nicht wieder heraus. Das war ihr klar. Irgendwie hatte sie diese Situation schon kommen sehen. Das Medikament hatte sie bei Peter Hill versteckt, als er in die Küche ging, um Kaffee zu holen. Es stand jetzt bei ihm im Bücherregal. Aber die Waffe, die Pistole. Die hatte sie noch bei sich. So schnell war sie nicht zu finden. Das hoffte sie. Jetzt saß sie allerdings drei Männern gegenüber.

Jean Petit hatte sich einen Stuhl geholt und saß ihr gegenüber. Das war ein Verhör. Sie war unruhig, denn bisher hatte sie so etwas noch nicht erlebt. Auch die Männer waren nervös. Das spürte sie deutlich. Sie spielten mit ihren Handys und schauten sie immer wieder nur kurz an. Dann blickten sie wieder aus dem Fenster nach draußen. Sie fühlten sich unwohl, das spürte sie genau.

Jetzt begann Jean Petit zu sprechen:

„Tapara Moretti, sie haben ein Medikament entwendet, das für schwere Erkrankungen entwickelt wurde. Es darf nicht für zweifelhafte Erkrankungen mit umstrittenen Diagnosen eingesetzt werde. Das lassen wir von Youngstar Pharmacy nicht zu. Dadurch wird unsere Forschung in Misskredit gestürzt. Das darf nicht sein. Ich fordere Sie deshalb auf, alles zu unternehmen, um diesen Vorgang zu beenden. Wir werden keine Kompromisse eingehen. Wir nehmen keine Rücksicht mehr. Wir werden das nicht mehr zulassen. Kommen wir zur Sache. Geben Sie das Medikament Ritux wieder heraus! Wir wissen, dass Sie es mit sich führen."

Tapara schwieg. Von dieser Seite drohte ihr keine Gefahr. Sie hatte das Ritux ja gar nicht dabei. Also blieb sie ruhig. Was kam als nächstes?

„Soll ich Sie durchsuchen lassen? Geben Sie es jetzt heraus!"

Sie reagierte immer noch nicht. Sie saß weiterhin ruhig in ihrem Sessel. Das provozierte. Die Spannung stieg weiter an. Aber Jean Petit reagierte noch immer nicht. Warum? Er fühlte sich sicher. Eigentlich konnte ihm nichts passieren. Sie war seine Gefangene. Er blickte die anderen an. Sie warteten auf seine Entscheidung. Das spürte er deutlich. Er musste jetzt also eine Entscheidung treffen.

„Signora Moretti, wir sind hier zu einem Gespräch zusammengekommen, um einen Irrtum zu korrigieren. Sie sind im Besitz eines Medikamentes, das zur Behandlung einer Krebserkrankung entwickelt wurde. Nur dafür. Nicht für andere Erkrankungen, wir sagen Indikationen. Es darf nicht für andere Erkrankungen verwendet werden. Das ist die Vorgeschichte. Dann sind Sie gekommen. Sie wollten dieses Medikament für eine andere Erkrankung einsetzen. Diese andere Erkrankung ist aber sehr umstritten. Sie hat zwar von der Weltgesundheitsorganisation eine Verschlüsselung nach der Internationalen Klassifizierung von Erkrankungen bekommen, das bedeutet jedoch nichts. Die Verschlüsselung ist G93.3. Wer soll damit etwas anfangen. Die meisten Menschen verstehen das sowieso nicht. G bedeutet neurologische Erkrankung, aber das wissen nur wenige."

Er machte eine Pause.

„Chronisches Erschöpfungssyndrom bedeutet nichts. Wir sind alle irgendeinmal in unserem Leben erschöpft. Was soll diese Diagnose? Unser Ziel ist es, dieses hervorragende Medikament nicht kaputtmachen zu lassen. Können Sie das verstehen?"

Er machte erneut eine kurze Pause.

„Große Verluste entstehen uns dadurch. Das wollen wir nicht haben. Deshalb muss die Diagnose „ME/CFS" im Zusammenhang mit unserem Medikament Ritux absolut vermieden werden."

„Wir kommunizieren inzwischen sehr eng mit den Sozialsystemen. Sie sind auf unsere Informationen angewiesen. Sie sind ebenfalls nicht begeistert von dieser neuen Diagnose. Wird sie anerkannt, müssen langfristig hohe Unterhaltszahlungen geleistet werden. Das kann niemand wollen. Verstehen Sie das? Diese Systeme sind uns sehr dankbar. Sie ermuntern uns, so weiterzumachen. Wir stehen in hohem Ansehen. Darauf können Sie sich verlassen. Das freut uns sehr. Wir werden alles tun, dass das so bleibt. Wir wünschen uns eine enge Zusammenarbeit. Sie soll fortgeführt werden. Wenn das gelingt, wird unsere finanzielle Situation auf einem hohen Niveau weiterbestehen.

Verstehen Sie das? Alles ist geregelt, alles funktioniert hervorragend. Dann kommen Sie und nichts ist mehr so, wie es war."

Er machte eine kurze Pause.

„Sie wollen dieses hervorragende Medikament für eine andere Erkrankung verwenden? Das geht nicht! Überhaupt nicht! Verstehen Sie das? Wahrscheinlich nicht. Aber wir wollen das nicht! Überhaupt nicht! Deshalb werden wir Sie stoppen! Heute, jetzt und hier. Sie werden nun kooperieren, davon gehe ich aus"

Immer noch hatte Tapara nichts gesagt.

„Alles andere wäre unvernünftig und gefährlich. Sie haben viel zu viel Verstand, davon bin ich überzeugt. Also los, kooperieren Sie mit uns, dann wird Ihnen nichts geschehen. Wenn nicht, dann kann ich für nichts garantieren. Meine Leute unterstützen mich. Sie dagegen sind alleine. Also arbeiten wir doch zusammen, dann gewinnt jeder."

Jetzt schwiegen alle.

Stille trat ein. Kein Geräusch war zu hören. Tapara hatte nichts dazu gesagt. Sollte sie denn? Würde das denn weiterhelfen? Sie entschied sich, erstmals weiter zu schweigen. Vielleicht würde ihn das ja noch nervöser machen.

Die Stille wurde langsam unerträglich. Er wollte eine Entscheidung, das spürte sie. Ihm dauerte das jetzt schon viel zu lange. Das war er nicht gewohnt. Alles richtete sich normalerweise nach ihm. Warum jetzt hier nicht?

„Signora Moretti, ich fordere Sie auf zu kooperieren. Tun Sie dies nicht, dann werden wir unser Recht energisch durchsetzen. Sie haben noch die Möglichkeit eines friedlichen Verlaufs unserer Verhandlungen. Ich fordere Sie nochmals und letztmals auf zu kooperieren."

Wieder tat Tapara nichts. Sie schaute starr nach vorne. Sie sprach nicht. Sie regte sich nicht. Es passierte auch nichts. Ihr war klar, dass nun sehr bald aber etwas passieren musste. Sie war auf der Hut. Sie hatte noch ihre Pistole. Niemand hatte sie ihr bisher weggenommen. Sie würde sie benutzen, wenn es notwendig sein sollte. Wahrscheinlich war das jetzt dann gleich soweit.

Plötzlich klopfte es an der Zimmertüre. Ohne ein Zeichen abzuwarten wurde sie dann geöffnet. Herein kam eine Hotelangestellte mit einem Servicewagen, auf dem Getränke und ein kaltes Buffet standen. Langsam schob die junge Frau den Wagen ins Zimmer herein.

Als die Frau vom Hotelservice dann neben Tapara angekommen war, sprang Tapara sofort auf und rannte zur Türe, die noch eine Hand breit offen stand. Blitzschnell war sie aus dem Zimmer, rannte in Richtung Notausgang und war dann verschwunden.

Sie hatte einen Vorteil. Die Verfolger mussten zunächst erst am Servicewagen vorbeikommen, um die Zimmertüre zu erreichen. Draußen war Tapara wie vom Erdboden verschwunden. Jetzt wurde klar, was passiert war. Die Gefangene war weg. Man musste wieder von vorne anfangen. Schnell zum Aufzug. Der stand zwei Stockwerke höher und kam langsam herunter. Die Türe ging auf, aber von Tapara war nichts mehr zu sehen.

Jean Petit war inzwischen auch am Aufzug angekommen.

„Sie darf uns nicht entkommen!" rief er. „Tut alles, um sie zu finden!" Schweißperlen glänzten auf seiner Stirne.

Aber sie war weg!

„Schnell zur Treppe", rief jemand und die Gruppe lief zum Treppenhaus. Dort war es still. Niemand benutzte gerade die Treppe.

„Wir müssen uns aufteilen", rief Jean Petit. „Ihr zwei nehmt die Treppe, ich den Aufzug". Sie rasten die Treppe hinab, er ging zurück zum Aufzug. Er stieg ein und fuhr ebenfalls nach unten.

Tapara öffnete vorsichtig die Türe des kleinen Abstellraumes neben dem Aufzug und schaute auf den Gang hinaus. Alles war ruhig. Kein Mensch war zu sehen. Wo sollte sie jetzt hin? Wo war sie sicher? Wie kam sie je wieder aus diesem Hotel heraus, denn sie würden sicher alles überwachen? Sie musste zunächst hier bleiben, bis alle sich wieder verlaufen hatten. Aber jetzt wohin?

Sie ging wieder zurück in den Abstellraum und schaute sich um. Dann sah sie, was sie brauchte. Es war die Kleidung des Reinigungspersonals, das sie fand. Schürzen, Kittel, Hauben und Schuhe. Das zog sie alles an. Es waren Kleidungsstücke, die sie sogar über ihre normale Kleidung ziehen konnte. Sie beschloss, auch noch einen Schrubber mitzunehmen.

Wieder öffnete sie vorsichtig die Türe und trat hinaus. Erschrocken wollte sie sofort wieder umkehren, denn keine fünf Meter von ihr entfernt, da stand einer der bewaffneten Männer und beobachtete den Gang. Er blickte sie an, aber er erkannte sie nicht. Die erste Prüfung hatte sie also bestanden. Sie grüßte und verschluckte Wortsilben, wie es Menschen machen, die eine Sprache nicht richtig beherrschen und ging langsam den Gang hinunter. Er hatte nichts bemerkt. Jetzt sah sie, dass es auch eine Treppe fürs Personal gab. Sie ging durch die Türe und erreichte die Treppe, die nach unten führte. Sie zitterte etwas. Der Atem war stockend. Stufe um Stufe ging sie abwärts. Sie hörte nur ihre Schritte. Sie hatte trotzdem kein gutes Gefühl. Sie war noch nicht in Sicherheit, das wusste sie. Was würde sie unten erwarten? Konnte sie so einfach aus dem Hotel herausspazieren? Irgendwie würde es schon eine Lösung geben.

Vor ihr ging plötzlich eine Tür auf und eine Gestalt im Dunkeln richtete seine Waffe auf sie. Solch eine Situation hatte sie schon einmal im Zug erlebt. Ob sie erkannt wurde, wusste sie nicht. Sie reagierte aber blitzschnell. Mit dem linken Fuß traf sie sein rechtes Handgelenk. Es knackte und die Pistole fiel auf den Boden. Der rechte Fuß traf sein Gesicht und diesmal klatschte es wie bei einer Ohrfeige. Sie riss die Türe zu, rannte ein Stockwerk tiefer, öffnete rasch dort eine Stockwerkstüre und verschwand wieder auf dem Gang.

Man hatte sie also doch entdeckt, das war ihr jetzt klar. Wo war sie sicher? Neben dem Aufzug gab es wieder einen Abstellraum für das Reinigungspersonal. Sie öffnete die Türe. Auch hier gab es weiße Kittel und Schürzen. Sie nahm alles vom Haken. Was sollte sie noch anziehen, um nicht erkannt zu werden? Eigentlich waren es ja wieder dieselben Sachen, die sie sich schon angezogen hatte. Sie ging ganz nach hinten in den Raum. Putzeimer und Schrubber. Dann sah sie eine Tür. Sie öffnete sie und war überrascht.

Es war ein kleiner Aufzug für höchstens zwei Personen. Dieser Aufzug stand dem Reinigungspersonal zur Verfügung. Mit dem kam sie sicherlich weiter nach unten. Vielleicht sogar in den Keller und von dort dann auch nach draußen. Sie stieg ein und drückte auf U. Langsam setzte sich der Aufzug in Bewegung und fuhr nach unten. Sehr langsam, fand sie, aber er wurde nicht gestoppt. Nach einiger Zeit hielt er an und sie öffnete die Türe.

Der Raum, der vor ihr lag, war ebenfalls dunkel. Sie ging durch die Tür des Aufzugs und schaute sich um. Allerlei Gegenstände befanden sich im Raum. Wieder Putzmittel, Reinigungsgeräte und Schürzen. Am anderen Ende des Raumes war eine Tür. Plötzlich hörte sie Stimmen und diese Türe wurde geöffnet. Blitzschnell versteckte sie sich hinter einer Reinigungsmaschine. Hereinkamen zwei Frauen. Sie unterhielten sich lautstark. „Diese fiesen Dienstpläne, schimpfte die eine. „Immer soll ich am Wochenende arbeiten!" Die andere sagte nichts und beide verschwanden im Aufzug, der sie nach oben brachte.

Vorsichtig kroch Tapara hinter der Reinigungsmaschine wieder hervor. Alles war wieder still. „Gab es vielleicht hier andere Kleider, die sie anziehen konnte? fragte sie sich.

Dann kam der Aufzug wieder nach unten. Das Licht ging an. Sie musste sich wieder verstecken. Die Aufzugtüre ging auf und Jean Petit und einer der beiden Bewaffneten traten heraus. Jean Petit trug einen Verband an seiner rechten Hand. Sein Gesicht war gerötet. Unterhalb seines linken Auges war ein Bluterguss sichtbar. Er war also der Mann mit der Pistole gewesen. Alle drei suchten mit ihren Augen den Raum ab, fanden nichts und gingen weiter zur Tür. Dann waren beide wieder verschwunden. Sie hatten nicht gesprochen. Wieder war sie nicht entdeckt worden.

Tapara saß noch immer hinter dem Reinigungsgerät. Ihr war schlecht. Sie hatte Hunger und sie war zittrig. Ihre Pistole hatte sie inzwischen in die Schürze gesteckt. Sie blieb sitzen. Sollten doch die drei durchs Hotel rennen und müde werden. Sie hatte Zeit. Sie konnte noch immer Andreas anrufen und sich abholen lassen. Sie schaute auf ihre Uhr. Sie war jetzt über drei Stunden in diesem Hotel. Sie würde bleiben und dann in der Nacht versuchen zu fliehen.

Oder sollte sie jetzt schon versuchen, das Hotel zu verlassen?

Kapitel 8

Die Quantenverschränkung ist ein wesentlicher Aspekt der Quantentheorie. Zwei oder mehrere Quantenteilchen können so miteinander verbunden sein, dass eine Änderung des Zustandes eines Teilchens sofort vom zweiten Teilchen widergespiegelt wird, obwohl beide weit auseinander liegen. Albert Einstein hielt dies einst für unmöglich, da die Teilchen dann schneller als mit Lichtgeschwindigkeit Informationen austauschen würden. Das sei nicht möglich. Durch weitere Experimente konnte die Quantenverschränkung allerdings inzwischen eindeutig nachgewiesen werden.

Das war das Unheimliche daran. Niemand konnte diese Phänomene erklären. Albert Einstein gab aber damals nicht auf. Er verfasste eine wissenschaftliche Abhandlung zusammen mit Boris Podolsky und Nathan Rosen, mit der er die Fehler der Quantentheorie nachzuweisen hoffte. Aber Albert Einstein lag falsch. Er irrte total. Zwei verschränkte Teilchen können als ein einzelnes „physikalisches Objekt" betrachtet werden, selbst wenn sie Lichtjahre voneinander entfernt waren.

Als gutes Beispiel kann man „Schrödingers Katze", dieses berühmte Gedankenexperiment, anführen. In der Sprache der Quantenphysik sind Katze und radioaktive Atome verschränkt. Schrödingers Katze ist die „Superposition" der Quantenzustände. Das radioaktive Atom und die Katze in der Kiste nehmen zeitgleich zwei Zustände an. Öffnet man die Kiste, dann findet man die Katze entweder tot oder lebendig, das Atom unversehrt oder zerfallen. Beide Teilchen befinden sich dann in einer „Superposition" zweier Quantenzustände. Prüft man jedoch eines von beiden, dann beeinflusst die Messung sofort den Quantenzustand des anderen. John Bell konnte später eindeutig die Richtigkeit dieser Theorie nachweisen.

Andreas Steinfeld hatte seinen Kaffee ausgetrunken und überlegte, was nun zu tun sei.

Sollte er Tapara suchen? Aber wie und wo? Er wartete bis Jutta wach wurde.

„Wohin könnte Tapara wohl gegangen sein?"

Sie wusste es natürlich auch nicht. „Sie kennt ja niemanden hier. Der einzige ist Peter Hill. Vielleicht ist sie zu ihm?" Sie nahm das Telefon.

„Hallo Susan! Ich wollte Euch nicht stören, aber wir suchen Tapara. Ist sie bei Euch?"

„Ja, sie war da und hat mit Peter gesprochen. Später ist sie mit einem Taxi weggefahren. Aber, das ist schon einige Zeit her."
„Danke! Grüße Peter von mir!" Und sie legte dann wieder auf.

Wir saßen da und dachten nach. Wohin könnte sie danach gefahren sein? Wieder nach Hause? Auch das wäre möglich gewesen. Aber so einfach wieder wegfahren, ohne Nachricht, das konnte ich mir nicht vorstellen. Alles hatte so keinen Sinn. Sie musste sich jetzt wohl selbst helfen. Das konnte sie auch. Sie war ja auch bis hierhergekommen. Ich beschloss etwas verspätet meine Arbeit aufzunehmen, mich abzulenken und verließ das Haus. Der Tag war anstrengend, wie immer und ich vergaß Tapara. Auf dem Weg nach Hause klingelte dann mein Telefon. Es war Tapara!

„Ich brauche Deine Hilfe, Andreas. Ich sitze fest in einem Hotel. Sie wollten mich entführen."

„Wo genau bist Du denn jetzt?" fragte ich.

„Ich habe mich in einem Putzgeräteraum versteckt. Irgendwann werde ich da wieder rauskommen und Du müsstest mich dann abholen. Geht das?"

Ich sagte ja, ohne darüber nachzudenken, wie gefährlich das war. Wir würden sicherlich dann verfolgt werden. Das würde nicht ganz so einfach werden. Aber irgendwie war das doch komisch mit dem Putzgeräteraum, in dem Tapara saß. Ich musste lachen.

„Halte Dich in der Nähe des Haupteinganges auf. Alles Weitere müssen wir dann kurzfristig arrangieren. Bis bald!" Sie hatte bereits wieder aufgelegt.

Sollte ich jetzt gleich losfahren? Das wäre wohl das Beste, dachte ich und bog ab. Es gab viel Verkehr, schnelles Fahren war also nicht möglich. Das Hotel lag am Rande der Stadt. Parkplätze gab es dort genug. Aber ich würde in der Nähe des Haupteinganges den Wagen parken. Möglichst unauffällig, denn es bestand ja die Gefahr, dass ich erkannt wurde. Bald schon sah ich das Hotel in der Ferne und bog in den Parkplatz ein.

Vor dem Haupteingang standen bereits mehrere Autos und ich stellte mich dazu. Sollte ich vielleicht gleich wenden, um schnell wegfahren zu können? Es war sicherlich hilfreich, gleich losfahren zu können. Nach kurzer Zeit stand ich in der richtigen Richtung.

Es klopfte an der Seitenscheibe. Ein Mann in Hoteluniform schaute herein.

„Sie können hier nicht bleiben. Die Zufahrt muss frei bleiben. Suchen Sie sich bitte einen anderen Parkplatz."

Ich sagte etwas von Gast abholen, und steckte ihm zehn Euro zu. Er nickte und ging weiter. Auch eine andere Person interessierte sich für mein Fahrzeug. Er schaute etwas zu lange zu mit herüber als er vorbei ging. Was hatte das zu bedeuten? Ich wartete. Was würde passieren? Würde es für mich nun auch gefährlich werden?

Ich holte mein Telefon aus der Tasche. E-Mails? Eine Patientin aus den Südstaaten der USA schickte mir mal wieder eine Mail. Die würde ich später lesen. Eine Patientin aus Augsburg. Auch dafür hatte ich später noch Zeit. Eine Fortbildung am Wochenende. Die löschte ich sofort. Die mussten ohne mich auskommen. Mein Bruder fragte nach, wann wir uns wieder sehen würden? Gerne, aber erst später wollte ich antworten. Also saß ich da und wartete auf Tapara. Irgendwann würde sie hier erscheinen. Ich schaltete das Radio ein. Der neue Titel von Lana del Rey. Okay. Ich hörte ihn mir an. „Honeymoon". Aber das war doch nicht der Hit, den ich wirklich hören wollte. Also wartete ich weiter.

Eine etwas seltsame Person kam nun aus dem Hotel. Sie hatte eine weiße Schürze an und trug auf dem Kopf eine Haube, die sonst nur im Operationssaal getragen wurde. Ein eigenartiges grünes Geflecht hatte sie da auf dem Kopf. Sie hatte auch noch einen Besen in der Hand. Das passte eigentlich alles nicht so richtig zusammen. Tapara war clever. Langsam näherte sie sich der Beifahrertür. Plötzlich saß sie neben mir.

Es war wirklich Tapara! Ich musste lachen.

Ich startete den Wagen und wir fuhren los. Ich schaute in den Rückspiegel. Niemand folgte uns. Ich fuhr und fuhr. Wir waren gerettet. Sie schaute mich an. Sie lächelte.

„Danke Andreas. Zattomare, der Schamane, sagte, Andreas hat die Kraft, uns alle zu retten. Er hatte Recht. Deine Ruhe und Ausstrahlung stabilisierte uns. So auch heute. Vielen, vielen Dank. Du bist hier und alles wird gut. Ich komme heraus und du bist da. Ich hatte es so gehofft. Es war wirklich gefährlich. Die nehmen keine Rücksicht mehr auf mich. Ich war wirklich in Gefahr. Danke."

Wir fuhren, aber wohin? „Ich bringe dich zu Siggi, dort bist Du sicher", sagte ich. „Aber, wir werden bestimmt überwacht."

Sie nickte. Ich bog nach rechts und schaute wieder in den Rückspiegel. Alles war jetzt dunkel, niemand folgte uns. Ich nahm mein Telefon heraus.

„Siggi, bist du es? Ich brauche deine Hilfe. Ich bin mit Tapara auf dem Weg zu dir. Tapara ist die Freundin von Gianni. Wir brauchen deine Hilfe."

Stille in der Leitung.

„Ist ok. Bis gleich!"

In ein paar Minuten waren wir dort. Siggi war etwas verwirrt. Er wusste natürlich nicht, worum es ging. Aber das würde er bald verstehen. Ich hielt den Wagen an. Das Haus von Siggi war mitten in der Stadt. Seine Wohnung war ganz oben. Man musste zuerst den Aufzug bis zum 4. Stock nehmen. Dann trat man auf einen breiten und hohen Gang. Danach nach links und nach ein paar Schritten stand man vor einem großen schwarzen Metalltor. Dort war eine Klingel. Das Tor öffnete sich dann automatisch und man musste nur noch eine Treppe hochsteigen. Die Wohnung war groß. Sie hatte viele Zimmer, ein großes Wohnzimmer und mitten darin ein Klavier. Er spielte zur Entspannung. Es hörte sich gut an. Es spielte Jazz. Am liebsten Stücke von Bill Evans. Einst Pianist des Miles Davis Quartetts. Er kam uns entgegen.

„Andreas, dich habe ich ja lange nicht mehr gesehen. Tapara, schön dich zu sehen. Andreas hat mir von dir erzählt, ich weiß Bescheid. Setzt euch! Ich habe frischen Kaffee gebrüht. Bin gleich wieder da."

Er verschwand in der Küche und brachte den Kaffee. Ich berichtete dann, was bisher geschah und er blickte uns mit großen Augen an. Das alles fiel ihm schwer zu glauben. Niemand sagte etwas, jeder trank seinen Kaffee.

„Tapara, Du kannst natürlich hier bleiben. Das Gästezimmer ist für Dich gerichtet. Hier kommt so schnell keiner herein."

Wir waren froh. Jetzt würde endlich Ruhe herrschen. Hier konnte uns nichts passieren.

Ein Anruf beim Pizza-Service und wir hatten zu essen.

Wir verabredeten uns für den nächsten Tag und ich verabschiedete mich. Langsam schlich ich durchs Haus. Es war niemand im Aufzug. Vorsichtig ging ich zur Haustüre und wartete, bis das Licht erloschen war. Es war auch hier niemand zu sehen. Schnell ging ich zum Wagen, stieg ein und fuhr los. Auch jetzt war alles ruhig. Ich war erleichtert. Das war nochmals gut gegangen. Wir hatten sie abgeschüttelt. Morgen war ein neuer Tag. Wir waren in Sicherheit! Das fühlte ich deutlich. Jetzt nach Hause und Jutta alles berichten. Also gab ich Gas. Bald würde ich bei ihr sein.

Kapitel 9

Gelassen fuhr ich die Straße zum Haus entlang und bog in die Einfahrt ein. Es war hier alles ganz dunkel. Ich stellte den Wagen ab, ging zur Tür und öffnete sie. Auch im Haus war es dunkel. Jutta war also nicht zuhause. Ich zog meinen Mantel aus und hängte ihn an die Garderobe. Plötzlich traten zwei Gestalten aus den Zimmern hervor und richteten eine Waffe auf mich. Ich war völlig überrascht. Ich spürte, dass ich in Gefahr war. Etwas war geschehen. Was hatte das zu bedeuten? Ich war in der Falle! Sie sprachen nicht. Plötzlich standen sie hinter mir. Ich spürte ihre Waffen in meinem Rücken. Was sollte ich tun? Ich wusste es nicht. Sie schoben mich ins Wohnzimmer. Da sah ich es!

Jutta war gefesselt. Sie saß auf einem der Sessel und war mit verschiedenen Schnüren umwickelt. Im Mund hatte sie einen Stoffballen. Hinter ihr stand jemand im Dunkeln und hatte eine Maschinenpistole im Anschlag. Ich wusste nicht, wie ich diese Situation bewältigen sollte. Ich ließ mich langsam vorschieben. Dann erreichte ich den zweiten Sessel und man ließ mich dort hinsitzen. Ich saß neben und etwas hinter Jutta. Ich atmete tief durch. Auch ich wurde mit Schnüren und Klebeband gefesselt. Niemand hatte bisher ein Wort gesprochen. Wie würde es nun weiter gehen?

Plötzlich stand eine Person auf, die im hinteren, dunklen Teil des Zimmers gesessen hatte und trat auf mich zu.

„Ich heiße Jean Petit, ich bin CSO bei Youngstar Pharmacy und habe den Auftrag bekommen, alle Dinge wieder in Ordnung zu bringen. Leider ist dies nicht so einfach und deshalb brauche ich ihre Hilfe. Sie haben nichts zu befürchten, wenn Sie uns helfen. Wenn nicht, dann kann ich nicht mehr für Ihre

Sicherheit garantieren. Haben Sie das verstanden, Herr Doktor Steinfeld?"

Was sollte ich tun?

Ich sagte nichts, nickte aber mit dem Kopf. Er holte nun einen Stuhl und setzte sich vor mich. Nun trat eine Stille ein. Vielleicht überlegte er sich, wie er beginnen sollte. Er blickte mich an. Er hatte blaue Flecken im Gesicht und ein Auge war etwas zugeschwollen.

„Wir sind auf der Suche nach Tapara Moretti. Leider entkommt sie uns immer wieder. Sie möchte eines unserer wertvollsten Medikamente in falsche Hände geben. Wahrscheinlich in ihre. Das entspricht nicht unseren Vorstellungen und deshalb sind wir eingeschritten. Ich hoffe, Sie können das nachvollziehen?"

Er lehnte sich zurück und beobachtete mich nun genau. Ich sagte immer noch nichts.

„Wir haben sehr, sehr viel Aufwand betrieben, dieses Medikament herzustellen. Etwa zehn Jahre hat es gedauert, bis wir eine Zulassung für Europa bekommen haben. Wissenschaftler sind gekommen und gegangen. Es war eine großartige Zeit, eine Zeit der Innovation. Der Patient stand im Mittelpunkt der Forschung. An finanzielle Dinge hat damals niemand gedacht. Wir waren selbstlose Forscher. Jetzt ist es da und wir wollen nun auch das Finanzielle nicht missen. Wir halten das für in Ordnung."

Ich begann mich schon etwas zu langweilen. Aber die Situation war ja gefährlich. Und auch Jutta wurde ja bedroht. Was wollte er genau? Aber das würde er mir sicher in den nächsten fünf Minuten sagen. Er schaute mich wieder durchdringend an. Er wollte Respekt, das war mir klar. Sie machten sicher ernst, sonst hätten sie uns ja nicht in unserer eigenen Wohnung gefangen genommen.

„Dieses neue Medikament ist fantastisch. Es kann selektiv ganz bestimmte Zellen zerstören, nämlich die CD20-Zellen. So etwas hat es bis jetzt noch nie gegeben. Körpereigene Zellen werden zerstört, wohl gemerkt. Ich schieße sie einfach ab. Plopp! Selektiv! Phantastisch! Die Forschung geht weiter. Wir sind an den nächsten Zellen dran. Wir sind stolz darauf. Wir lassen uns durch nichts davon abbringen!"

Er schaute mich weiterhin mit strengem Gesicht an. Er wollte mir Angst einjagen. Ich versuchte aber irgendwie ruhig zu bleiben. Was hätte ich auch sonst machen sollen?

„Diese seltsame Erkrankung „ME/CFS" soll nun mit unserem Medikament behandelt werden? Das verstehen wir nicht! Warum? Das ist etwas für Psychologen. Nichts für uns. Verstehen Sie? Wir sind eine seriöse Firma! Wir machen diese Dinge nicht mit! Wir lassen uns unsere Forschungsergebnisse nicht kaputt machen!" Die Leute sollen zum Psychologen! Verstehen Sie das endlich! Das kann doch nicht so schwer sein? Verstanden!"

Ich verstand eigentlich nicht richtig, was er meinte. Dieses Medikament hatte doch tatsächlich diesen Patienten mit ME/CFS geholfen. Diesen Menschen ging es unter der Behandlung doch viel besser. Gut, die Wirkung hatte nach einigen Monaten wieder nachgelassen, aber eine erneute Behandlung konnte den Therapieerfolg wieder herstellen. Warum wollte er dieses Medikament nicht für diese Erkrankung einsetzen? Die Vermarktung dieses Medikamentes für ME/CFS würde sicher auch zu starken Umsatzsteigerungen führen, und darum ging es ihm ja. Wir schauten uns wieder an. Wie ging es nun weiter? Ich wartete ab. Zunächst sagte er nichts. Er dachte nach.

„ME/CFS hat ein negatives Image. Das ist der Grund, warum wir es ablehnen, dass diese Menschen mit unserem Medikament behandelt werden."

Das war eine Provokation und das wusste er. Oder doch nicht? Vielleicht war das ja sein ernst. Er wollte meine Meinung hören. Ich musste mein Schweigen jetzt aufgeben.

„Warum hat diese Krankheit ein solch negatives Image? Warum wird überhaupt eine Krankheit nach ihrem Image beurteilt?" sagte ich nun. „Diese Leute sind doch schwer krank!"

Darüber war er jetzt doch amüsiert. Er lächelte. „Bei ME/CFS gibt es nur Verlierer!"

Dabei schüttelte er demonstrativ den Kopf.

„In erster Linie ist der Verlierer der Patient, Keiner kann ihn wieder gesund machen, die Krankheit bleibt oder es geht ihm laufend schlechter. Der Therapeut, er kann keine Therapie anbieten und verschleißt sich in wildem Aktionismus. Die Pharmaindustrie, sie geht pleite, weil die Entwicklungskosten für Medikamente sich nicht lohnen und wir nur draufzahlen. Die Versicherungen und Sozialsysteme, die viel Geld ausgeben müssen für die Unterstützung dieser Kranken und der Staat, dem Steuergelder fehlen, weil die Leute nicht mehr in der Lage sind zu arbeiten. Ist es da nicht besser, die ganze Sache totzuschweigen? Ein Stillhalteabkommen aller Beteiligten, natürlich ohne den Patienten, das ist klar."

Jetzt war er sogar wieder etwas amüsiert und grinste mich an. Sollte ich mich weiter provozieren lassen? Oder eher nichts dazu sagen. An seinem Gesicht konnte ich jetzt aber erkennen, dass er nicht aufhören würde, mir weitere Grausamkeiten an den Kopf zu werfen. Es strahlte Siegessicherheit aus.

„Leider hat das aber so nicht richtig funktioniert. Einfach nichts zu tun ist für manche doch ziemlich schwierig. Einfach nur den Mund zu halten und die ganze Sache treiben zu lassen, ist dann doch zu wenig. Die Patienten hatten dann doch mehr Energie als wir gedacht hatten. Eigentlich nicht sie selbst, aber es gab da ein paar Leute, die etwas Druck gemacht haben. Patientenunterstützer und Selbsthilfegruppen. Normalerweise müssen wir die ja nicht fürchten. Die bestehen ja selbst nur aus Kranken. Aber jetzt sind plötzlich Eltern erkrankter Kinder aufgetaucht und haben Krach geschlagen. Früher haben sich die Eltern selbst gestritten über die richtige Behandlung und sich danach getrennt. Da hatten wir ebenfalls leichtes Spiel. Alleinerziehende Mütter, das ist kein Problem, mit denen kommen wir schon zurecht, denen kann man leicht eine psychische „Macke" unterstellen."

Er schwieg jetzt. Was er gesagt hatte, war ziemlich heftig. Er wollte mich weiter provozieren. Er wollte, dass ich mich jetzt schreiend auf ihn stürzte und er dann leichtes Spiel mit mir hätte. Da dies nicht geschah, sprach er weiter.

„Bestimmte Leute bei der Regierung sind dann doch etwas nervös geworden", fuhr er fort. „Die wollten ja wiedergewählt werden."

Er machte wieder eine Pause. Er brauchte nun frische Energie, um das Ungeheuerliche zu verkraften. Was würde er mir jetzt sagen? Mein zurückgebundener Arm tat mir zunehmend weh. Ich war ja gefesselt, hilflos. Jutta ebenfalls. Die Leute mit den Waffen standen immer noch im Halbdunkel herum, denn die Vorhänge waren alle zugezogen worden. Würden sie uns denn wieder freilassen, wenn er alle seine Geheimnisse ausgeplaudert hatte? Eigentlich müssten sie uns ja dann anschließend beseitigen. Wir durften ja mit diesem Wissen niemals an die

Öffentlichkeit. Die Sache war wirklich ungemütlich. Meine Nervosität nahm zu.

„Wir haben uns überlegt, wie wir die Regierung besänftigen könnten. Die Antwort war verblüffend. Außerdem kam uns unser gutes Netzwerk zu Hilfe."

Er redete wieder. Irgendwie hatte ich den Eindruck, er wollte sich auch etwas von der Seele reden, sich entlasten, einen Mitwisser haben.

„Wir sorgten dafür, dass eine Arbeitsgruppe eingesetzt wurde. Der erste Schritt war, dass über einen Etat verhandelt wurde. Das Geld ist ja für uns nicht so wichtig, wir haben genug davon. Nein, wir wollten etwas anderes erreichen. Es sollte für die Regierung so aussehen, als ob hier ernsthafte Arbeit geleistet würde. Nach deren Meinung kann das nur mit Geld geschehen. Deshalb haben auch Leute aus der Arbeitsgruppe bewusst eine Erhöhung des Etats gefordert. Wir konnten die Leute von der Regierung davon überzeugen, bekamen dann auch das Geld und konnten dann damit das Projekt starten."

Pause.

Eigentlich hatte ich jetzt keine Lust mehr zuzuhören. Aber ich konnte ja nicht weglaufen.

„Wie sollte denn das Ablenkungsmanöver ablaufen?" hörte ich mich fragen.

„Es musste so angelegt sein, dass es von allen verstanden würde. So, als ob alle es schon immer gewusst hätten. Dann hat man mit Politikern immer leichtes Spiel. Und so war es dann auch. Wir haben zunächst die besten Psychologen gesucht und sie in das Projekt mit eingebunden. Sie mussten möglichst viele depressive Patienten in unsere Gruppen einfügen, die gleichzeitig über Müdigkeit klagten. Die Art der Müdigkeit war nicht definiert, auch nach einer muskulären Erschöpfung wurde nicht gefragt. Die neuroimmune Erschöpfung nach Belastung wurde bewusst nicht überprüft. Diese Patienten wurden dann mit stimmungsaufhellenden Medikamenten behandelt und danach wurde eine kognitive Verhaltenstherapie durchgeführt. Mit gutem Erfolg. Den meisten ging es dadurch besser. Das haben wir dann alles veröffentlicht. Alle waren zufrieden. Die Therapie hatte angeschlagen. Es wurde uns bescheinigt, dass wir gute Arbeit geleistet hätten. Und das ist der heutige Stand."

Er schwieg.

„Und dann kam Tapara Moretti und jetzt auch noch Sie. Sie werden verstehen, dass wir das nicht wollen. Wir werden alles tun, um zu verhindern, dass es einen Rückschritt in dieser Sache gibt. Alles soll so bleiben, wie es ist. Daran arbeiten wir gerade."

Er machte wieder eine Pause. Dann stand er auf und ging zu den beiden bewaffneten Männern im Dunkeln. Er sprach auf sie ein. Ich verstand nichts davon. Dann drehte er sich um und sagte:

„Ihr habt Tapara Moretti versteckt. Wir geben euch bis morgen früh Zeit, es uns zu sagen, wo sie ist. Dann werden wir sie holen und an einen sicheren Ort bringen. Wenn ihr das nicht tut, dann werden wir erneut Gewalt anwenden."

Die beiden Bewaffneten und Jean Petit verließen unser Haus, nachdem sie uns beide wieder losgebunden hatten. Jutta zitterte etwas. Sie atmete schnell, als man ihr das Tuch aus dem Mund genommen hatte. Wir waren beide nun sehr erschöpft. Ich legte mich auf den Boden und dachte nach.

Kapitel 10

Jutta hatte sich dann ebenfalls auf den Boden gelegt und versucht, sich zu entspannen. Welcher Wahnsinn war da im Spiel? Was hatten wir eigentlich mit der ganzen Sache zu tun? Klar, wir wollten Tapara helfen, aber unter diesen Bedingungen? Wir waren ziemlich erschöpft. Konnten wir etwas schlafen? Wir mussten es versuchen. Der Tag morgen würde sicherlich ganz schwierig werden. Jutta stand wieder auf und ging in die Küche, um Tee zu kochen. Wir tranken dann langsam den Tee und schauten uns an. Bisher hatte sie wenig gesprochen.

„Und jetzt, wie geht es weiter?" fragte sie.

Sie hatte keine Lust mehr, so weiter zu machen. Das merkte ich deutlich. Sie hatte ja auch Recht. Lange würden wir diese Gewalt nicht mehr aushalten. Wir waren ja beide jetzt schon ziemlich fertig. Aber konnten wir nach dem, was bisher alles geschah, so einfach wieder aussteigen? Ich nicht! Schon wegen Tapara nicht! Aber Jutta?

Ich trank meinen Tee aus und überlegte.

Sie wollten wissen, wo Tapara war. Das konnte ich ihnen sagen. Tapara musste dann nur rechtseitig wieder verschwinden. Ob sie unsere Handys abhörten, oder das Festnetz? Wie konnten wir das umgehen? Das alte Faxgerät! Das fiel mir ein. Siggi hatte bestimmt noch so etwas bei sich herumstehen. Ich holte die alte Schreibmaschine aus dem Schrank, legte ein Blatt Papier ein und begann zu schreiben.

„Hallo Siggi, hallo Tapara, wir sind in Gefahr. Sie waren hier und haben uns bedroht. Morgen kommen sie zurück. Sie wollen wissen, wo Tapara ist. Morgen wird es ernst. Bitte helft uns! Andreas und Jutta"

Siggis Faxnummer stand in meinem Adressbuch. Danach legte ich das Blatt ins Faxgerät und schickte es ab.

Das müsste sie überzeugen, wir brauchten wirklich rasche Hilfe. Wir legten uns dann aufs Bett. Konnten wir schlafen? Wir würden es versuchen. Morgen war sicher ein schwieriger Tag.

Ein lauter Knall ließ mich aus dem Schlaf aufschrecken. Schüsse! Schreie! Dann war wieder Stille. War das bei uns oder in der Nachbarschaft? Ich war so müde und schlief gleich wieder ein. Der Schein einer Taschenlampe traf mein Gesicht. Ich sprang auf. Was war passiert? Tapara stand neben mir. Sie nahm mich in den Arm und küsste mich. Jutta richtete sich ebenfalls auf. Es war kein Traum! Wir saßen nebeneinander. Tapara hier? Siggi hatte sie hergebracht! Und wie ging es jetzt weiter? Wir mussten weg von hier! Aber wohin? Zu Siggi! Das war die Lösung!

Wir packten ein, was wir brauchten und verließen das Haus. Siggi stand in der Einfahrt mit seiner großen Limousine. Der Motor lief. Wir stiegen ein.

„Danke Siggi", sagte ich. Er lächelte und nickte mit dem Kopf. Wir saßen auf dem Rücksitz, Tapara nahm auf dem Beifahrersitz Platz. Siggi gab Gas und wir brausten davon. Zu Siggi!

Dort stiegen wir aus. Das Eisengitter war verschlossen. Die Wohnung war groß. Er hatte genug Platz. Wir richteten uns ein. Siggi hatte gekocht. Wir saßen um den großen Tisch und fühlten uns nun sicher. Aber was würde morgen sein? Mussten wir uns dann wieder in Sicherheit bringen? Heute Nacht würden wir sicher gut schlafen. So war es auch. Alles blieb still.

Der nächste Tag kam. Wir blieben zusammen. So waren wir sicher. Aber wie sollte es eigentlich weitergehen? Beim Frühstück waren wir noch ausgelassen. Siggi stand in der Küche. Rührei, Früchte, Müsli und Kaffee. Es schmeckte uns allen.

Plötzlich kam mir der Gedanke: Gianni! Um ihn drehte sich doch alles. Sollten wir nicht auch mit ihm Kontakt aufnehmen? Doch, das wäre sicher für ihn und für uns wichtig!

„Wir sollten Gianni anrufen. Wir müssen wissen, wie es ihm geht!"

Alle waren einverstanden. Aber gab es denn überhaupt eine Verbindung zu ihm. Er war ja in den Bergen. Vielleicht war er ja auch im Dorf und wir konnten ihn dort erreichen.

Tapara kannte seine Handy-Nummer. Sie rief an. Die Verbindung klappte. Wir hatten Glück!

„Hallo, Gianni, hier ist Tapara. Neben mir steht Andreas. Er möchte mit dir reden. Ich gebe ihm jetzt das Telefon."

Sie reichte mir ihr Handy und ich war verbunden mit Gianni.

„Hallo Gianni, hier ist Andreas, wie geht es dir? Wir sind gerade bei Siggi zum Frühstück." Es sollte entspannt klingen.

In der Ferne hörte ich ein schwaches Seufzen. Dann sprach Gianni:

„Hallo Andreas, schön, deine Stimme zu hören. Es war toll, als wir zusammen bei Ötzis Volk waren. Dort habe ich Tapara kennengelernt. Sie ist jetzt meine Rettung. Ich bin so froh, dass sie mich unterstützt! Wie geht es ihr?"

„Gut, sagte ich, sie ist bei uns. Ohne sie hätten wir echte Probleme gehabt. Du kannst stolz auf sie sein. Sie hat uns erzählt, wie es dir ergangen ist. Das stimmt mich traurig. Wir sind gerade dabei, die Dinge zu regeln, die dir helfen könnten. Wir geben die Hoffnung nicht auf und auch du solltest sie nicht aufgeben."

Wieder seufzte er.

„Wir haben schon so viele Dinge ausprobiert. Tapara hat euch sicherlich viel davon erzählt. Tapara sagte, das neue Medikament könnte mir helfen. Ich bin sehr gespannt darauf. Hoffentlich kommt sie bald zurück, denn ich bin ziemlich alleine. Gestern hat mich Urs von der Länta-Hütte besucht. Du kennst ihn ja. Aber auch das hat mich ziemlich angestrengt. Danach musste ich mich ausruhen. Schön, dass ihr anruft." Seine Stimme war schwach und das Sprechen schien ihm schwer zu fallen.

Er klang wirklich erschöpft. Ich sagte nichts von den Gefahren, denen wir bisher ausgesetzt waren. Auch, dass Tapara in großen Schwierigkeiten war, erwähnte ich nicht. Aber wie sollte es weitergehen. Wer sollte Gianni nun das Medikament geben? Oben am Selva-See. Tapara? Wahrscheinlich! Oder ich selbst?

„Es ist so herrlich hier oben am See", sprach er weiter. „Aber du kennst es ja. Wir hatten eine tolle Zeit damals. Komm zu mir Andreas! Ich weiß, dass du mir helfen kannst! Gib mir bitte jetzt Tapara!"

Ich verabschiedete mich und gab ihr das Telefon.

Sie ging in eine Ecke des Raumes. Er wollte nur ihr etwas Persönliches sagen. Er hoffte so sehr auf sie. Er brauchte sie. So schnell ändern sich die Dinge. Ich kannte das. Immer wieder hatte ich es schon erlebt.

Gianni, wir werden dir helfen, das war mein fester Wille. Später gab mir Tapara das Handy wieder zurück. Sie schaute mich an. Sie war besorgt. Allzu lange konnte sie nicht mehr bleiben. Das war mir klar. Was war der nächste Schritt? Was sollten wir tun? Ich schaute in die Runde. Alle unterhielten sich gut. Die Situation war eigentlich entspannt. Würde es so bleiben? Mussten wir in die Offensive gehen? Wer waren unsere nächsten Gegner? Würden sie uns hier finden? Wir mussten dies besprechen. Das war mir klar. Nochmals zu Peter Hill gehen? Er war kompetent. Er könnte uns sicherlich helfen. Wahrscheinlich wurde er aber auch überwacht. Das wäre sehr gefährlich für ihn und uns.

„Ich muss nochmals zu Peter Hill, denn dort habe ich das Medikament für Gianni versteckt", sagte Tapara plötzlich.

Ich schaute sie erstaunt an. Konnte sie Gedanken lesen?

„Ja, an dem Morgen, als ich bei ihm war, habe ich es dort gelassen. Es erschien mir zu gefährlich, es weiter bei mir zu haben. Also habe ich es hinter die Bücher gestellt, als er in die Küche ging, um Kaffee zu holen."

„Wir könnten ihn auch anrufen und bitten, dass er damit hier her kommt", schlug Jutta vor. Sie dachte praktisch.

„Nein", sagte Siggi, „ich denke, dass inzwischen auch sein Telefon abgehört wird. Dann schnappen sie ihn, bevor er bei uns ist. Dann ist nichts gewonnen."

Er hatte Recht, die Sache war ziemlich verfahren. Wie sollte es weiter gehen? Wir brauchten ein Ablenkungsmanöver!

Jean Petit und seine Leute mussten getäuscht werden. Keiner hatte allerdings eine richtige Idee, wie das Täuschungsmanöver aussehen sollte. Auch Tapara schüttelte den Kopf.

Wen könnten wir dafür einsetzen? Wer könnte das machen? Irgendwie hatte ich plötzlich doch das Gefühl, dass ich das machen müsste. Ich würde das Täuschungsmanöver inszenieren, sie ablenken, und Tapara könnte dann das Medikament wieder bei Peter Hill abholen. Dann könnte es weitergehen!

„Ich werde dir helfen, Tapara, damit du das Medikament für Gianni wieder zurück bekommst", sagte ich. „Wir werden sie täuschen."

„Und wie willst du das machen?" fragte Jutta.

„Ich lenke sie ab, irgendwie."

„Wir müssen aber vorher einen Plan machen. Die Einzelheiten müssen besprochen werden, sonst ist es zu gefährlich", sagte Siggi. „Du weißt ja, dass die bewaffnet sind. Die kennen jetzt keine Gnade mehr."

Das war mir auch klar. Aber eigentlich waren sie ja ganz auf Tapara fixiert. Von ihr wollten sie ja die Sachen. Von mir konnten sie ja nichts bekommen. Ich dachte nach. Wir brauchten auch Siggi. Er könnte der Fahrer sein. Plötzlich wusste ich, wie es gehen könnte.

„Siggi fährt mit mir zu Peter Hill. Tapara ist auch dabei. Sie sitzt hinten und kann nicht gesehen werden. Wir lassen sie ein paar hundert Meter vor dem Haus aussteigen und sie wird sich dann von der Rückseite dem Haus nähern. Wir halten mit dem Wagen vor Peter Hills Haus an. Ich steige aus und gehe zum Eingang. Mir wird geöffnet, ich kündige Tapara an. Peter Hill lässt sie aber über den hinteren Eingang ins Haus. Sie nimmt das Medikament mit und verlässt das Haus genauso, wie sie gekommen ist. Ich verabschiede mich, gehe zurück zum Wagen und wir fahren weg. Dann nehmen wir Tapara später wieder auf. Wir müssen dann unsere Verfolger aber irgendwie wieder abschütteln. Das könnte doch gelingen, oder?"

Ich war mir sicher, dass das klappen würde. Die anderen waren aber eher skeptisch.

„Es könnte auch schiefgehen", meinte Jutta.

Keiner hatte allerdings einen besseren Plan. Also lief alles darauf hinaus, es so zu machen, wie ich es vorgeschlagen hatte. Wir mussten die Dunkelheit abwarten, damit Tapara nicht gesehen wurde. Irgendwie waren alle etwas erleichtert, dass wir jetzt einer Lösung näher kamen. Wir waren alle recht optimistisch.

Schließlich war es Zeit zu gehen. Siggi fuhr den Wagen vor. Wir stiegen ein. Tapara saß hinten. Ich vorne. Stau! Wir steckten wieder im Stau. Das war nichts Neues. Diese Stadt lebte vom Stau. Meter um Meter kamen wir voran. Dann lag die Stadt hinter uns. Wir fuhren aufs Land. Wir kamen voran. Peter Hill war nur noch ein paar Kilometer vor uns. Bald würden wir dort sein. Wir hielten an und ließen Tapara aussteigen. Ich nickte ihr zu. Sie war draußen. Siggi fuhr an. Niemand hatte uns gesehen. Alles war dunkel. Tapara musste es jetzt alleine schaffen!

Wir fuhren langsam weiter. Es wurde heller durch die Straßenlampen. Wir waren in der Straße und sahen Peter Hills Haus. Siggi hielt an. Ich schaute zum Haus. Alles war ruhig. Ich sah niemanden. Nichts war verdächtig. Also stieg ich aus. Ich blickte mich um. Immer noch niemand zu sehen. Ich schloss die Wagentür und ging zum Haus. Alles war ruhig. Ich klingelte. Das Licht ging an. Ich sah Susan. Sie erkannte mich. Sie öffnete die Türe und ich trat ins Haus. „Guten Abend", sagte ich. „Bitte entschuldige die Störung. Wir haben ein Problem. Tapara hat bei ihrem letzten Besuch ein Medikament zurückgelassen. Sie benötigt es aber dringend für ihren Mann."

Irgendetwas stimmte hier nicht. Ihr Gesicht war erstarrt. Das sah ich jetzt erst. Sie schüttelte den Kopf. Jetzt erkannte ich, dass auch ich in Gefahr war, aber es war bereits zu spät. Eine Person trat hinter mich und berührt mich erneut mit einem Gegenstand. Er schob mich nach vorne und ich kam im Wohnzimmer an. Dort wurde das Licht angeschaltet und ich sah mit Entsetzen, dass Peter Hill gefesselt auf einem Stuhl saß. Das kannte ich schon. Das hatte ich erst gestern selbst erlebt. Er schaute mich mit müden Augen an. Sie hatten ihn misshandelt. Seine Frau wurde zum Öffnen an die Haustüre geschickt. Alle waren in Gefahr und ich war nun in der Falle. Sie war zugeschnappt. Hoffentlich war Tapara so clever und hatte alles mitbekommen.

Ich war nun im Wohnzimmer. Neben Peter Hill stand wieder Jean Petit und grinste mich an. Wir sahen uns wieder. Er wusste, dass ich wiederkommen würde. Sahen wir uns jetzt das letzte Mal? Ich hoffte es. Man brachte einen Stuhl und ich musste mich setzen. Da saß ich nun und wartete, wie es weiter gehen würde. Ich saß so, dass ich ein Fenster im Blickfeld hatte. Für kurze Zeit war das Gesicht von Tapara sichtbar. Sie wusste also Bescheid. Das beruhigte mich etwas. Jetzt setzte Jean Petit an, zu sprechen. Er war der Kopf der Unternehmung, das war mir klar.

„Andreas Steinfeld, was suchen Sie hier, warum sind Sie gekommen?"

Ich schwieg. Was hätte ich auch sagen sollen?

Er kam auf mich zu. Würde er mich jetzt schlagen? Er stand vor mir.

„Was wollten Sie hier?"

Ok, dachte ich, gib ihm eine Antwort, vielleicht ist er ja damit zufrieden.

„Ich wollte Peter Hill besuchen. Mich mit ihm unterhalten. Das ist doch zu verstehen, nachdem, was gestern alles passiert ist, oder?"

Er schaute mich an.

„Ihr wolltet das Medikament abholen. Aber deshalb sind wir ja auch hier. Wir haben es bisher nicht gefunden. Wir warten deshalb, bis ihr uns das Versteck zeigt."

Ich sagte nichts dazu. Er lief durch den Raum. Er war nervös.

Wahrscheinlich machten seine Auftraggeber ihm jetzt energisch Druck. Er musste Ergebnisse vorlegen, aber er hatte keine. Ich schaute im Zimmer umher. Im Hintergrund standen zwei Männer mit automatischen Gewehren. Die konnten uns in wenigen Sekunden umbringen. Jean Petit sprang weiter unruhig umher. Er kam wieder auf mich zu und schaute mich an.

„Wir werden den Druck erhöhen. Ihr werdet schon sehen."

Das hörte sich nicht gut an. Das war klar. Es musste also etwas passieren.

„Ich verstehe nicht, was Sie von uns wollen? Sie machen sich schuldig! Sie werden später zur Rechenschaft gezogen werden. Ist ihnen das klar?"

Diese Worte sprudelten aus mir heraus. Jean Petit kam auf mich zu.

„Wir von Youngstar Pharmacy wollen nicht, dass unser Medikament in Verruf kommt. Das habe ich Ihnen schon mehr als einmal gesagt. Diese umstrittenen Diagnosen irgendwelcher

Ärzte wie ME, CFS, FMS und MCS können wir nicht unterstützen. Das ist Humbug, Blödsinn, wie Sie wollen. Damit wird unser Medikament kaputt gemacht. Millionen Forschungsgelder sind dahin. Alles ist dann in den Sand gesetzt"

„Versteht das denn niemand? Wir wollen das nicht. Wir werden alles tun, um dies zu verhindern. Entweder ihr alle kooperiert mit uns oder wir machen euch kalt. Dann haben wir wieder Ruhe. Habt ihr das verstanden? Lange machen wir diesen Zirkus nicht mehr mit. Ok? Gebt nach! Endlich! Oder wir wenden jetzt Gewalt an. Habt Ihr das verstanden?"

Niemand sagte ein Wort. Peter Hill saß zusammengesunken auf seinem Stuhl. Ich saß immer noch neben dem Bücherregal. Wir warteten, was nun geschehen würde. Ich hatte plötzlich Mut und begann zu sprechen. Ich wollte damit Zeit gewinnen.

„Ich verstehe Sie nicht, Herr Petit. Sie bringen uns in Gefahr und das alles nur, weil Sie nicht wollen, dass dieses Medikament bei ME/CFS eingesetzt wird. Das kann ich wirklich nicht verstehen! Warum machen Sie das?"

„Ich habe ihnen schon mehr als einmal gesagt, dass wir keine Medikamente für diese Erkrankungen herstellen wollen. Niemals! Youngstar Pharmacy wird dies nicht machen! Diese Erkrankung hat ein sehr schlechtes Image. Das Medikament wäre rasch wertlos. Diese Krankheit gilt als umstritten. Es ist eine Fiktion. Bei Versicherungen, Sozialkassen und Behörden. Das wird sich auch so schnell nicht ändern. Da lassen wir die Finger davon. Können Sie das denn nicht verstehen?"

Er machte eine Pause.

„Wie oft soll ich es denn noch erklären? Kapieren Sie das endlich! Jetzt geben Sie das Medikament endlich heraus. Wir wollen nicht dauernd Zeit verschwenden. Ich bin schon zu lange hier! Es reicht mir jetzt! Sie geben mir das Medikament jetzt heraus oder wir werden ihnen zeigen, wozu wir fähig sind."

„Peter Hill weiß schon Bescheid, Sie sind jetzt der nächste!"

„Die Sache wird also jetzt wirklich schwierig", sagte ich.

Was tun? Ich dachte nach. Was sollte ich sagen.

„Ganz ehrlich, ich weiß nicht, wo das Medikament jetzt ist. Sie haben sicherlich schon das ganze Haus auf den Kopf gestellt? Ich schlage vor, sie lassen uns jetzt frei und wir vergessen das alles. Das macht keinen Sinn, so weiter zu machen. Verstehen Sie das bitte. Ich schlage vor, wir befreien jetzt Peter Hill und dann verlassen Sie die Wohnung hier und wir gehen zur Tagesordnung über. Ist das ok?"

Ich stand auf und bewegte mich in die Richtung von Peter Hill, als ich einen Schlag gegen mein Knie erhielt und nach vorne fiel. Ich konnte mich gerade noch mit den Händen auffangen, sonst wäre ich mit dem Kopf auf dem Boden aufgeschlagen. Ich erhob mich langsam wieder und schaute nach hinten. Ein bewaffneter Mann hatte mir in die Kniekehle getreten. Er grinste mich an. Nun stand ich wieder und schaute Jean Petit an. Auch er grinste mich an.

Was soll das? fragte ich mich. Ich sagte allerdings nichts. Jean Petit trat wieder auf mich zu.

„Wenn ihr uns nicht helft, dann machen wir kurzen Prozess. Habt ihr verstanden?"

Ich hatte verstanden. Wie ging es jetzt weiter? Was machte Tapara? Oder Siggi? Waren sie auch in Gefahr? Wahrscheinlich. Ich stand also da und beobachtete die Szene. Und natürlich Jean Petit. Er war der Kopf der Unternehmung. Er organisierte alles. Er traf die Entscheidungen. Aber auch er war nervös. Das konnte ich erkennen. Er lief unruhig umher. Wusste er wie es nun weiterging? Würde er Gewalt anwenden? Hatte er seine Leute im Griff?

Peter Hill hatte die ganze Zeit nichts gesagt. Er saß auf seinem Stuhl und beobachtete alles, gab aber keinen Laut von sich. Es war plötzlich still im Raum.

Umso lauter war dann der Knall, der dann folgte. Er war ohrenbetäubend. Rauch stieg auf. Die zwei bewaffneten am Fenster sanken in sich zusammen und lagen plötzlich am Boden. Der Bewaffnete hinter mir fiel ebenfalls nach vorne. Siggi und Tapara waren im Raum und packten mich an den Oberarmen. Auch Peter Hill wurde nach oben gezogen. Jean Petit erhielt einen Schlag gegen den Kopf und sank zu Boden. Wir alle wurden aus dem Haus geschoben und in Siggis Limousine verfrachtet. Da saßen wir nun. Etwas beengt, denn einer war eigentlich zu viel. Jean Petit, sah noch etwas benommen aus.

Siggi fuhr davon. Schnell. Wir wurden nicht verfolgt. Dann kamen wir wieder bei Siggi an und nahmen den Aufzug nach oben. Jean Petit mussten wir stützen. Oben angekommen zogen wir ihn aus. Handy, Funkgerät, Navigation alles nahmen wir ihm ab. Wir steckten ihn in einen Jogginganzug von Siggi und schlossen ihn im Gästezimmer ein.

So, das war geschafft. Wir waren müde und mussten uns nun ausruhen.

Jutta war froh, dass ich wieder da war. Das war alles doch ziemlich gefährlich gewesen. Auch Peter Hill und seine Frau hatten jetzt hoffentlich auch etwas Ruhe.

Kapitel 11

Die Heisenbergsche Unschärferelation, die nachweisen konnte, dass es unmöglich ist, Ort und Impuls eines Teilchens gleichzeitig exakt anzugeben, macht weitere Aussagen zu grundlegenden Eigenschaften von Quantensystemen.

Es ist auch unmöglich, bestimmte andere Kombinationen physikalischer Eigenschaften genau zu messen. Es sind die sogenannte Komplementärgrößen. Auch Energie und Zeit gehören dazu.

Je genauer eine Größe bestimmt werden kann, desto schwerer lässt sich die andere komplementäre Größe messen oder kontrollieren. Die Auswirkungen dieses Phänomens sind allerdings so schwach, dass sie im Alltag wirklich nicht auffallen. Für atomare Teilchen aber spielen sie aber schon eine Rolle.

Es ist eine elementare Eigenschaft der Quantentheorie und kein Fehler der Messanordnung.

Wieder saßen wir zusammen und besprachen das weitere Vorgehen. Bisher waren wir alle glücklicherweise unbeschadet aus den Angriffen hervorgegangen. Hatten wir unverschämtes Glück gehabt? Würde das so bleiben oder mussten wir jetzt doch noch mehr um unser Leben fürchten?

Auch Peter Hill und seine Frau hatten sich nach diesem Schrecken wieder erholt. Sie waren wieder gelassener. Die Heldin war natürlich Tapara. Sie hatte immer für eine entscheidende Wendung der Ereignisse gesorgt. Wir waren ihr sehr dankbar. Sie war stark. Würde es noch mehr solcher Situationen geben? Was würde nun mit Jean Petit geschehen? Wann würden wir ihn wieder frei lassen? Das waren Fragen, die keiner in diesem Moment beantworten konnte.

Die Stimmung war doch etwas gedämpft. Siggi schaute nach Jean Petit und führte ihn an den Tisch. Die Unterhaltungen verstummten. Alle schauten auf ihn. Er wirkte müde und bedrückt. Er fühlte sich als Gefangener, das konnte man spüren. Da sahen wir nun deutlich. Jean Petit blickte uns an. Hatte er Angst?

Möglicherweise! Ich hatte mir nicht genau angesehen, was Tapara mit den Bewaffneten angestellt hatte. Vielleicht hatte er sie gesehen und befürchtete deshalb, genauso behandelt zu werden.

„Auch wenn Sie uns die Gründe für Ihr Handeln bereits erklärt haben, dann können wir trotzdem nicht nachvollziehen, warum Sie so aggressiv gegen uns vorgehen", sagte ich. „Sie haben bewusst unser Leben aufs Spiel gesetzt. Das geht eindeutig zu weit"

Er sagte aber nichts dazu.

„Youngstar Pharmacy muss akzeptieren, dass das vorhandene Medikament für Kranke eingesetzt werden muss, auch wenn sie an CFS/ME erkrankt sind. Der Image-Schaden wäre zu groß, wenn die Bevölkerung dies erfahren würde. Das kann die Firma nicht wirklich wollen."

„Deshalb war ja unser eigentliches Ziel, alle Mitwisser umzubringen, begann er zu sprechen. Wir waren allerdings dazu zu zögerlich. Wir haben zu lange damit gewartet und uns damit selbst in Schwierigkeiten gebracht. Das Ergebnis sieht man ja jetzt. Ich hätte meine Anweisungen konsequenter umsetzen müssen. Das war der Fehler. Nun sitze ich hier und alle werden mich verurteilen."

Er wirkte jetzt noch erschöpfter. Er rechnete nun mit allem. Keiner sagte etwas. Siggi stellte einen Becher mit Wasser vor ihm hin und forderte ihn auf zu trinken. Das tat er dann auch. Aber er schwieg weiter. Das Gespräch ging nicht weiter. Er hatte eben keine Lust mehr, weiter zu sprechen. Wir ließen ihn sitzen und beachteten ihn nicht. Peter Hill war wieder recht munter geworden. Er hatte sich inzwischen von dem Schrecken erholt.

Immer lese ich mehrere Bücher gleichzeitig. Ein medizinisches natürlich. Klar, über ME/CFS derzeit. Und es lässt mich nicht mehr los. Ich blättere zurück und lese ein Kapitel nochmals, weil ich es nicht glauben kann und mich nochmals informieren muss. Ich lese auch ein Buch über Quantenphysik. Das Tao der Physik. Die moderne Physik und die östliche Philosophie. Und ein geschichtliches Buch. Die Vandalen in Afrika. Es sind zwei vandalische Gruppen und die Alanen, die 429 bei Gibraltar nach Afrika übersetzen und weiter nach Karthago ziehen. Einhundert Jahre werden sie dort bleiben. Acht Könige herrschten nacheinander dort. Sie bringen das Weströmische Reich zum Einsturz. Der Osten in Konstantinopel wird weitere Jahrhunderte überleben. Der Osten sorgte dann aber auch für das Ende des Vandalenreiches.

Ist die Psychologie eine Waffe? Psychologen tragen eine große Verantwortung, wie einst Pfarrer und Priester. Verfügen sie auch über eine ausreichende Selbsterfahrung? Haben sie ihre Aggressionen, Ängste und Gefühle unter Kontrolle?

Der Patient zieht sonst immer den Kürzeren. Seine wirklichen Probleme werden nicht wahrgenommen. Eine körperliche Ursache seiner Beschwerden wird nicht gefunden. Also muss eine psychische Erkrankung vorliegen. Dieser Gedanke funktioniert wie ein Reflex.

Es herrscht allerdings ein Zustand des Nichtwissens vor. Ist es möglich, dies einzugestehen? Der professionell arbeitende kann dies sicherlich eingestehen. Er weiß nicht, was dem Patienten wirklich fehlt. Die Suche nach der richtigen Diagnose läuft dann weiter.

Nur der Laie kann es nicht. Er ist der Meinung, irgendetwas zu diesem Problem beitragen zu müssen. Der Laie glaubt, selbst ein Experte sei unnötig. Doch dies ist natürlich ein großer Fehler. Die persönliche Niederlage ist dadurch greifbar nahe. Das Dilemma ist groß. Einerseits ist der Patient schwer krank, aber die Krankheit ist ihm nicht anzusehen. Der Patient mobilisiert alle seine Kräfte in der Untersuchungssituation, um diese durchzustehen. Danach braucht er Tage, um sich davon wieder zu erholen.

ME/CFS ist eine neurologische Erkrankung, dies hat die Weltgesundheitsorganisation bereits 1969 festgestellt und entsprechend klassifiziert und kodiert. Auch bei uns gilt diese Klassifikation. Dies erscheint banal, aber es muss trotzdem immer wieder erwähnt werden.

Wer aus ME/CFS eine psychiatrische Diagnose macht und entsprechend kodiert, verstößt gegen die Richtlinien der Weltgesundheitsorganisation und auch gegen das Sozialgesetzbuch. Eine Erkrankung darf nicht mit zwei verschiedenen Kodierungen versehen werden. Was ist also zu tun?

Egal, was diese Patienten machen, immer wird es gegen sie verwendet. Wenn sie bedrückt und leidend wirken oder frohgemut und zuversichtlich sind. Entweder sie leiden dann unter einer Depression oder sie wollen das Sozialsystem schröpfen. Jetzt kann sich jeder aussuchen, was in den Akten stehen soll!

Hatte ich geträumt? Wie kam ich zu diesen Ideen. Wer hatte mir diese Informationen zukommen lassen? Warum? Es waren Tatsachen! Diese Dinge geschehen täglich. Sie lassen sich auch nicht abstellen.

Die häufigste Verlegenheitsdiagnose bei Erkrankungen unklarer Zuordnung ist eine psychologische Diagnose. Der Untersucher gibt dabei ein Wissen vor, über das er gar nicht verfügt.

Psychologische Diagnosen werden inflationär verwendet. Jeder Mensch, der heute von einem Psychiater oder Psychologe untersucht wird, erhält eine Diagnose aus diesem Fachgebiet. Es müssen deshalb schwerewiegende Gründe vorliegen, damit Patienten mit der Diagnose ME/CFS diese Fachgruppe überhaupt in Anspruch nimmt. Es ist die Hilflosigkeit des Untersuchers. Er fühlt sich eigentlich nicht zuständig und kann deshalb auch die Verantwortung für den Patienten nicht übernehmen.

Wenn es sich um Behauptungen, Mutmaßungen oder Verdächtigungen und nicht um wissenschaftlich überprüfbare und gesicherte Erkenntnisse handelt, dann müssen sich diese Leute Pseudowissenschaftlichkeit vorwerfen lassen.

Wie steht es um das biopsychosoziale Krankheitsmodel?

Es stammt aus den 70er Jahren. Biologische, psychologische und soziale Faktoren spielten dabei eine Rolle bei der Entstehung von Krankheiten. Psychosomatisch ist nicht psychogen und auch nicht selbst verschuldet. Die Heilungskompetenz kann nicht auf den Patienten übertragen werden. Was ist „bio" bei einer Krankheit?

Es ist nur ein geniales Ablenkungsmanöver!

Es ist wieder eine Umetikettierung. Aus einer organischen Erkrankung wird eine psychiatrische Krankheit.

Was sind die Vorteile? Und wem nützen sie? Sind es die Ängste der Psychiater, dass ihnen langsam die „Fälle" ausgehen?

Sie wollen vor allem die Sozialkassen entlasten. Psychopharmaka und Verhaltenstherapie, das sind die Eckpfeiler. Auch andere haben bereits davon profitiert. Ein Wechsel der Klassifikation spart Millionen Euro. Vor allem Versicherungen und Sozialkassen profitieren davon.

Das Anti CD20-Serum ist wesentlich teurer. Was ist, wenn diese Patienten das Serum dann ständig brauchen?

Aber der wirtschaftliche Schaden ist trotzdem immens, wenn diese Patienten nicht richtig behandelt werden. Geheilte Patienten würden innerhalb kürzester Zeit die Kosten wieder hereinbekommen und sie würden auch weiter zur Steigerung des Bruttosozialproduktes beitragen.

Alle Patienten mit ME/CFS fürchten psychiatrische Diagnosen. Sie wissen, dass ihnen diese medizinisch gesehen nichts nützen. Es macht für sie nur dann Sinn, das Stigma zu akzeptieren, wenn aufgrund dieser Diagnosen der Rentenantrag durchgeht. Deshalb wehren sie sich auch zunächst dagegen. Mit diesen von Psychiatern vorgeschlagenen Therapien werden Krankenkassen, Rentenversicherungen und Sozialsysteme aus der Pflicht entlassen. Wer eine Kur in einer psychosomatischen Klinik abbricht oder erst gar nicht antritt, weil er keine oder eine schädliche Wirkung auf seine Gesundheit befürchtet, gilt als therapieresistent oder Verweigerer. Seine Ansprüche werden gestrichen oder erst gar nicht gewährt.

Die Umetikettierung soll also das Gesundheitssystem entlasten. Und auch die Ärzte. Die Psychodiagnose befreit den Arzt von einer eingehenden Beschäftigung mit dem Patienten. Was aber lässt die Sozialsysteme so hartnäckig an psychosomatischer Rehabilitation festhalten, wenn doch die Patienten noch kränker aus diesen Einrichtungen entlassen werden?

Es müssen jährlich 20.000 Betten in psychosomatischen Kliniken gefüllt werden.

Für ME/CFS-Patienten gibt es dagegen in Deutschland noch immer keine einzige Klinik.

Trotzdem akzeptiert der Patient mit ME/CFS die Psychodiagnose. Endlich ist er entlastet. Die Diagnose selbst ist ihm irgendwann egal. Sie belastet ihn nicht weiter. Er hat endlich seine Ruhe. Er hat Zeit, sich wieder um seine Angelegenheiten zu kümmern. Er sieht wieder einen Lichtblick. „Ich werde mir noch etwas hinzuverdienen", das ist die Antwort. Aber alle kennen nun diese Diagnose. Auch das Jobcenter! Sie sind sogar bereit, einen Betreuer zu stellen.

Kapitel 12

Ich schaute in die Runde. Alle waren beschäftigt. Auch Jean Petit saß am Tisch und unterhielt sich mit Jutta. Tapara sprach mit Peter Hill. Ich beschloss, mich zu ihnen zu setzen. Sie sprachen über Forschung. Die hohen Kosten für die Erforschung der Krankheit ME/CFS und die Entwicklung einer Behandlung sind auch ein Grund, die Krankheit zu bagatellisieren. Eine Umetikettierung in eine psychische Erkrankung kommt somit viel billiger.

Diese Sichtweise ist natürlich kurzsichtig. Der wirtschaftliche Schaden ist groß. Wir haben dadurch inzwischen international den Anschluss verloren. Die Kranken sind die Leidtragenden. Irgendwann werden sie auch Schadenersatz fordern. Und sie werden dann vor dem europäischen Gerichtshof Recht bekommen.

Ärzte werden nicht ausgebildet. Sie sind erst gar nicht über die Krankheit informiert.

Wie ist das in anderen Ländern? Leider ist auch dort die Situation oft nicht viel besser.

Das Musterland für ME/CFS ist Norwegen. Seit Jahren gibt es dort Spezialzentren für diese Erkrankten mit einem interdisziplinären Team. Patienten, die so schwer erkrankt sind, dass sie ihr Haus nicht mehr verlassen können, werden zuhause betreut. In Norwegen gibt es neue Behandlungsmöglichkeiten, und diese werden in Studien weiter untersucht. Neue Medikamente werden dort gezielt eingesetzt.

Das Besondere ist, dass die Ärzte von den Patienten lernen. Sie zeigen ihre Dankbarkeit den Patienten. Für viele Ärzte in

Deutschland wäre das undenkbar. Weltweit wird ME/CFS allerdings mit nur wenigen Finanzmitteln untersucht.

„Peter, was halten Sie von der Theorie, dass Viren die Erkrankung ME/CFS auslösen?" fragte ich Peter Hill ganz unvermittelt.

Er schwieg zunächst, dann streckte er sich etwas und sagte:

„ME/CFS ist derzeit die größte Herausforderung für die medizinische Forschung. Das Verständnis über diese Krankheit wird dazu beitragen, auch andere Erkrankungen besser diagnostizieren zu können. Wir haben eine Entzündung, aber unsere typischen und routinemäßigen Entzündungswerte liegen in der Norm. Diese Werte reichen also nicht aus. Aber ist ME/CFS ansteckend? Wir haben Hinweise, dass sogenannte Retroviren im Spiel sind. Es ist allerdings derzeit noch unklar, ob es wirklich einen Zusammenhang mit dieser Krankheit gibt."

„Was sind Retroviren?" fragte Tapara.

„Ich kann das gerne erklären", sagte Peter Hill. „Der Begriff Retro ist eine Abkürzung und steht für **Re**verse **T**ranskriptase **O**nkoviren. Das sind Viren mit einer Hülle, die RNA, also Erbinformation enthält. Diese RNA muss aber zuerst in DNA umgewandelt werden, bevor sie in eine andere Zelle eingebaut werden kann. Es gibt zwei große Gruppen. Exogene und endogene Retroviren. Exogene Retroviren verursachen bei Tieren und Menschen eine Vielzahl von Erkrankungen. Darunter auch viele Krebserkrankungen, neurologische Erkrankungen und Immunschwächen. Das klassische Beispiel ist HIV, das zur AIDS-Erkrankung führt."

Er machte eine kurze Pause.

„Endogene Retrovieren werden von einer Generation zur nächsten vererbt. Wir alle sind bereits Träger von Retroviren "

Er schwieg erneut. Alle schauten ihn erschrocken an.

„Den endogenen Retroviren ist es gelungen, die Keimzelle zu infizieren und ihr Erbgut dann in die Keimzelle einzuschleusen. Die Vervielfältigung der DNA in einer Zelle über Millionen von Jahren führte schließlich zu einer Inaktivierung dieses genetischen Materials. Fast 10% des menschlichen Erbguts besteht aus endogenen retroviralen Sequenzen. Die meisten sind nicht infektiös. Sie machen uns nicht krank. Solange sie inaktiv bleiben. Es wird aber vermutet, dass eine Aktivierung zu einer Erkrankung führen könnte. Aber Genaueres ist nicht bekannt"

„Vor vielen Jahren kam es zu Ausbrüchen von ME/CFS, das heißt, es sind in einer Region gleichzeitig mehrere Menschen erkrankt. An verschiedenen Krankenhäusern zum Beispiel. Das geschah etwa nach Impfungen mit Poliomyelitis, das ist Kinderlähmung. Das waren noch Impfstoffe, die aus Mausgewebe gewonnen wurden. Später wurde die Hypothese aufgestellt, dass ein neues menschliches Retrovirus entstanden sein könnte, das zu den Störungen geführt hat, die wir von ME/CFS kennen. Dieses Virus war weniger mächtig als das HIV-Virus. Es tötete nicht, aber es schwächte die Menschen, die damit befallen wurden."

Peter Hill sprach weiter:

„Möglicherweise haben wir eine sehr lange Latenzzeit, das heißt, es dauert sehr lange, bis die Krankheit ausbricht. Es versteckt sich in bestimmten Zellen. Möglicherweise erkranken nur Menschen mit einem bestimmten Immundefekt. Oder eine Impfung löst die Erkrankung aus. Eine Impfung führt zu einem Anstieg bestimmter Zellen. Wenn sich nun das Virus in diesen

Zellen befindet, dann führt die Impfung auch zu einer Vermehrung dieses Virus."

„Hier kommt jetzt auch das neue Anti-CD20-Serum ins Spiel. Es tötet bestimmte Zellen ab, die möglicherweise mit dem Virus befallen sind. Das Virus hat nun keine Rückzugsmöglichkeiten mehr und der Patient gesundet dann. Das gelingt aber umso schlechter, je länger der Patient bereits erkrankt ist."

Er machte erneut eine Pause.

„Das Medikament tötet nur junge und unreife Zellen ab. Ältere Gedächtniszellen dagegen nicht. Sie erinnern sich an frühere Infektionen und produzieren weiter Antikörper. Das Anti-CD20-Serum wird in den Organismus des Kranken gegeben. Es trifft auf den mit Retroviren infizierten Körper. Dadurch wird eine Immunreaktion ausgelöst und der Ausbruch einer weiteren Infektion verhindert. Auch andere, zunächst harmlos verlaufende Infektionen, können einen neuen Krankheitsschub auslösen."

Es gab natürlich viele Fragen.

„Können Retroviren auch durch die Luft übertragen werden?"

„Warum hat sich dann die Krankheit nicht stärker verbreitet?"

„Warum gibt es doppelt so viele HIV-Infizierte wie ME/CFS-Erkrankte? Dabei sind die Infektionen, die zu ME/CFS geführt haben, etwa 20-30 Jahre früher ausgebrochen."

„Warum ist ME/CFS nicht stärker übertragbar? Auch nicht über Körperflüssigkeiten?"

Peter Hill blieb ruhig.

„Dieses neue Retrovirus ist weniger aggressiv. Es ist weniger pathogen und weniger ansteckend als das HIV-Virus. ME/CFS-

Kranke leben zurückgezogen. Sie haben weniger Sozialkontakte. HIV-Patienten sind dagegen lange symptomfrei. Dabei ist die Viruslast hoch und sie infizieren in dieser Phase unwissentlich ihren Sexualpartner. Möglicherweise ist der ME/CFS-Patient nur in einer sehr frühen Phase der Erkrankung überhaupt ansteckend. Das wäre auch die Erklärung, warum diese Erkrankung gehäuft in Familien auftritt."

Er machte wieder eine Pause.

„Man müsste eine antivirale Therapie durchführen, das ist meine Meinung."

Er lehnte sich zurück.

„Aber es gibt noch andere Beobachtungen. Schon allein das Hüllprotein des Virus könnte auch eine Autoimmunerkrankung auslösen. Die Proteine der Hülle wirken wie ein Autoantigen bei Patienten mit einer gestörten Immunfunktion. Bei gesunden Menschen tritt wahrscheinlich gar keine Reaktion ein."

Wir schwiegen.

Das war alles sehr interessant, aber es brachte uns nicht weiter.

Wo war der Behandlungsansatz?

„Wir haben beobachtet, dass die Zahl der AIDS- und ME-Erkrankungen parallel seit den 80er Jahren angestiegen ist. Es gibt Forscher, die ME/CFS als ein Begleitphänomen der AIDS-Epidemie sehen. Dabei könnten noch andere Viren eine Rolle gespielt haben wie etwa das Herpes-Virus Typ 6."

Ich dachte gerade noch darüber nach, was Peter Hill gesagt hatte.

Plötzlich gab es einen sehr starken Knall. Das Haus zitterte und der Boden schwankte. Alle schreckten hoch. Die Wohnungstür wurde aufgerissen und Männer in schwarzen Kampfanzügen kamen in die Wohnung von Siggi gestürmt. Sie trugen Sturmgewehre bei sich, die sie auf uns richteten. Es löste sich auch ein Schuss in der Hektik, aber es wurde glücklicherweise niemand verletzt.

Sie zogen uns von den Stühlen und schoben uns an die hintere Wand des Raumes. Ich blickte mich um. Es waren insgesamt 5 Männer. Sie hatten Mützen auf mit Sehschlitzen, so dass man ihre Gesichter nicht richtig erkennen konnte. Sie redeten nicht, Es war nur ein leichtes Murmeln zu hören. Plötzlich kam eine weitere Person in den Raum. Er stellte sich vor uns auf. Ich schaute zur Seite und sah, dass auch Jean Petit in unserer Reihe stand. Er wirkte angespannt.

„Wir sind gekommen, um Jean Petit, den ihr entführt habt, zu befreien. Er hat eine wichtige Position in unserer Firma. Mein Name ist Alessandro Rodini, ich bin Chief Operating Officer bei Youngstar Pharmacy. Ich bin auch zuständig für Deutschland."

Wir standen jetzt ruhig an der Wand.

„Youngstar Pharmacy wird sich nicht erpressen lassen. Das wird nie passieren. Sie haben uns sehr viel Ärger gemacht. Das sind wir nicht gewöhnt. Wir werden jetzt diese Angelegenheit beenden."

Waren wir in Gefahr? Was bedeutete das nun? Ich rechnete mit allem. Er trat auf uns zu und zog Jean Petit zu sich heran.

Er war somit wieder einer der Ihren. Er wirkte erschöpft und ließ alles mit sich machen. Ich sah keine Erleichterung in seinem Gesicht. Sein Gesicht war weiterhin ernst.

Warum auch? Wir hatten ihm ja auch nichts getan, ihm auch nie gedroht. Würden sie uns jetzt alle erschießen? Nein, es geschah zunächst nichts. Sie klopften Jean Petit auf die Schulter und begrüßten ihn. Er aber reagierte nicht, er ließ alles mit sich geschehen. Sie setzten ihn auf einen Stuhl. Er wirkte irgendwie abwesend.

Alessandro Rodini ging auf Tapara zu und zog auch sie zu sich heran. Sie wurde sofort umringt von den Bewaffneten und dann wurde sie weiter zur Wohnungstür gedrängt. Wir konnten nicht eingreifen. Nach kurzer Zeit verließen alle wieder Siggis Wohnung. Sie nahmen Tapara einfach mit sich.

Wir blieben zurück. Stille trat ein. Wir schauten uns an. Tapara war ohne Widerstand mitgegangen. Sie hätte auch keine Chance gehabt zu entkommen. Der Fluchtweg war ihr verstellt.

Ich ging zur Wohnungstür und schaute ins Treppenhaus. Sie hatten das Stahltor zu Siggis Wohnung einfach weggesprengt. Ich schaute auf die Straße, aber es war niemand mehr zu sehen. Ich wartete, aber es erschien niemand.

Also ging ich wieder zurück zu den anderen. Sie saßen auf den Stühlen und waren verstört.

Was würde mit Tapara geschehen? Würden wir sie irgendwann wiedersehen?

Kapitel 13

Tapara ging zusammen mit Alessandro Rodini und den Bewaffneten durch das Treppenhaus von Siggis Haus. Immer wieder spürte sie den Lauf eines Gewehres in ihrem Rücken. Sie wurde immer weiter geschoben.

Zunächst in den Aufzug und dann durch die Haustüre hinaus.

Draußen stand ein schwarzer Kleinbus bereit mit einem Fahrer und alle passten hinein. Sie fuhren los. Wohin? Das fragte sie sich.

Keiner sprach ein Wort. Alles war dunkel, nachdem sie die Stadt verlassen hatten. Es ging über Landstraßen mit wenig Verkehr. Sie wollte sich nicht entmutigen lassen. Was wollten die von ihr? Natürlich das Serum wieder haben, was sonst. Aber sie hatte es nicht dabei. Es war jetzt bei Siggi, in seiner Wohnung. Also, was sollte jetzt diese Entführung eigentlich.

Wie gerne wäre sie jetzt bei Gianni gewesen. Aber es war auch ziemlich schwierig mit ihm in der letzten Zeit gewesen. Nichts war mehr so, wie am Anfang ihrer Beziehung.

Gianni und Andreas waren plötzlich aufgetaucht, wie aus einer anderen Welt. Mit beiden hatte sie sich sofort gut verstanden. Andreas der Ruhige und Ausgleichende und Gianni der Draufgänger. In Gianni war sie schnell verliebt. Bei ihm wollte sie bleiben und so hatte es sich ja dann auch entwickelt. Sie blieb bei ihm. Mit ihrer Familie hatte sie keinen Kontakt. Aber das war in Ordnung so. Das belastete sie nicht.

Und dann die Krankheit. Lange hatte es gedauert, bis die Diagnose klar war: ME/CFS. Ihr wurde dann bewusst, dass es nun ziemlich schwierig sein würde. Eine Therapie gab es nicht und auch keinen Therapeuten, der sich mit dieser Krankheit auskannte. Also, wie sollte sie Gianni jetzt helfen. Sie entdeckte das Serum, konnte es schließlich auch bekommen, aber es fehlte immer noch der Therapeut, und der konnte eigentlich nur Andreas sein.

Aber jetzt war sie wieder ganz am Anfang. Jetzt hatte man sie sogar gekidnappt. Nur weil sie das Serum hatte, das Gianni helfen konnte.

Absurd!

Aber sie wollten ja überhaupt nicht, dass dieses Medikament für ME/CFS eingesetzt wurde. Für die anderen Erkrankungen schon, aber nicht für diese. Das wollte Youngstar Pharmacy nicht.

ME/CFS sei eine umstrittene Erkrankung und dafür wollten sie ihr Medikament nicht hergeben. Das hatten sie immer wieder gesagt. Das konnte überhaupt niemand verstehen. Gab es doch inzwischen viele Menschen mit dieser Krankheit. Das wäre nun auch ein gutes Geschäft für Youngstar Pharmacy geworden.

Warum wollten sie das denn nicht machen?

Die Krankheit war von der Weltgesundheitsorganisation anerkannt. Was wollte man mehr. Irgendetwas hatte sie übersehen. Es gab einen anderen Grund, weshalb Ritux für ME/CFS nicht zur Verfügung stand. Das musste sie herausfinden.

Irgendwie wusste sie es ja eigentlich schon. Die Versicherungsindustrie bestand darauf, dass eine psychische Erkrankung vorliegen müsste, damit konnten Zahlungen an Kranke ausgesetzt werden.

Psychopharmaka und Verhaltenstherapie waren billig zu bekommen. Das musste noch eine Weile so durchgeführt werden. Irgendwann würde das dann aber sicher nicht mehr gehen, aber bis dahin konnte man viel Geld sparen. Also hielten alle zusammen. Noch hielt der Konsens mit Youngstar Pharmacy. Aber wie lange noch. Sie spürte die Gefahr. Die würden alles tun, um sie zu beseitigen. Dann war wieder für einige Zeit Ruhe. Aber sie musste doch Gianni helfen. Und zwar bald!

Die Übermacht war ja viel zu groß. Aber sie war schnell und konnte mit Waffen umgehen. Darauf vertraute sie. Das würde sicher klappen. Sie hatte eine gute Ausbildung bekommen, das würde ihr jetzt sicherlich nützen.

Der Wagen bremste ab und rollte langsam aus. Sie waren angekommen, wo auch immer.

Sechs Männer bewachten eine Frau!

Jemand zog die Wagentüre auf und sie wurde aus dem Fahrzeug gezogen. Es war eine Einfahrt zu einem Haus, das nur spärlich beleuchtet war. Sie war wieder umringt von Bewaffneten, die sie zum Haus führten. Die Haustüre öffnete sich wie von alleine und sie stand zunächst in einem Vorraum und dann im Salon des Hauses. Dieser war hell erleuchtet und mit bequemen Ledersesseln ausgestattet. Irgendjemand drückte sie in einen der Sessel und die Bewaffneten zogen sich in den Hintergrund zurück.

Alessandro Rodini nahm gegenüber von Tapara Platz. Ein Sessel war noch frei. Eine andere Gestalt löste sich aus dem Halbdunkel und setzte sich auf den freien Sessel gegenüber von ihr. Es war ein Mann von schlanker Gestalt, der über zwei Meter groß sein musste. Ihn hatte sie bisher noch nicht gesehen. Er schaute erst auf Alessandro Rodini und dann blickte er sie an. Zunächst sprach niemand. Sie hatte zunächst das Gefühl, dass ihr Gegenüber etwas nervös war. Aber, er hatte sich rasch wieder im Griff. Immer noch herrschte tiefe Stille im Haus. Sie schaute ihn an. Er wich kurz ihrem Blick aus, dann begann er zu reden.

„Mein Name ist John Hooker, ich bin Chief Human Resources Officer bei Youngstar Pharmacy. Der Präsident von Youngstar Pharmacy hat mich zu Ihnen gesandt, um hier das Gespräch zu führen."

Ja, er hatte einen englischen Slang in seiner Stimme. Das fiel ihr gleich auf.

„Es tut uns leid, dass wir Sie hierher fahren mussten, aber hier haben wir die Möglichkeit in Ruhe die Sache zu bereden."

Wieder trat eine Pause ein. Tapara war nicht klar, was er beabsichtigte. Aber, er sprach ruhig weiter.

„Sie sind eine kluge Frau. Sie haben dazu ein großes Herz und sie wollen einem kranken Menschen helfen. Das ehrt Sie!"

Was wollte er?

Das war sicher ein geschicktes Ablenkungsmanöver, sie musste aufpassen. Sie schwieg weiterhin.

John Hooker richtete sich auf.

„Unsere Firma investiert viel Geld in die Forschung. Wir sind äußerst innovativ. Das bedeutet ein hohes Renommee. Wir können es uns nicht leisten, dass wir davon abkommen. Keiner der Investoren ist dazu bereit. Sie bestimmen aber die Richtung, in der wir weitere Felder besetzen werden."

Er machte eine Pause.

„ME/CFS hat kein gutes Renommee. Diese Krankheit gilt als umstritten. Keiner will sie. Es gibt nur Verlierer. Also werden wir uns in diesem Bereich auch nicht weiter engagieren. Es hat keine Zukunft. Das bedeutet, dass wir alles daran setzen werden, dass der Name dieser Erkrankung nicht mit unserer Firma in Verbindung gebracht wird."

Wieder trat eine Pause ein.

„Unser Medikament hat eine internationale Zulassung für Lymphknotenerkrankungen und Rheuma. Das ist gut so. In diesen Bereichen haben wir auch sehr große Erfolge. Man nennt uns an erster Stelle. Diesen Erfolg wollen wir uns bewahren. Das ist unsere Zukunft. Beides sind Erkrankungen mit äußerst positivem gesellschaftlichem Status"

Er machte wieder eine Pause.

„Leider sind wir aber nun durch die norwegische Studie in der Öffentlichkeit in einer Weise und mit einer Indikation präsent, die wir nie wollten. Es schadet uns. Ich hoffe, Sie verstehen mich."

Bisher hatte Tapara geschwiegen. Nun konnte sie sich aber nicht mehr zurückhalten. Sie blickte Hooker ins Gesicht und sprach:

„Sie wissen, dass mein Mann schwer erkrankt ist. Die Diagnose lautet ME/CFS. Bisher konnte kein Medikament identifiziert werden, das Heilung bringen konnte. Das Anti-CD20-Serum Ritux hat gezeigt, dass Hilfe möglich ist und es wird nun in Studien in Norwegen getestet. Ich möchte meinem Mann helfen. Ich besitze jetzt dieses Medikament. Ich möchte ihm damit unbedingt helfen, wieder gesund zu werden."

Jeder schwieg. Keiner sprach weiter.

Dann machte John Hooker einen erneuten Versuch.

„Youngstar Pharmacy hat mich hierher geschickt, um die verquere Situation zu klären. Ich bin beauftragt worden, Ihnen mitzuteilen, dass Sie Ihren Mann nicht mit diesem Medikament behandeln dürfen. Wir werden dies nicht zulassen. Wir wollen keinen Präzedenzfall schaffen."

Tapara schwieg.

Ihr kam das alles völlig absurd vor. Sie durfte ihren Mann nicht mit dem Medikament behandeln? Das kam ihr höchst seltsam vor. Das konnte sie nicht glauben.

Eine kurze Pause war wieder eingetreten.

Dann legte John Hooker nach.

„Wir fordern Sie deshalb ultimativ auf, das Medikament herauszugeben, anderenfalls kann ich für Ihren Schutz nicht mehr garantieren."

Jetzt war ihr klar, dass es nun sehr gefährlich war, länger hier zu bleiben. Sie musste sich nun auf den Rückzug machen. Auch eine Hinhaltetaktik musste sie versuchen. Vielleicht konnte sie John Hookers Schwächen ausnützen.

„Kann ich bitte kurz auf die Toilette?" fragte sie plötzlich.

Hooker schaute Rodini an, der seine Mimik nicht änderte und dann wieder zurück zu Tapara.

„Bitte!"

Tapara stand auf, ein Bewaffneter bewegte sich auf sie zu und zeigte ihr mit einer kurzen Handbewegung den Weg. Nun war sie verschwunden.

Sie ging in die Toilette und sah sich um. Das Fenster war groß und ließ sich problemlos öffnen. Sie schaute hinaus. Draußen war es total dunkel. Sicherlich wurde das Haus auf verschiedenen Seiten überwacht. Das Fenster war jetzt hell erleuchtet und sie war weithin sichtbar. Hier konnte sie nicht herausklettern, das war viel zu gefährlich. Die würden sicherlich auf sie schießen und das Ganze dann als Einbruch hinstellen. Das ging also nicht. An der Decke befand sich eine verschließbare Öffnung. Aber dahin würde sie ohne Leiter nicht hinkommen. Also auch nichts!

Sie beschloss, wieder zurückzugehen und eine andere Gelegenheit abzuwarten.

Sie öffnete die Tür und sofort kam ihr der bewaffnete Mann wieder entgegen und begleitete sie zurück zu ihrem Sessel. Alle Blicke richteten sich nun erneut auf sie. Sie hatte den Eindruck, dass alle von ihr jetzt eine Antwort erwarteten. Doch sie blieb still.

Freundlich blickte sie umher. Er wollte das Serum. Gleich würde er danach fragen. Das waren ihre Gedanken.

John Hooker bewegte sich wieder. Er beugte sich etwas vor und sagte:

„Geben Sie jetzt das Anti-CD20-Serum zurück! Wir wollen das Ritux wiederhaben!"

Wieder trat Stille ein. Der Druck wurde immer größer auf sie. Sie blickte ihn an und sagte:

„Ich habe das Medikament nicht bei mir, ich kann es ihnen also gar nicht zurückgeben."

Sie versuchte ganz unschuldig zu wirken.

Hatte er wirklich gedacht, sie würde das Medikament mit sich herumtragen?

Man hatte sie ja entführt, ohne zu klären, ob sie das Medikament auch wirklich dabei hatte. Irgendetwas stimmte nicht an der ganzen Sache. Das spürte sie.

Kapitel 14

Heute sieht die Lage der Patienten mit ME/CFS in Deutschland, aber auch in anderen Ländern, einschließlich der USA, düster aus. Von allen Seiten wird versucht, eine psychiatrische Erkrankung zu schaffen und entsprechend auch zu behandeln.

Dabei stehen im Vordergrund der Therapie ein ansteigendes körperliches Training und Verhaltenstherapie. Beide Therapieformen führen aber nicht zu einer Verbesserung der Leistungsfähigkeit bei diesen Patienten mit dieser Erkrankung. Auch eine medikamentöse Therapie mit stimmungsaufhellenden Mittel, Antidepressiva genannt, helfen wenig. Aber es kommt noch schlimmer. Man hat der Krankheit jetzt einfach einen neuen Namen gegeben. Sie heißt nun „Systemische Anstrengungsunverträglichkeits-Krankheit", englisch: „Systemic Exertion Intolerance Disease", (SEID). Die Verwirrung ist Absicht.

Die Kriterien für diese Krankheit sind ziemlich ungenau definiert. Es werden sich nun auch wirklich psychisch Kranke in dieser Patientengruppe einfinden, so dass es noch schwieriger sein wird, die Versicherungen zu überzeugen, dass es sich bei ME/CFS um eine körperliche Krankheit handelt.

Dieser sperrige Name wird nur noch ein Grinsen beim behandelnden Arzt hervorlocken, aber kein Mitgefühl. Auch eine neue Verschlüsselung nach ICD (International Classification of Diseases) ist geplant. Es ist zu befürchten, dass dann die bisherige neurologische Zuordnung in eine psychiatrische umgewandelt wird. Viele körperliche Symptome werden nicht mehr berücksichtigt. Vor allem nicht die neuroimmune Entkräftigung nach Belastung, also das Hauptsymptom der Erkrankung.

Tapara wartete noch. Aber es geschah zunächst nichts.

John Hooker blieb zunächst ruhig. Dann gab er ein kurzes Zeichen. Zwei bewaffnete Männer traten aus der Dunkelheit und gingen auf Tapara zu. Sie griffen ihren Pullover und zogen sie hoch.

Da stand sie und blickte sich um. Niemand kam ihr zu Hilfe und sie wurde von den beiden Männern zur Haustüre gezogen. Dort wurde sofort die Türe geöffnet und sie traten ins Freie hinaus.

Der kleine Bus stand noch in der Einfahrt. Aber er hatte inzwischen gewendet und konnte nun direkt zum Gartentor wieder hinausfahren. Auf diesen Bus ging sie zu mit ihren beiden Begleitern. Sie spürte wieder den Lauf der Waffen in ihrem Rücken. Jetzt sah sie auch den Fahrer im Bus. Er hatte sein Handy in der Hand und war dadurch abgelenkt.

Es war ihr plötzlich klar, dass sie nun handeln musste. Jetzt sofort. sonst hatte sie keine Chance mehr.

Blitzschnell drehte sie sich um. Mit einem Tritt traf sie den linken Bewaffneten in den Unterleib. Im Fallen entriss sie ihm die Maschinenpistole. Dem rechten schoss sie damit in die Hand. Er konnte zumindest eine Weile nicht mehr schießen. Auch im nahm sie die Waffe ab. Inzwischen hatte der Fahrer bereits automatisch die Beifahrertür geöffnet. Das war gut so. Sie konnte jetzt direkt einsteigen.

Sie sprang in den Wagen und richtete eine der Waffen auf ihn.

„Los! Fahr los! Ich knalle dich ab!" brüllte sie.

Er schaute erschrocken und startete den Bus. Langsam rollten sie vom Hof. Dann auf die Straße und immer weiter. Wohin? Nach etwa 20 Minuten ließ sie anhalten. Gab er Signale an die Zentrale? Konnte sie dadurch verfolgt werden? Besser sie fuhr jetzt alleine weiter!

„Steig aus!" rief sie.

Er wollte nicht. Er unterschätzte sie. Sie schoss an ihm vorbei in die Türe.

Das reichte!

Er stieg aus.

Sie zog die Türe zu und legt den Gang ein. Der Wagen fuhr los. Es ging weiter. Wohin?

Zurück zu Andreas und Jutta konnte sie nicht mehr. Dort wurden ja alle überwacht. Das hatte keinen Sinn mehr. Aber wohin? Zurück zu Gianni. Ohne das Medikament? Ohne Ritux? Das machte eigentlich auch keinen Sinn. Sie musste mit Andreas Kontakt aufnehmen. Aber wie? Sie hatte seine Telefonnummer.

Sie hatte Geld. Von einem öffentlichen Telefon aus könnte sie telefonieren. Nur kurz. Es durfte nicht zu lange dauern. Man durfte sie nicht finden. Nur kurz telefonieren, sagte sie sich immer wieder.

Sie fuhr irgendwann durch einen kleinen Ort. Es gab hier wirklich noch eine Telefonzelle. Sie stellte den Wagen ab. Das Telefon funktionierte. Sie warf die Münzen ein und wählte.

Es war Andreas!

„Oh, Gott Andreas! Ich bin so froh, dich zu hören. Ich muss es kurz machen, euer Telefon wird sicher abgehört. Ich bin frei. Ich habe einen Wagen und fahre zurück zu Gianni. Nimm das Medikament aus meiner Tasche und warte bis ich mich wieder melde. Könntest Du Gianni dann das Medikament geben? Es geht mir gut! Bis bald!"

Sie legte auf und rannte zum Wagen zurück, stieg wieder ein und fuhr weiter.

Wohin?

Immer gerade aus. Zur Grenze! Aber war sie dort sicher? Sie musste es versuchen. Der Wagen hatte ein Navigationssystem. Das könnte nützlich sein. Es war nach Mitternacht und sie fuhr weiter. Immer den Blick nach hinten gerichtet, ob es einen Verfolger gab. Es war dunkel und sie fuhr immer weiter.

Plötzlich die Grenze. Keine Barriere, keine Kontrolle. Sie verlangsamte ihre Geschwindigkeit. Niemand wollte etwas.

Also weiter! Zu Gianni!

Die Nacht war dunkel. Weiterhin kein Licht hinter ihr. Sie fuhr immer weiter. Langsam zeigte sich ein Lichtstreifen am Horizont. Es wurde heller. Sollte sie wieder mit Andreas telefonieren. Hier auf der Autobahn war das etwas schwierig und auch das Tanken? Die Nadel war schon weit nach links gefallen. Sie musste runter von der Autobahn.

Heidiland! Dort gab es sicher auch etwas zu essen. Das Tanken ging ohne Probleme. Sie hatte eine Kreditkarte im Geldbeutel. Auch das Essen war gut. Rösti. Das liebte sie. Das gab es früher nicht zu essen. Und Gemüse! Sie ging aus dem Restaurant und sah das Telefon.

„Andreas?" Er war wieder sofort dran! „Ich bin jetzt über der Grenze. Gerade habe ich getankt und etwas gegessen. Ist bei euch alles ok?"

„Ja!" Das war seine Stimme. „Wir haben uns große Sorgen um dich gemacht" Sie hörte, dass seine Stimme zitterte. Dieser

Mann hatte Tränen in den Augen, ja wirklich, sie konnte es spüren. Es war nicht zu fassen!

„Sei unbesorgt. Ich schaffe das! Ich fahre zu Gianni. Bitte bring das Medikament mit. Komm zu uns! Wir brauchen dich!"

„Ja, ich komme! Ich kenne den Weg! Bis bald!" hörte sie ihn sagen.

Sie legte auf. Sie schaute sich um. Niemand beobachtete sie. Oder doch? Alle waren hier verdächtig.

Sie ging hinaus. Der Bus stand immer noch da. Niemand war in der Nähe zu sehen. Keiner nahm Notiz von ihr. Aber sie hatte kein gutes Gefühl. Wurde sie vielleicht doch beobachtet. Das konnte schon sein. Aber alles blieb ruhig. Sollte sie warten? Weiter beobachten? Schnell zum Wagen gehen? Sie entschied sich dafür. Sie rannte hin. Riss die Türe auf und startete den Wagen. Sie fuhr los. Es ging. Keiner hinderte sie. Sie fuhr. Weiter! Wurde sie doch beobachtet? Wahrscheinlich! Aber sie konnten sie nicht aufhalten. Die Pistolen lagen noch im Wagen. Sie waren geladen. Die Straße war frei. Sie fuhr weiter. Alles schien ruhig.

Dann kam die Abfahrt ins Gebirge. Sie verließ nun die Autobahn.

Die Orte hießen Camuns, Uors, Tersnaus, Bucarischuna und Lunschania. Irgendwie fühlte sie sich jetzt sicherer. Das Land war ihr vertraut. Das letzte Dorf war ruhig. Alles war so wie immer. Sie fuhr durch den Ort und am Ende bog sie ab ins Peiltal.

Immer am Bach entlang. Jetzt war der Wasserstand ganz niedrig, aber es war nicht immer so. Manchmal war er reisend, richtig gefährlich. Der Wagen schwankte. Aber es ging.

Eigentlich war der Bus viel zu groß für diesen schmalen Weg. Und Gianni? Was würde er sagen, wenn sie mit dem Bus oben ankam? Egal! Hauptsache, sie war wieder da. Sie fuhr die schmale Straße aufwärts. Ein dichter Wald säumte den Weg. Kurve um Kurve umrundete der Wagen. Plötzlich hörten die Bäume ganz auf und Weiden kamen zum Vorschein.

Sie bog nach rechts auf eine Schotterstraße ab und der Wagen fing an, immer mehr zu schaukeln. Es ging immer weiter bergauf. Links und rechts standen noch Kühe und schauten neugierig.

Sie hörten plötzlich alle auf zu fressen. Nur noch ihre Kiefer bewegten sich gleichmäßig weiter. Dann ging es über eine Holzbrücke, und der Wagen schwankte dabei noch heftiger hin und her. Dann weitete sich der Blick und der See wurde sichtbar. Klein zwar, aber sehr idyllisch umgeben von Felswänden und Geröll. Sanft fiel das Gelände zum See hin ab. Der Boden war wellig und es sah aus wie eine große Weide. Allerdings fehlten hier oben die Tiere.

Auf der rechten Seite stand ein für die Bergregion typisches kleines Haus mit einem Fundament aus Stein und einem hölzernen Aufbau. Das Dach war mit flachen Granitsteinen beschwert.

Hier lebte Gianni. Hier war sie endlich angekommen. Eigentlich war das ja sowieso ihre Heimat. Hier hatte ihr Volk gelebt. Doch das war lange her.

Der Platz, wo jetzt das Haus stand, war eigentlich ein heiliger Ort gewesen. Dort fanden jedes Jahr auch die Sonnwendfeiern statt. Das Feuer war immer weit im Gebirge sichtbar gewesen. Der Schamane hatte traditionell die Feierlichkeiten geleitet.

Sie hielt den Wagen an und stieg aus.

„Gianni, ich bin es, Tapara! Hallo!"

Es rührte sich nichts. Alles war ruhig. Sie schloss die Wagentüre.

Irgendetwas stimme hier nicht. Gianni ging es schlecht. Ok! Aber immer meldete er sich sofort, wenn sie kam. Jetzt war aber alles ganz still.

Irgendetwas stimmte hier nicht, das war ihr jetzt klar. Sie kannte diese Gegend. Gianni und Andreas hatten damals geholfen die Sache mit Ritomare in Ordnung zu bringen. Die ganze Familie wartete, dass Ritomare endlich ein ordentliches Begräbnis bekam. Das war dann ja auch möglich gewesen. Und nun? Wie sollte es weiter gehen? Sie ging vorsichtig um den Wagen. Und schaute auf das Haus. Nichts regte sich dort.

Irgendetwas stimmte hier nicht, sagte sie sich. Langsam ging sie aufs Haus zu. Dann drehte sie sich plötzlich um, ging zurück zum Wagen und holte die Maschinenpistolen heraus. Sie entsicherte sie und ging auf die Rückseite des Hauses zu. Dort gab es ein Fenster.

Es war möglich von hier ins Haus hineinzuschauen. Langsam ging sie dorthin. Vorsichtig schaute sie um die Ecke. Was sie sah, raubte ihr den Verstand. Sofort trat sie zurück und drückte sich gegen die Hauswand.

Kapitel 15

Drinnen im Haus waren Leute. Sie sah mindestens vier. Die Gesichter kamen ihr auch irgendwie bekannt vor. Waren das nicht die Leute, vor denen sie geflüchtet war? Sie hatte das Gefühl, dass es wirklich dieselben Leute waren.

Sie wich zurück. Wo war Gianni? War er im Haus? Sie sah ihn nicht. Vielleicht war er ja entkommen? Wo war er? Sie ließ den Wagen stehen und versteckte sich hinter den Felsen am Haus. Sie hatte ja jetzt die Waffen dabei.

Die Türe ging plötzlich auf und die Männer kamen nacheinander heraus. Sie wirkten nervös. Sie sahen den Bus und blieben abrupt stehen. Hier drohte ihnen Gefahr, aber sie sahen niemanden. Sie kamen näher. Sie erkannten schließlich den Bus. Mehrmals liefen sie um ihn herum. Sie schienen doch ziemlich ratlos zu sein. Dann öffneten sie den Wagen. Der Schlüssel steckte ja noch. Alle setzten sich zögernd hinein, einer von ihnen ging ans Steuer. Sie starteten den Wagen und fuhren davon. Zuerst ganz langsam, dann waren sie aber doch hinter den Bäumen verschwunden.

Alles war nun wieder ganz still.

Tapara kam vorsichtig aus ihrem Versteck hervor. Sie ging ums Haus herum. Die Tür stand noch offen. Sie ging hinein ins Haus. Dort herrschte eine ziemliche Unordnung. Sie hatten alles durchsucht. Wäsche lag auf dem Boden. Alle Schränke standen offen.

Aber Gianni? Sie rief nach ihm. Er meldete sich aber nicht.

Sie lief durchs ganze Haus. Sie schaute in jeden Winkel, aber Gianni war nicht da. Das Handy? Ach nein, hier oben funktionierte es ja nicht. Er war nicht im Haus gewesen, als die Männer kamen. Sie mussten also ohne Fahrzeug gekommen sein oder ihr Fahrer war ohne sie wieder weggefahren. Hoffentlich hatte der Gianni nicht einfach mitgenommen.

Das waren ihre Gedanken, als sie nun vor dem Haus stand. Aber vielleicht war er ja auch unten am See? Sie entschloss sich, jetzt dorthin zu gehen.

Der Weg schlängelte sich vorbei an Felsen unterschiedlicher Größe. Das Gras stand relativ hoch. Ja, diesen Ort kannte sie. Hier hatte sie lange mit ihrer Familie gelebt. Bis vor wenigen Jahren. Dann kamen Gianni und Andreas. Und dann wurde alles anders. Die alte Zeit war vergangen. Ritomare kam zurück. Das war ja der große Wunsch des Volkes gewesen. Er hatte sich dann endlich erfüllt.

Und dann Gianni, nicht Andreas. Gianni war es gewesen, in den sie sich verliebt hatte. Er war so souverän. Eine Kraft ging von ihm aus. Sicherheit. Andreas war eher intuitiv. Bei ihm hatte man manchmal den Eindruck er wüsste schon alles. Er müsse sich nur ein bisschen anstrengen, etwas nachdenken, besinnen, und dann war er bereit, in die Zukunft zu sehen. Aber vielleicht ging ja das nur hier oben, nicht aber zuhause. Vielleicht hatte er aber inzwischen diese Fähigkeit auch wieder verloren.

Solchen Menschen fehlte dann die Strenge. Sie wissen ja schon, was kommen wird. Die Spannung fehlt ihnen dann. Er und der Schamane Zattomare wären ein gutes Team geworden. Das beste Team, unschlagbar. Die konnten sich gegenseitig verstärken. Die verstanden sich ungewöhnlich gut. Ein Schamane und ein Schulmediziner. Anfangs ja gar nicht. Aber das lag ja an Andreas. Er konnte sich zunächst nicht auf Zattomare einlassen. Er war wütend gewesen, weil wir ihn gefangen genommen hatten. Später hatte er sich aber wieder etwas beruhigt. Dann hatte es gefunkt. Selten passte dann Alt und Neu so gut zusammen. Das Alte steckte im Neuen. Das Neue schon im Alten. Eine ungeheure Kraft beides zusammen.

Der See kam näher und breitete sich vor ihr aus. Sie schaute in alle Richtungen. Wo war Gianni? Sie sah ihn nicht. Sie lief am Ufer entlang und blickte in die Ferne. Dort, ganz weit hinten stand ein Mensch. Das musste Gianni sein! Sie lief los und winkte gleichzeitig wild mit den Armen.

„Gianni, Gianni, ich bin`s!" Sie rannte weiter und je näher sie kam, desto sicherer war sie, dass er es wirklich war. Schließlich hatte sie ihn erreicht und sie umarmten sich. Sie weinte. Und er auch.

Er war natürlich sofort irritiert wegen der beiden Pistolen, die sie umhängen hatte. Aber sie lachte.

„Das ist meine Kriegsbeute", sagte sie. „Es war nicht einfach bei Andreas. Viele Leute hatten etwas dagegen, dass ich das Serum zu dir bringe. Es ist jetzt bei Andreas und er wird kommen und dich behandeln. Fasse Mut!"

„Ich danke Dir so sehr. Du hast Dich in Gefahr begeben. Wegen mir!"

„Weißt Du, dass fremde Leute oben im Haus waren, als ich ankam?"

Er wusste es nicht. Er hatte es nicht mitbekommen. Er war zu einem Spaziergang aufgebrochen und war dann zu weit vom Haus entfernt gewesen.

„Dein Glück!"

Langsam gingen sie zurück zum Haus. Alles würde gut werden, davon waren sie jetzt beide überzeugt. Er würde Andreas wieder sehen. Es würde wieder so werden wie früher. Nur er konnte ihm helfen.

Später erreichten sie schließlich das Haus. Alles lag noch wild herum. Tapara half beim Aufräumen. Sie waren ja jetzt bewaffnet. Sie konnten sich jetzt auch verteidigen. Die hätten nichts zu lachen. Davon waren sie beide überzeugt.

„Wo ist eigentlich der Lada?" fragte Tapara später.

„In der Werkstatt, der Motor hat doch so geruckelt. Die bringen ihn morgen wieder hoch", sagte Gianni.

Tapara war beruhigt. Aber sie hatten kein Telefon hier oben, daran musste sie sich jetzt erst wieder gewöhnen. Wann würde Andreas kommen? Sie mussten auf ihn warten.

Die Nacht war ruhig, es kam niemand zurück. Sie lagen zusammen und waren glücklich. Jetzt hing alles von Andreas ab. Das war ihnen klar. Würde er bald kommen? Würde er Probleme bekommen? Würde er alleine kommen oder mit Siggi? Sie mussten sich jetzt wirklich gedulden.

Am nächsten Morgen hupte es vor dem Haus. Sie schauten hinaus. Der Lada stand wieder vor der Tür. „Wir haben den Motor neu eingestellt", sagte der Monteur. Er lachte. „Den kriegt man nicht klein". „Wiedersehen!" Er setzte sich zu seinem Kollegen ins andere Fahrzeug, winkte noch kurz und dann waren sie wieder verschwunden.

Es regnete leicht. Keine Sonne war zu sehen. Nach dem Frühstück ordnete Tapara ihre Papiere und beide saßen dann später auf der Veranda. Das Warten fiel ihnen beiden schwer. Der Tag verlief aber ruhig.

Giannis Belastbarkeit war eingeschränkt, das spürte man sofort. Er redete viel weniger als früher und wenn, dann langsamer und leiser. Ja, das fiel wirklich auf. Er saß mehr und bewegte sich weniger. Die Ruhe hier oben tat im gut. In der Stadt wäre alles noch viel schwieriger gewesen. Die Lautstärke vertrug er schlecht. Vielleicht war ja auch die Höhe positiv. Das Höhentraining, das hatte sie gehört, wurde vielerorts empfohlen. Aber so hoch waren sie hier oben ja auch wieder nicht. 2300m über dem Meer, immerhin. Auch das immer wiederkehrende Fieber beeinträchtigte ihn. Dann waren gleichzeitig auch die Lymphknoten am Hals empfindlich. Aber er hatte dabei gar keine Erkältung, das wusste sie genau.

Manchmal konnte er nicht schlafen, er fand einfach keine Ruhe. Irgendwie arbeitete dann das Gehirn viel stärker. Und morgens wurde er ganz schlecht wach. Sie musste ihn förmlich aus dem Bett ziehen. Auffällig war auch, dass er bestimmte Lebensmittel plötzlich nicht mehr vertrug, die er früher recht gerne gegessen hatte. Seltsamerweise auch Brot, davon aß er jetzt gar nicht mehr viel. Und auch Obst war schwierig. Nur noch bestimmte Sorten und weniger. Am schwierigsten war seine geliebte Salami. Die ging jetzt gar nicht mehr. Die machte ihn besonders müde. Auch der Alkohol. Es gab kein Bier mehr im Kühlschrank. Schon ein paar Schlucke Bier und er fühlte sich bereits beschwipst. Das war alles sehr sonderbar. Das konnte niemand erklären. Das hatte wirklich nichts mit der Psyche zu tun. Das war alles rein körperlich nachvollziehbar.

Aber sie war zuversichtlich. Andreas und das neue Medikament würden ihm helfen, davon war sie überzeugt. Aber, wann kam Andreas? Würde es Schwierigkeiten auf der Fahrt hierher geben? Der Gedanke daran machte ihr Angst.

Eigentlich war es zum Verzweifeln. Ein Medikament, in das so viele Menschen ihre Hoffnung gesetzt hatten, stand einfach nicht zur Verfügung. Alle hatten sich verschworen. Das war so nicht nachvollziehbar. Das durfte einfach nicht sein. Das musste mit aller Kraft verhindert werden.

Die Interessenlage der Industrie war entscheidend. Da konnten die Patienten wenig ausrichten. Da mussten stärkere eingreifen. Aber der Informationsfluss wurde ja ebenfalls behindert. Es gab auch falsche Informationen. Das war alles so verwirrend. Sie hatte ja selbst erfahren, welche Gewalt gegen sie eingesetzt wurde. Andere hätte das nie geschafft, was ihr gelungen war. Darüber war sie stolz. Aber, das nützte zunächst niemandem etwas. Auch nicht Gianni. Andreas war jetzt dran. Er mit seiner Intuition würde es schaffen.

Sie blickte auf Gianni. Ruhig saß er da und schaute in die Ferne. Sie liebte ihn. Da gab es keine Zweifel, sonst hätte sie all die Anstrengungen auch nicht bewältigen können. Aber sie beide mussten vorsichtig sein, denn die Leute konnten wieder kommen. Sie hatte die Pistolen greifbar und sie wäre auch bereit zu schießen. Hier oben in den Bergen allemal. Hier würde ein Schuss keine Aufregung verursachen. Sie würde nicht mehr zögern, das war ihr klar. Sie würde jetzt alles einsetzen, was sie hatte. Sie würde auf niemanden mehr Rücksicht nehmen. Das war nun vorbei. Gianni hatte allererste Priorität.

Kapitel 16

Tapara hatte sich nicht mehr gemeldet. Wir wussten also alle nicht so genau, ob sie jetzt wieder bei Gianni war oder noch nicht. Konnte sie ihren Verfolgern entkommen? Oder war sie noch immer in Gefahr?

Wir waren in Siggis Wohnung geblieben und hatten gewartet, aber von Tapara hatten wir seit drei Tagen nichts mehr gehört. Sie anzurufen machte keinen Sinn. Zum einen wurden alle Telefone ja abgehört und außerdem gab es keine Verbindung hinauf zu den Bergen. Der Schock saß noch immer tief. Ein Kommando hatte Siggis Wohnung gestürmt und Tapara mitgenommen. Und natürlich auch Jean Petit.

Aber irgendwie musste es ja weitergehen. Wir wollten doch Gianni helfen. Wir hatte ja auch das Medikament, das Gianni helfen konnte. Er wartete sicherlich schon sehnlichst darauf, dass er damit behandelt würde.

Also mussten wir hinfahren. Zuallererst natürlich ich, denn ich musste ihm ja das Medikament verabreichen und Siggi. Siggi würde fahren. Wir würden also wieder die große Limousine nehmen. Die war nicht nur bequem, sondern auch schnell.

Wir besprachen alle zusammen, wie es weiter gehen sollte. Jutta war besorgt und auch Peter Hill hatte Bedenken. Aber so oder so, es musste etwas geschehen. Wir mussten Gianni jetzt helfen. Es gab keine Alternative. Siggi und ich würden also fahren.

Ich hatte das Medikament und versteckte es im Wagen. Es gab ein Geheimfach im Wagenboden unterhalb des Ersatzrades. Dort legte ich alles hinein, was wir für die Behandlung brauchten. Es war sicherlich bei einer Kontrolle schwer zu finden. Ich hoffte es.

Wir nahmen lange Abschied und wahrscheinlich wurden wir auch dabei beobachtet. Schließlich war alles verstaut und wir konnten starten.

Siggi und ich fuhren dann zunächst aus der Stadt.

Ständig ertappte ich mich dabei, die nachfolgenden Fahrzeuge zu beobachten, ob uns vielleicht doch jemand folgte. Aber ich sah niemanden. Sollte ich dadurch beruhigt sein oder wurden wir doch heimlich verfolgt? Wir fuhren einfach immer weiter.

Wissen entsteht, indem wir Daten interpretieren. Wir bewerten sie, indem wir neue Daten mit bekannten Informationen vergleichen. Ein Abrechnungsbeleg an der Tankstelle enthält nur dann sinnvolle Informationen, wenn wir ihn als Abrechnungsbeleg erkennen. Lebten wir in einem Land, in dem die Preise für Benzin anstatt in Zahlen nur in Form von Farben dargestellt würden, dann wären wir nicht in der Lage, die Farbdateien in sinnvolle Informationen zu verwandeln. Was auch immer wir als sinnvolle Informationen wahrnehmen, es wurde bereits durch den Filter vertrauter Gedankenformen strukturiert. Neutrale Informationen gibt es also nicht. Alles Wissen ist eine Folge unserer Deutung von Daten. Wissenschaft ist deshalb niemals objektiv. Sie ist nur eine von vielen möglichen Arten, Informationen über die Wirklichkeit zu sammeln. Das ist nicht erschreckend! Wir haben allerdings über Jahrhunderte mit dem Mythos des objektiven Wissens gelebt. Wir haben geglaubt, Wissen sei nur dann relevant, wenn es vollständig neutral erworben wurde, unabhängig von unseren Werten oder Deutungen.

Seit der Entdeckung der Quantenphysik ist diese Grundvoraussetzung der Naturwissenschaften fragwürdig geworden. Bis dahin war man davon ausgegangen, dass Mensch und Materie lediglich mechanisch aufeinander einwirken könnten. Man war überzeugt, dass die bloße Beobachtung ein wissenschaftliches Experiment nicht beeinflussen konnte. Die Beobachtung galt als rein geistiger Vorgang und zählte somit nicht zu den physikalischen Ausgangsbedingungen eines Experimentes. Man glaubte, dass die objektive Welt sich unter denselben physikalischen Bedingungen immer genau gleich verhalten würde, egal, ob nun jemand sie dabei beobachtete oder nicht.

Genau das haben aber die Forschungsergebnisse der Quantenphysik in Frage gestellt. Sie haben gezeigt, dass sich die Materie als Grundbaustein unserer Wirklichkeit auch ohne mechanische Einwirkung verändern kann. Die Materie wird im Bereich der Atome schon allein durch unsere Beobachtung verändert. Somit gelten die Newton'schen Gesetze nur noch in einem beschränkten Rahmen. Sie sind nicht mehr universell anwendbar. Durch die Quantenphysik hat die Materie ihr einheitliches Fundament verloren. Doch dieses Fundament war bisher die Grundlage unseres Weltbildes. Die Naturwissenschaft hat mit ihren eigenen Mitteln die Welt grundlegend verändert.

Wenn wir im Alltag von Materialismus sprechen, dann meinen wir eine Lebensform, deren höchstes Ziel die Anhäufung möglichst vieler materieller Güter ist. Wir glauben, dass wir uns individuell für oder gegen eine solche Lebensform entscheiden könnten. Doch dies ist nicht der Fall. Selbst wenn uns der Besitz materieller Güter wenig bedeutet, sind wir doch kollektiv an diese Haltung gebunden. Dies ist die Folge einer gesellschaftlichen Einstellung, welche die Materie seit Jahrhunderten zum Grundbaustein unserer Wirklichkeit bestimmt hat. Es ist der Glaube, dass Materie allem, was existiert, Stabilität verleiht. Wir spüren unsere Hände oder unseren Körper. Erst danach denken wir an unsere Stimmungslage, an unsere Fähigkeiten oder an unseren Charakter. Unser Körper ist fest und stabil. Es ist schon erstaunlich, dass sich alle wissenschaftliche Erkenntnisse nicht auf unser Lebensgefühl übertragen lassen. Warum vermittelt uns dieser Körper Stabilität, obwohl wir wissen, dass er sich wesentlich leichter verändert als unser Charakter? Wir leben in einer Welt, die vom Glauben an die Stabilität der Materie geprägt ist. Diese Wahrnehmung sind wir gewohnt. Obwohl wir doch immer wieder auch Zweifel haben.

Isaak Newton hat uns stark beeinflusst. Er hat die Meinung vertreten, dass Materie hart und undurchdringlich sei. Wahrscheinlich hatte er ein Stück Eisen in den Händen gehalten, als er dies sagte. Aber bereits 2000 Jahre vor Newton sagte Demokrit, dass es Atome gebe, die kleinsten Teilchen der Materie, die sich im leeren Raum des Universums umherbewegten und sich zu den unterschiedlichsten Körpern zusammensetzten. Später hatte Faraday die Atome als einzelne energetische Zentren beschrieben, in denen verschiedene Kräfte miteinander in Verbindung stehen. Leider hat sich diese Theorie nicht durchsetzen können. Noch vor hundert Jahren war die Vorstellung von der Wirkung der Atome umstritten. Heute ist die Lehre von den Atomen ein fester Bestandteil unseres Weltbildes. Auch hier wird unsere Wahrnehmung im Alltag von unserem Weltbild und den dazugehörigen Gedankenformen eindeutig bestimmt. Wir glauben, dieses Weltbild sei eine Folge von wissenschaftlichen Forschungsergebnissen, doch diese sind nun selbst Teil unseres Weltbildes geworden.

Das hat auch Albert Einstein so gesehen. "Erst die Theorie entscheidet darüber, was man beobachten kann", war seine Aussage.

Während des gesamten Messvorgangs verlassen wir uns bereits auf unser Weltbild und auf all die Naturgesetze, die Teil dieses Weltbildes sind. Unsere Messapparate liefern uns lediglich einen sinnlichen Eindruck, den wir wiederum auf der Grundlage unseres Weltbildes interpretieren. Auch wenn es uns so erscheint, als ob wir nur glauben, was wir sehen, ist es eigentlich umgekehrt. Wir sehen nur das, was wir glauben. Auf diese Weise wurden auch die Gesetze der Quantenphysik entdeckt.

Siggi fuhr ruhig und besonnen. Wir kamen gut voran. Niemand behinderte uns.

Bei dieser Betrachtung ist auch die Unschärferelation von Heisenberg von Bedeutung. Sie besagt, dass sich die Atome unserem wissenschaftlichen Zugriff entziehen. Wir können ihre Eigenschaften nie vollständig bestimmen. Kennen wir den Ort, dann wissen wir nicht, wie schnell sie sich bewegen. Und umgekehrt. Kennen wir die Geschwindigkeit, dann wissen wir den Aufenthaltsort nicht. Wenn wir doch beide Eigenschaften wissen wollen, dann müssen wir uns mit unscharfen, also ungenauen Auskünften zufrieden geben. Das hat alles nichts mit einer schlechten Messtechnik zu tun, denn es ist ein Naturgesetz.

Diese Erkenntnis widerspricht total unserem Weltbild. Deshalb ist es ja auch für viele so schwer, das Neue zu verstehen. Das bedeutet ja, dass die kleinsten Bausteine der Materie gar keine definierte Identität haben. Eigentlich können wir sie gar nicht als Teilchen bezeichnen. Sie sind im wahrsten Sinn unberechenbar und unfassbar. Das war bei Newton noch völlig anders. Damals waren Ort und Geschwindigkeit ja klar festgelegt. Der Baukasten mit den Teilchen ist also ins Wanken geraten.

Woraus besteht dann aber die Welt? Wir haben ja immer noch den Baukasten in unseren Köpfen. Wie sollen wir uns denn die Welt nun vorstellen?

Das Baukastenprinzip gehört zu unseren grundlegenden kollektiven Gedankenformen. Wir sind gewohnt nach diesem Prinzip zu denken. Das müssen wir nun aber doch ändern.

Die meisten Menschen sind nur dann bereit, ihr Denken zu ändern, wenn Fakten sie dazu zwingen. Das Problem dabei ist, dass manche Fakten aber erst dann sichtbar werden, wenn sich zuvor das Denken verändert hat. Erst dadurch werden dann z. B. neue Messgeräte konstruiert. Das ist in den letzten hundert Jahren bereits mehrfach vorgekommen. Albert Einstein war solch ein Pionier. Aber sie mussten dafür einen Preis bezahlen. Sie mussten ihr gewohntes und vertrautes Weltbild aufgeben.

Siggi hatte eine neue CD eingelegt. Es war Ludovico Einaudi. Ich erkannte ihn sofort. Ruhig und elegant schallte die Musik aus dem Lautsprecher. Das neue Stück hieß Ritomare. Welcher Zufall!

Materie als Grundbaustein. Welche Eigenschaften hat sie?

Die entscheidenden Fortschritte im Bereich der Physik wurden im Denken gemacht. Nur wer in der Lage ist, kollektive Gedankenformen über Bord zu werfen, kann wirklich Neuland betreten. Revolutionen der Wissenschaften entstehen immer durch einen Fortschritt in der Veränderung des Denkens.

Albert Einstein war nur deshalb in der Lage seine Relativitätstheorie zu entwickeln, weil er die bis dahin selbstverständlichen Größen von Raum und Zeit in Frage gestellt hatte. Raum und Zeit sind Koordinaten, anhand derer wir uns in unserem Alltag orientieren. Eine Minute ist eine Minute und ein Meter ist ein Meter. Egal, ob wir uns bewegen oder nicht. Die Vorstellung, sie könnten sich verschieben, verbiegen oder gar nicht wirklich existieren, raubt uns unser gesamtes Orientierungssystem.

Nur wenige Menschen außerhalb der Physik haben sich bisher mit der Relativitätstheorie auseinandergesetzt. Diese Theorie hebt unser bisheriges Denksystem vollständig aus den Angeln. Es wird uns schwindelig dabei. Und jetzt können wir auch verstehen, wie viel Mut und geistige Freiheit erforderlich war, unser Weltbild so ins Wanken zu bringen. So ging es damals natürlich auch den Forschern selbst. Immer wieder wollten sie ihr altes Weltbild wieder haben. Es wurden die kühnsten Theorien entwickelt, nur um das alte Weltbild nicht aufgeben zu müssen. Das liegt jetzt lange zurück. Die Theorien sind inzwischen abgesichert, sie sind bereits Schulwissen.

Die Theorien der Quantenphysik und die Relativitätstheorie, die Theorien unseres Weltbildes mit den inneren und äußeren Bezugspunkten, sind bis heute immer noch nicht miteinander vereinbar. Obwohl beide Theorien vielfach bestätigt wurden und einen enormen technischen Fortschritt ermöglicht haben, widersprechen sie sich gegenseitig. Es ist bisher nicht gelungen, die Realität der kleinsten Teilchen mit der Realität des gesamten Universums zu verbinden. Das bedeutet, wir leben in einer Welt ohne ein zusammenhängendes physikalisches Fundament. Streng genommen wissen wir aus naturwissenschaftlicher Sicht nicht mehr genau, was real ist und was nicht.

Ist das gut oder schlecht für uns? Das ist die Frage!

Es ist natürlich ein riesiger Vorteil für uns. Niemand kann uns eine einheitliche Lösung anbieten. Wir haben also gar keine andere Wahl, wir müssen selber denken, denn uns wird jetzt eine Vielzahl von Lösungen angeboten. Sie werden uns inspirieren und unsere Gedankenformen in Bewegung bringen.

Siggi bremste den schweren Wagen abrupt ab.

Ich sah auf die Straße. Es waren mehrere Polizeifahrzeuge zu sehnen, die am Straßenrand standen. Alle Fahrzeuge wurden auf den benachbarten Rastplatz umgeleitet. Wir schwenkten dort ein und wurden gestoppt.

Drei schwer bewaffnete Polizisten sicherten den Platz ab. Zwei Beamte in Uniform traten an die vorderen Wagentüren. Wir hatten die Fensterscheiben geöffnet.

„Steigen Sie bitte aus! Ihr Fahrzeug wird jetzt kontrolliert!"

Siggi stellte den Motor ab und wir stiegen aus. Die beiden Beamten setzten sich in den Wagen und begannen Handschuhfach und die Seitentaschen der Vordertüren zu durchzusuchen. Sie fanden nicht, was sie suchten und stiegen wieder aus. Hielten sie uns etwa für Drogenkuriere?

„Bitte öffnen Sie jetzt den Kofferraum!"

Siggi löste die Fernbedienung aus und die Beamten kümmerten sich um den Kofferraum. Darin lagen unsere Taschen und ein paar Kleinteile vom Fahrzeug.

„Nehmen Sie jetzt das Ersatzrad heraus!"

Siggi blieb ruhig und stellte das Rad auf die Seite. Der Polizist leuchtet in die Vertiefung im Wagenboden. Er sah nichts und er schien auch das Geheimfach nicht zu kennen. Etwas enttäuscht schaute er uns an.

„Wir haben Informationen, dass Sie Schmuggelware bei sich führen. Bitte kommen Sie zu unserem Einsatzfahrzeug."

Siggi setzte das Ersatzrad wieder in den Kofferraum und verschloss den Wagen. Wir gingen zum Kleinbus und nahmen gegenüber von den Beamten an einem Tischchen Platz. Personalausweis, Führerschein, Autopapiere, alles war unverdächtig.

Der Polizist schaute uns an. „Wohin geht Ihre Fahrt?"

Siggi antwortete ruhig.

„Wir besuchen einen gemeinsamen Freund, der plötzlich krank geworden ist."

Ich beobachtete den Polizisten, aber er zeigte keine Regung. Er war natürlich nicht in allen Einzelheiten informiert worden, dachte ich für mich.

„Kann ich Ihre Brieftasche und Ihre Geldbörse sehen. Wieviel Bargeld haben Sie dabei?

Die Geldmenge schien ihm nicht verdächtig. Er gab uns alles wieder zurück.

„Vielen Dank, Sie können weiterfahren!" sagte er und wir gingen wieder zurück zum Wagen.

Hinter uns hatte sich eine Schlange gebildet. In einer großen schwarzen Limousine weiter hinten saßen Leute in Anzügen und Krawatte. Irgendwie hatte ich das Gefühl, dass sie etwas mit uns zu tun hatten.

„Werden die auch durchsucht?" fragte ich mich, und wir stiegen wieder in unseren Wagen. Siggi gab Gas und wir fuhren schnell davon.

Kapitel 17

Ich hatte immer noch das Gefühl, dass diese Fahrzeugkontrolle durch die Polizei nur uns gegolten hatte und dass die Leute in der Limousine hinter uns auch damit zu tun hatten. Siggi sprach wenig.

„Sollten wir vielleicht die Strecke ändern?" fragte ich. „Hätten wir dann vielleicht doch mehr Sicherheit?"

Siggi nickte.

Wir fuhren an der nächsten Kreuzung rechts ab und Siggi schaltete das Navigationssystem wieder ein. Es begann langsam dämmerig zu werden. Die Konturen der Häuser verschwammen leicht. Hier gab es weniger Verkehr als auf der Hauptroute. Dafür war die Straße schmäler und kurviger. Aber, wir kamen trotzdem gut voran. Das Gelände wurde nun auch bergiger.

Ich schaltete den CD-Player wieder an und es lief wieder Musik von Einaudi. Die Musik war wieder getragen und stimmungsvoll. Wir fühlten uns gut. Bald müssten wir bei Gianni sein.

Vor uns war plötzlich wieder ein grelles Licht zu sehen. Wir fuhren geradewegs darauf zu. Siggi verlangsamte die Geschwindigkeit des Wagens. Plötzlich sah ich, dass ein Fahrzeug auf der Fahrbahn quer stand. Wir mussten anhalten. Neben dem Fahrzeug standen Leute, die Waffen trugen.

Einige kamen auf uns zu. Sie umringten unseren Wagen und öffneten die Wagentüren. Wir wurden herausgezerrt und festgehalten. Es machte klickt und wir hatten beide Handschellen an. Wir wurden dann nach vorne geschoben zu dem querstehenden Fahrzeug. Dort stand ein Großer Mann mit verschränkten Armen.

Es war Jean Petit.

Und jetzt war mir auch alles klar, was das zu bedeuten hatte. Wir waren jetzt seine Gefangenen. Hier würden wir nicht mehr so schnell herauskommen. Jetzt hatte er uns. Das war mir plötzlich bewusst.

Er lachte uns an. Jetzt war er der Sieger!

„Schön, euch wieder zu sehen", sagte er triumphierend. „Ihr hattet keine Chance! Die Polizei war einfach zu zimperlich! Aber, wir haben das ja jetzt einfach selbst erledigt."

Wir sagten nichts dazu.

Man schob uns in den querstehenden Wagen, der dann wendete und rasch mit uns wegfuhr. Um uns war jetzt Dunkelheit. Der Wagen holperte, wahrscheinlich war die Straße schlecht und wir befanden uns jetzt abseits irgendwo im Gelände. Ich hatte jetzt doch auch Angst. Ich wusste nicht, wie es Siggi zumute war. Ich hatte kein gutes Gefühl. Denen war jetzt alles egal. Die konnten uns auch einfach verschwinden lassen. Die waren ohne Skrupel.

Der Wagen hielt an und wir wurden zu einem Haus geführt. Es war nur spärlich erleuchtet. Die Haustüre stand offen. Wir gingen hinein. Der Raum war groß. In der Mitte stand ein Tisch mit Stühlen. Darauf waren Teller und Schüsseln zu sehen.

Wir setzten uns und verschiedene andere Leute darunter auch Jean Petit nahmen am Tisch ebenfalls Platz. Das Essen wurde aufgetragen und alle begannen zu essen. Wie familiär ist hier alles, dachte ich für mich.

Ich nahm ein Stück Brot und etwas Käse. Es fand eine angeregte Unterhaltung statt, die uns aber nicht mit einschloss. Wir waren praktisch Fremdkörper am Tisch.

Worüber wurde eigentlich gesprochen? Natürlich über Fußball. Was sonst? Dieses Thema war ja unerschöpflich.

Aber das war sicher alles so abgesprochen worden. Da war ich mir sicher. Das Ganze war inszeniert. Es sollte die kriminelle Tat mit Menschenraub herunterspielen. So hatte man sich das ausgedacht. Plötzlich ebbte das Gespräch ab und Jean Petit begann zu sprechen.

„Heute haben wir zwei Gäste aus Deutschland am Tisch. Sie sind in einer besonderen Mission unterwegs. Sie wollen zu einem Freund und das ist sehr ehrenwert."

Alle am Tisch nickten.

„Aber sie wollen sich nicht an die Vorgaben unserer Firma halten und deshalb mussten wir heute einschreiten."

Wieder nickten alle am Tisch. Eine Pause trat ein.

„Sie haben ein Medikament bei sich, das nicht für diese Zwecke benutzt werden darf. Denn der Freund leidet an ME/CFS, eine äußerst umstrittene Krankheit, wenn es überhaupt eine Krankheit ist."

Wieder trat eine Pause ein.

„Wir haben ein sehr fortschrittliches Medikament entwickelt, das Menschen bei Tumorerkrankungen heilen kann. Die Betonung liegt auf Heilung. Dieses Medikament soll nun bei ME/CFS eingesetzt werden, nach einer aberwitzigen norwegischen Studie."

„Das konnten wir nicht zulassen. Ich habe es ihnen bereits mehrfach gesagt, aber Sie haben das nicht ernst genommen. Wir werden alles tun, um dies zu verhindern. Das weiß auch Tapara Moretti, die Ehefrau des Erkrankten. Sie haben es nun zum Äußersten kommen lassen und das ist nun das Resultat. Wir haben uns entschlossen, Sie nicht weiter gehen zu lassen. Sie müssen hier bleiben, bis sich eine Klärung gefunden hat. Und das kann dauern. Aber dafür sind wir nicht verantwortlich. Also richten Sie sich hier ein. Wir haben alles, was Sie brauchen. Bitte schön."

Das war seine Rede und wir schauten uns an. Wir sollten hier gefangen gehalten werden? Das konnte nicht sein! Und Gianni, dem konnte nicht geholfen werden? Ich war wütend und stand auf.

„Ich bin eigentlich ein ruhiger und besonnener Mensch, das habe ich auch im Umgang mit kranken Menschen gelernt, aber jetzt kann ich nicht mehr ruhig bleiben. Ich bin außer mir. Ihr bedroht uns! Ihr nehmt uns gefangen! Ihr riskiert unser Leben! Ihr verhindert, dass einem Menschen, der schwer erkrankt ist, medizinisch geholfen wird. Das sind sehr schwere Strafbestände! Sie alle werden viele Jahre ins Gefängnis kommen. Wir oder unsere Hinterbliebene werden die besten Anwälte einschalten und hohe Schadensersatzansprüche erstreiten. Ich fordere Sie jetzt ultimativ auf, uns beide sofort freizulassen, damit wir unsere Reise fortsetzen und unsere Aufgabe erfüllen können."

Ich stand auf und nickte Siggi zu. Auch er erhob sich von seinem Stuhl. Sofort traten zwei Bewaffnete hinter uns und drückten ihre Waffe in unsere Rücken. Ich sah zu Jean Petit hin. Er nickte und stand auf.

„Sie bleiben hier! Das sage ich! Ich habe meine Anweisungen! Ende! Aus!"

Wir wurden beide nun in einen anderen Raum geführt. Ich zitterte vor Wut. Irgendwie war ich kurz vor dem Ausrasten. Siggi legte mir den Arm auf die Schulter, um mich zu beruhigen. Aber, ich hatte wirklich Mühe wieder ruhiger zu werden.

Das Zimmer war groß. Es hatte 2 Betten an den gegenüberliegenden Wänden und einen Tisch mit zwei Stühlen in der Mitte. Die Fenster waren vergittert und es gab nur eine Türe, eben die, durch die wir gerade gekommen waren. Ich ließ mich auf eines der Betten fallen und schloss die Augen. War das denn alles Wirklichkeit? Träumte ich vielleicht? Auch Siggi legte sich hin. Wie sollte das jetzt eigentlich weitergehen?

Ich holte mein Handy aus der Tasche und schaute aufs Display. Es gab keine Verbindung! Entweder waren wir in einem Funkloch oder schon tief in den Bergen, wo es oft kein Netz gab. Deshalb hatten sie uns auch das Handy nicht abgenommen. Sie hatten uns auch nicht nach Waffen durchsucht, sie vermuteten sicher auch keine. Und Waffen hätten uns auch bei den vielen Schwerbewaffneten nichts genützt. Sie hätten es dann vielleicht zum Anlass genommen, auf uns zu schießen. Nein, wir waren jetzt Gefangene! Es half alle Wut nichts. Wir mussten eine andere Strategie finden. Wir mussten klar und überlegt handeln, das war unsere einzige Chance.

Wir konnten uns aber auch nicht unterhalten, denn der Raum wurde sicherlich abgehört. Heute konnten wir nichts mehr ändern. Aber morgen vielleicht. So erschöpft, wie ich war, schlief ich rasch ein.

Ich träumte von meiner letzten Gefangennahme durch Ötzis Volk. Damals mit Gianni. Wir wussten nicht, ob wir jemals wieder nach Hause durften. Kooperation und Intuition halfen, das Problem zu lösen. Wir konnten gehen und Tapara war mitgegangen und dann bei Gianni geblieben. Diese unglaubliche Geschichte damals! Und jetzt ging es um Gianni und natürlich auch um Tapara. Es würde immer um Tapara gehen, das war einfach so. Auch um Gianni, natürlich. Und um mich.

Und Siggi? Auf Siggi hatte ich mich immer verlassen können. Schon in der Schule. Wir saßen immer zusammen. Wir mussten uns immer alles erzählen. Manchmal auch im Unterricht. Die Lehrer fanden das nicht so gut. Später hatten wir uns lange nicht mehr gesehen, doch dann plötzlich erschien Siggi wieder auf der Bildfläche und wir konnten viele Erinnerungen auffrischen.

Manchmal kam es mir vor wie bei einem alten Ehepaar. Ein blindes Verständnis eben. Das würde uns auch in dieser Situation sicherlich helfen. Aber wie das geschehen sollte, davon hatte ich im Moment keine Ahnung.

Ob Siggi schon einen Plan hatte? Vermutlich nicht! Woher auch? Nein, wir mussten auf eine günstige Gelegenheit warten. Einmal wachte ich auf und hörte Stimmen im Raum vor unserem Zimmer. Kurze Befehle, dann rasche Schritte, dann trat wieder Ruhe ein. Fahrzeuge kamen und fuhren wieder weg. Auch ein schwacher Lichtstrahl kam durch das abgedunkelte Fenster. Sonst passierte nichts. Waren die doch in Hektik? War diese Sache doch ein paar Nummern zu groß für diese Leute. Möglicherweise, aber wir waren trotzdem in Gefahr. Und es konnte noch so viel passieren. Die Sache war ziemlich unbehaglich. Dann schlief ich wieder ein.

Kapitel 18

Ich wachte auf. Unsere Zimmertüre war nämlich plötzlich aufgegangen.

Würden wir jetzt wieder frei sein? Das war mein erster Gedanke.

Zunächst kam ein bewaffneter Mann mit einem Tablett herein. Darauf standen eine Kaffeekanne, zwei Tassen und ein Teller mit Kuchenstücken. Das war sicherlich heute das Frühstück. Wo waren wir eigentlich jetzt? In welchem Land? Deutschland oder Schweiz?

Der Mann stellte das Tablett auf den Tisch und verließ dann wieder rasch den Raum.

Ich schaute zu Siggi hinüber. Er lag auf der Seite. Dann drehte er sich um und blickte mich an. Er sagte nichts. Er schien noch abwesend zu sein.

„Guten Morgen, gut geschlafen?"

Ich gebe zu, das war etwas ironisch. Siggi richtete sich wieder auf und blickte mich an. Irgendwie war ich gespannt, was er jetzt sagen würde. Er grinste, wirklich, er grinste und das in dieser Situation. Ich fing an zu lachen. Das steckte ihn an und er lachte auch.

Das war verrückt. Wir, die beiden Gefangenen lachten in unserem Gefängnis. Aber, es war ja auch absurd, dass wir zwei Gefangene eines Pharmakonzerns waren, der Angst hatte, dass sein Medikament Kranken verabreicht würde, die an einer „höchst" umstrittenen Krankheit litten. Das konnte man niemandem erzählen. Dabei würde man ja sofort für verrückt erklärt.

Aber es war so. Wir waren jetzt Gefangene und der Willkür eines Pharmakonzerns ausgeliefert.

Ich stand auf, schenkte uns Kaffee ein und nahm ein Stück Kuchen vom Teller. Ich hatte Hunger. Der Kaffee war gut. Also befanden wir uns jetzt doch auf schweizer Boden. Das war naheliegend. Die hatten doch immer schon guten Kaffee, oder?

Siggi hatte bisher nichts gesagt.

Er regte sich und nahm jetzt erstmals seinen Schlips ab. Er hatte die ganze Nacht die Krawatte anbehalten. Nun, als ehemaliger Mangers eines großen Automobilkonzerns, stand ihm der Schlips ja auch zu, obwohl sein ehemaliger Chef dieses Jahr bei der Neujahrsansprache am Kamin keinen Schlipps getragen hatte.

„Gut geschlafen?", waren seine ersten Worte.

Ich gab ihm die Tasse mit Kaffee. „Kuchen?" „Ja bitte!" Auch der Kuchen war vorzüglich. Eine Rüblitorte. Auch dies war der beste Beweis, dass wir uns gerade auf schweizer Boden befanden. Wir aßen still.

Jedes Wort hätte uns verraten. Wahrscheinlich gab es auch eine Kamera und wir wurden gerade beim Essen beobachtet.

Ein Klo? Gab es bestimmt. Genau, ich entdeckte in der Ecke doch eine Tür, die ich bisher für einen Schrank gehalten hatte und drückte auf die Türe. Sie ging auf und es fand sich ein komfortables Badezimmer dahinter. Ich drehte mich um zu Siggi und sagte.

„Ich geh duschen!" und verschwand.

Die Dusche war sauber und behaglich beheizt. Als ich wieder herauskam, machte Siggi Frühsport. Crunches. Dazu lief ein

App auf seinem Smartphone. Das war für mich beindruckend. Die Batterie hatte noch Energie, aber morgen dann? Egal! Jetzt saßen wir da und warteten, was weiter geschah.

Wir warteten und warteten, aber es geschah nichts. Den ganzen Tag geschah überhaupt nichts. Das war bestimmt Teil einer Zermürbungstaktik. Ob wir das durchhalten würden?

Die Fenster waren weiterhin abgedunkelt, Wir konnten nicht sehen, wie es draußen aussah. Wir hatten aber noch unsere Uhren an, so dass wir wenigstens die Uhrzeit wussten.

Die Pioniere der Quantenphysik hatten Erstaunliches geleistet. Sie waren in der Lage, ihre eigenen Überzeugungen zu verlassen. Damit erschütterten sie ihr Weltbild nachhaltig. Die Welt war keine objektive Wirklichkeit mehr, sondern ein Geflecht von Beziehungen. Ein dynamisches Gefüge sozusagen. Die Welt, in der wir leben, ist also nicht vollständig definiert. Sie existiert nicht unabhängig von unserer Beziehung zu ihr, denn wir haben Einfluss auf diese Welt. Wir können sie gestalten. Wie sie dann später sein wird, ist aber noch völlig offen. Das haben uns die Pioniere Bohr, Schrödinger, Heisenberg und Born deutlich gemacht. Das alles hat mit der „Offenheit" von Quantensystemen zu tun. Heisenberg hat uns das mit seiner Unschärferelation ja am besten gezeigt.

Wenn wir uns ein Elektron vorstellen, das sich auf einer bestimmten Bahn bewegt, ist dieser Gedanke natürlich völlig undenkbar. Für eine Welle, die sich auf allen möglichen Bahnen fortpflanzt, ist das aber dann kein Problem mehr. Diese Welle können wir aber nicht messen und auch nicht sehen. Materie wird zur materieloser Bewegung von sich überlagernden Möglichkeiten, die erst durch unsere Aufmerksamkeit wieder eine physikalische Form erhält.

Materie wird somit durch eine geistige Komponente erweitert. Es gäbe somit eine Verbindung zwischen Geist und Materie und die Verwandlung des einen in das andere. Und diese Verwandlung würde durch den Einfluss unseres Bewusstseins herbeigeführt. Vor unserer Beobachtung existiert die Welt als Überlagerung verschiedener Möglichkeiten. Durch unseren Einfluss wird eine dieser Möglichkeiten zur materiellen Wirklichkeit. Das hört sich unglaublich an! Sollten wir wirklich dazu in der Lage sein?

Wir haben keine Sprache, um diese Phänomene zu beschreiben. Wir sind wirklich nicht in der Lage, uns diesen Sachverhalt vorzustellen. Wir haben nur die Sprache der alten Physik von Newton und die ist bereits über 400 Jahre alt. Nur sie ist für uns verständlich. Wir benutzen sie auch ständig im Alltag. Ihre Bilder und Begriffe tragen unser Weltbild. Sprache ist Ausdruck unseres Weltbildes. Unsere Sprache ist durchdrungen von der Vorstellung einer objektiven Welt. Die Sprache zeigt uns eine klar definierte materielle Wirklichkeit.

Die Experimente der Quantenphysik beschreiben jedoch eine Wirklichkeit, die unserer Vorstellung in keiner Weise entspricht. Für diese neue Wirklichkeit gibt es noch überhaupt keine Sprache. Die Quantenphysiker versuchten, sich dieser Wirklichkeit mit den Bildern der klassischen Physik anzunähern.

Es ist ein Ringen um Worte für Phänomene, die in unserer Sprache noch keinen Platz haben. In dieser Welt ist also nicht nur das, was wir tun, von Bedeutung, sondern auch das, was wir beobachten oder nicht beobachten, was wir denken oder auch nicht denken.

Erstaunlicherweise ist unser Bewusstsein auch ein Teil der Materie und die Materie trägt auch einen Teil unseres Bewusstseins. Das alles beeinflusst nicht nur uns selbst, sondern auch die ganze Welt, auf der wir leben und vieles mehr. Unser Leben vollzieht sich nicht getrennt von den Elementen, aus denen wir bestehen.

An diesem Punkt sind wir alle nun ziemlich verwirrt. Daran ändert auch eine andere Interpretation der Quantenphysik nicht viel.

Es ist die Interpretation von Hugh Everett. Der Unterschied ist, dass bei ihm die Wellenfunktion nicht zusammenbricht, also die Welle nicht verschwindet, weil sie sich in ein Teilchen verwandelt hat.

Für ihn ist die Wellenfunktion zwar auch eine Wahrscheinlichkeitswelle, aber im Augenblick der Messung entscheidet sich das Quantensystem für eine der vielen Möglichkeiten. In diesem Augenblick teilt sich das Universum in so viele Kopien seiner selbst auf, so dass jede Möglichkeit in einem eigenen Universum verwirklicht wird. Wir existieren in unendlich vielen Universen und in unendlich vielen Quantenzuständen. In jedem dieser Universen sind wir einzigartig und diese Welten sind auf Quantenebene miteinander verbunden, in der Alltagswelt ist aber eine Verbindung nicht möglich. Es ist die „Viele-Welten-Theorie" des Hugh Everett.

Ich schaute gerade auf meine Uhr, als erneut die Türe aufging und plötzlich Jean Petit wieder vor uns stand. Es war genau 16 Uhr.

Ich blieb demonstrativ sitzen und schaute ihn an. Er wirkte nachdenklich. Er musste sich sicher fühlen, denn er war unbewaffnet und seine Bewacher waren nicht zu sehen. Sollten wir ihn vielleicht sofort gefangen nehmen? Irgendwie erschien mir dies aber auch wieder absurd. Ihn als Geisel zu benutzen? Das hätte mit uns beiden nicht funktioniert. Da war ich mir sicher. Also, was wollte er jetzt von uns?

„Alessandro Rodini ist hier! Ich bitte Sie mitzukommen zu einem Gespräch. Wir wollen nun eine vernünftige Lösung finden!"

Dann drehte er sich um und verließ langsam das Zimmer. Ich hatte plötzlich richtig Hunger. Vielleicht gab es ja dort auch etwas zu essen, dachte ich mir.

Ich schaute zu Siggi. Überhaupt war der in der letzten Zeit ziemlich wortkarg geworden. Er sprach wenig. Auch schon vor unserer Gefangennahme hatte er wenig gesprochen. Das fiel mir jetzt plötzlich auf. Ging es ihm vielleicht nicht gut? Nahm ihn das alles vielleicht zu sehr mit?

„Komm mit Siggi, die wollen mit uns sprechen. Vielleicht kommt jetzt Bewegung in die Sache! Wir müssen doch zu Gianni!"

Er lächelte mich an. „Ja, wir müssen zu Gianni!"

Er erhob sich etwas schwerfällig von seinem Bett und wir gingen zusammen aus dem Zimmer.

Im Vorraum standen viele Leute beisammen. Sie schauten uns alle an, als wir aus dem Zimmer kamen. Einige waren bewaffnet. Alessandro Rodini stand dabei und unterhielt sich mit zwei anderen Personen. Siggi und ich blieben zunächst in der Mitte des Raumes stehen und schauten uns um. Niemand schien sich gerade um uns zu kümmern. Irgendwie hatten die jetzt ein anderes Problem als unsere Gefangennahme, das war mein erster Gedanke, als wir aus unserem Zimmer kamen. Wenn wir nicht mehr wichtig waren, dann könnten wir ja wirklich jetzt auch gehen. Ich sagte zu Siggi:

„Lass uns gehen! Das ist die Chance!"

Wir gingen beide auf die offen stehende Haustüre zu, als plötzlich eine Hand mich am Arm festhielt.

„Halt! Stopp! Ihr könnt hier nicht einfach gehen!" Es war Alessandro Rodini selbst, der mich am Arm hielt. „Emil Bühler, unser CEO wird gleich da sein, um mit euch zu sprechen. Bleibt hier!"

Ok, wir blieben hier. Trotzdem schaute ich kurz zur Türe hinaus und genoss die Nachmittagssonne. Unser Wagen war ein paar Schritte vom Haus entfernt abgestellt. Wir konnten schnell dort sein und losfahren.

Als ich wieder zurückkam, hatten sich die Leute etwas verlaufen und ich sah nur noch Jean Petit. Als er uns sah, winkte er. Einem Gefangenen winkt man nicht, dachte ich. Er kam auf mich zu.

„Emil Bühler ist hier, kommt mit mir!"

Ich nahm Siggi am Arm und wir gingen weiter in ein kleineres Zimmer. Irgendetwas musste passiert sein. Das Zimmer war viel kleiner als unseres. Es gab nur einen Tisch und mehrere Stühle. Es war richtig karg, ohne irgendeinen Schmuck. Kein Bild an der Wand. Ein Besprechungszimmer eben. Am Tisch saß ein beleibter Mann, der sofort aufstand, als wir hereinkamen.

„Mein Name ist Emil Bühler. Ich bin der Vorsitzende und Chef von Youngstar Pharmacy. Ich freue mich, dass ich mit ihnen nun sprechen kann. Nehmen Sie bitte Platz!"

Warum tat er so höflich? Ich war fast am Platzen.

„Wir sind Ihre Gefangenen, und wir sind nicht freiwillig hier, wir wurden mit Waffengewalt hierhergebracht. Selbst wenn Sie uns umbringen, werden Sie große Schwierigkeiten bekommen. Ich weiß auch nicht, was Sie von uns wollen. Aber, vielleicht klärt sich das ja und wir können dann endlich weiterfahren?"

Emil Bühler lehnte sich zurück.

„Entschuldigen Sie, dass wir Sie hier festhalten. Sie werden bald weiterfahren können."

Dann sagte er nichts mehr. Wir saßen ihm gegenüber. Nun betraten auch Jean Petit und Alessandro Rodini den Raum. Sie setzten sich neben uns. Immer noch wurde kein Wort gesprochen.

Emil Bühler begann nun endlich wieder zu sprechen:

„Wir haben heute eine gute Entscheidung getroffen. Wir werden die Behandlung von Menschen mit ME/CFS auch finanziell unterstützen. Auch ein neues Medikament werden wir später neu entwickeln. Ich bin stolz, heute Ihnen als Erste diese Nachricht mitteilen zu können."

Wir sagten nichts dazu. Wir waren einfach viel zu erschöpft.

„Youngstar Pharmacy wird sich auch finanziell erkenntlich zeigen und Ihnen persönlich den Schaden ersetzen."

Wir saßen da und wussten nicht mehr richtig, was wir dazu sagen sollten.

Dann wurde er in seiner weiteren Rede unterbrochen.

Plötzlich ertönte ein lauter Knall. Das ganze Haus zitterte. Das einzige Fenster im Raum zerbrach, Rauch trat ein.

Die Türe wurde aufgerissen und mehrere vermummte und bewaffnete Leute stürmten in den Raum. Jeder wurde von seinem

Stuhl gezogen und in Handschellen gelegt. Im Gänsemarsch führten sie uns aus dem Raum.

Jetzt verstand ich überhaupt nichts mehr. Jetzt wurden sogar unsere Bewacher gefangen genommen.

Kapitel 19

Es war die schweizer Antiterroreinheit Tigris, die das Haus gestürmt hatte. Es musste also ein schwerwiegender Verdacht bestanden haben. Wir mussten uns später alle vor dem Haus aufstellen. Ich stand dann zwischen Siggi und Emil Bühler.

Der Chef der Einheit befragte jeden nach dem Grund für seinen Aufenthalt in diesem Haus. Ich sagte, ich sei ein Gefangener, auch Siggi gab diese Antwort. Zunächst wollte man uns dies natürlich nicht glauben. Aber, als ich sagte, ich sei ja jetzt befreit und wir könnten nun mit dem Wagen wegfahren, wurden wir erst richtig beachtet.

„Ja, wir sind Gefangene! Wir wurden gestern von diesen Leuten hier festgenommen. Dort drüben steht unser Fahrzeug. Ihm gehört der Wagen." Ich zeigte dabei auf Siggi.

Zunächst glaubte uns weiterhin niemand. Emil Bühler berichtete dem Chef der Antiterroreinheit, dass wir eigentlich Besucher seien und auch hier verköstigt worden seien. Unsere Personalien wurden aufgenommen. Irgendwie fanden sie das alles doch etwas mysteriös.

Aber sie glaubten der Aussage von Emil Bucher schließlich. Wir durften deshalb tatsächlich als Besucher des Hauses wieder gehen. Wir holten blitzschnell unsere Sachen. Siggi hatte das Geheimfach inspiziert. Sie hatten es nicht gefunden. Alles war noch da. Alles konnte nun weitergehen. Es war eigentlich nur eine Unterbrechung unserer Aktion gewesen.

Wir starteten den Wagen und fuhren los. Als ich zurückblickte, sah ich noch alle vor dem Haus stehen. Es wurde immer noch weiter verhandelt. Um die Pharmaleute musste ich mir jetzt wirklich keine Sorgen machen. Die würden sicherlich alles zu ihrem Vorteil regeln.

Wir waren unglaublich erleichtert. Endlich frei. Aber, was wird noch kommen? Siggi schaltete wieder das Navigationssystem an.

„Eine CD? Einaudi oder Haydn?"

„Haydn! Ein Klaviertrio bitte!"

„E-Moll von 1788, komponiert auf seinem neuen Klavier von Wenzel Schanz. Ein klarer Klang, dazu eine Violine und ein Cello. Das war´s", bemerkte Siggi.

Wir waren zwar schon tief im Gebirge. Aber mein Handy klingelte trotzdem. Es war Jutta.

„Andreas, was ist los, wir machen uns Sorgen, warum meldet ihr euch nicht?"

Ausführlich schilderte ich ihr die Ereignisse.

Tapara hatte sich bei ihr gemeldet. Sie war dazu extra runter ins Dorf gefahren, weil es oben auf den Bergen keine Verbindung gab. Sie war sehr besorgt gewesen. Und zu allem bereit, ließ sich aber dann doch überreden, auf uns zu warten.

„Wir sind jetzt auf dem Weg zu ihr und Gianni", sagte ich. Wenn alles klappt, dann dauert es nur noch wenige Stunden."

Jutta konnte es nicht fassen, dass wir gefangen genommen worden waren. Sie fing an zu weinen. Der Druck war in den letzten Tagen zu hoch gewesen. Ich war aber jetzt doch optimistisch, dass es gelingen würde, zu Gianni zu kommen und ihm zu helfen. Sie ließ sich dann auch wieder etwas beruhigen.

Siggi fuhr ruhig und gelassen. Nachdem wir einen Pass hinter uns gebracht hatten, kamen wir in ein Tal mit einem breiten Fluss. Den mussten wir überqueren. Es gab eine schmale Brücke. Auf der anderen Seite schlängelte sich die Straße weiter vorwärts.

Wir sprachen wenig und hörten der Musik zu. Die Landschaft war herrlich. Berge mit vereinzelten Schneefeldern auf der Spitze. Grüne Täler mit Rebstöcken und Obstbäumen. Auch kleine Seen waren zu sehen.

Als Nikolaus Kopernikus im 16. Jahrhundert herausfand, dass sich die Sonne nicht um die Erde, sondern die Erde um die Sonne drehte, war das natürlich für das mittelalterliche Weltbild falsch.

Es würde nämlich bedeuten, dass der Mensch völlig unwichtig war. Das war damals für alle ziemlich neu. Denn alles wurde damals in seiner Bedeutung immer auf den Menschen bezogen.

Die Natur wurde von nun an nüchtern und klar betrachtet. Dann kam auch noch Rene` Descartes hinzu. Alles funktionierte wie eine Maschine. Auch der menschliche Körper. Gott hatte keinen Platz mehr in der Evolution. Gott war eine überflüssige Hypothese. Für die Quantentheorie galt das so nicht. Die Experimente wurden mit den Methoden der neuzeitlichen Naturwissenschaften durchgeführt, die Ergebnisse sind allerdings ebenso wenig mit unserem Weltbild vereinbar wie bei Kopernikus im Mittelalter. Was ist nun richtig und was ist falsch?

Die Sprache ist eine Hilfe, die Welt zu verstehen. Im Alltag benutzen wir die Sprache, um Informationen weiterzugeben. Immer wieder entstehen allerdings dabei auch Missverständnisse.

Bedeutungen ändern sich wieder. Die Sprache ist lebendig. Die Sprache hat sich ständig verändert und weiterentwickelt.

Wenn die Sprache auf objektive Aussagen und Inhalte reduziert wird, dann sind materielle Strukturen vorherrschend. Unsere Sprache ist aber auch Teil unseres Bewusstseins. Sie ist viel mehr als nur ein Hilfsmittel um Gedanken auszudrücken. Die Sprache formt unser kollektives Bewusstsein.

Das, was wir Wirklichkeit nennen, machen wir nur an wenigen Punkten unseres Lebens fest. Viele Bereiche dagegen klammern wir aus. Sie werden dann wieder sichtbar in Träumen, im Kino oder bei Musik. Manchmal auch beim Sport. Danach kommt wieder der Alltag und alles ist wieder wie vorher. Aber warum benutzen wir diese besonderen Fähigkeiten so wenig?

Wir orientieren uns an den drei Dimensionen des Raumes mit Länge, Höhe, Breite und an der Zeit. Alles zusammen heißt Raumzeit. Was soll man sich nun unter diesem Begriff vorstellen? Wir tun uns schwer mit diesem Begriff.

Was wir uns gut vorstellen können, ist die Geschwindigkeit. Raumzeit entsteht, wenn wir die drei Dimensionen des Raumes in Bewegung setzen. Auch das können wir uns nur schwer vorstellen, immer brauchen wir Hilfskonstruktionen oder Vergleiche. Wissenschaftler, die viele Jahre mit diesen Begriffen gearbeitet haben, berichteten, dass mit der Zeit das Abstrakte verloren ging und sich das Vorstellungsvermögen langsam verbessert habe.

Unser Gehirn kann sehr wohl im Lauf der Zeit mit diesen Begriffen umgehen. Wir passen uns an. Es findet ein Lernprozess statt. Wahrscheinlich mussten wir vor vielen tausenden Jahren auch erst lernen, was Länge, Breite und Höhe ist. Weitere Dimensionen gehen dann aber nicht mehr. Nur auf mathematischer Grundlage sind weitere Dimensionen möglich. Derzeit wird in der Quantenphysik mit neun Dimensionen gerechnet.

Eine zusätzliche Dimension ist die Schwerkraft. Wir können sie nicht erklären. Körper ziehen sich an. Warum? Je größer die Masse, desto stärker ist auch die Anziehung. So haben wir es schon in der Schule gelernt.

In der Quantenphysik spielen auch elektromagnetische Kräfte eine Rolle. Sie sind aber viel stärker als die Schwerkraft. Die Schwerkraft spielt nämlich bei der Kleinheit der Teile praktisch keine Rolle. Das heißt, dass die physikalischen Gesetze des Kosmos nicht die gleichen sind, wie in der Welt der Teilchen. Und im Alltag verlassen wir uns dann wieder auf die Physik Newtons.

Die Newton'sche Physik ist in Wirklichkeit ein Sonderfall von Relativitätstheorie und Quantenphysik. Sie ist in beiden Theorien enthalten. Beide Theorien sind aber bis heute nicht miteinander vereinbar. Was wir immer noch nicht wissen ist, wo die Grenze verläuft. Ab wann gilt das eine und ab wann gilt das andere Gesetz?

Unsere Wahrnehmung der Welt ist nicht identisch mit der tatsächlichen Welt. Wir sehen immer nur bestimmte Aspekte dieser Welt. Wir sehen nur die vier Dimensionen von vielen Dimensionen. Unser Gehirn übersetzt alles in die uns bekannten Dimensionen. Auch unsere Sprache ist nur für diese vier Dimensionen ausgelegt.

Ein Satz besteht normalerweise aus einem Hauptwort oder Dingwort (Substantiv) und einem Zeitwort (Verb). Das Hauptwort stellt die drei Dimensionen des Raumes dar. Das Zeitwort beinhaltet die Zeit- oder Bewegungsdimension des Hauptwortes. Das Zeitwort meldet uns immer den zeitlichen Verlauf. Das kann die Gegenwart, die Vergangenheit oder die Zukunft sein. Wir verfahren auf diese Weise auch mit abstrakten Dingen wie Erinnerung, Hoffnung oder Gedanken.

Dann kamen Camuns, Uors, Tersnaus, Bucarischuna und Lunschania. Diese Orte hatte ich schon einmal passiert. Wir waren also nicht mehr weit von Tapara und Gianni entfernt.

Das Dorf im Tal war ruhig. Wie das letzte Mal. Es wurde schon etwas heller. Die Sonne ging langsam auf. Die Konturen waren nun deutlicher zu sehen. Ob wir jetzt auch den richtigen Weg finden würden? Ich war jetzt richtig aufgeregt.

Am Ortsende stieg die Straße an. Ja, das wusste ich noch. In einer der nächsten Serpentinen müssten wir nach links abzweigen. Es ging weiter bergan. Dann kam sie.

„Siggi, hier musst Du nach links abbiegen, da geht es ins Peiltal, da müssen wir hin!" Meine Aufregung nahm weiter zu.

Siggi zog den schweren Wagen aus der Kurve.

Ich schaute ihn bewundernd an.

„Der hat Allradantrieb, der kommt auch hier den Berg hoch." Er grinste mich an.

Es war eine Schotterstraße, die wir fuhren. Kurve um Kurve. Hoffentlich kommt uns jetzt keiner entgegen, dachte ich.

Es kam niemand. Dann die Brücke über den Peiler Bach. Der hatte gerade wenig Wasser. Dann die Ställe mit den Ziegen, Sie waren noch alle drin, also mussten wir nicht warten, bis sie die Straße wieder freigeben würden.

„Da vorne musst Du nach rechts und wieder über den Bach", sagte ich.

Jetzt fuhr Siggi ziemlich langsam. Würde der große Wagen dort überhaupt hochkommen? Wir hatten ja damals immer den Lada genommen. Es ging. Geschmeidig fuhren wir den Weg hoch. Dann die Elektrozäune für die Kühe. Ich stieg aus, ließ Siggi durch und hängte danach den Draht wieder ein. Zweimal, Dreimal. Wir waren oben. Ich sah den See, das Haus und die Veranda.

Ich konnte es kaum glauben!

Da saßen beide auf der Veranda und tranken Tee. Es war wie auf einem Gemälde. Ich war völlig überwältigt. Siggi hatte kaum den Wagen abgestellt, schon riss ich die Türe auf und rannte zum Haus hin. Beide sprangen auf, jetzt erst hatten sie uns erkannt. Die Tränen schossen mir in die Augen und ich umarmte Gianni, dann Tapara. Ich konnte kaum sprechen, die Stimme versagte mir ständig.

Dann stellte ich Siggi vor.

Wir saßen auf der Veranda und redeten. Der Blick auf den See war überwältigend. Wir waren endlich angekommen.

Kapitel 20

Gianni ging es nicht gut. Das konnte ich sehen. Er war sehr müde nach Belastungen. Das konnten körperlich oder geistige sein. Das wusste ich, dass das ein für die Diagnosestellung unverzichtbares Symptom darstellte. Seine Belastungsgrenze war auffällig niedrig. Für gesunde Menschen ist es schwer verständlich, dass bereits Zähneputzen oder Duschen kaum möglich war. Auch ein Gespräch mit Freunden von einer Stunde ging manchmal nicht. Auch ein Telefonat konnte schon zu viel sein. Eine Zustandsverschlechterung konnte direkt nach der Belastung eintreten oder auch etwas zeitlich versetzt kommen. Diese Sie drückte sich in einer extremen Erschöpfung und Schwäche aus, einer Verstärkung des Krankheitsgefühls, einem Zustand wie bei einer Grippe mit Halsweh und Lymphknotenschmerzen, Kopf- und Gliederschmerzen, Brennen auf der Haut oder auch in anderen körperlichen Symptomen.

Gianni hatte alle diese Symptome. Er lächelte müde, als er darüber berichtete. Das alles waren für ihn Alarmsignale. Er wusste, dass er die Belastungsgrenzen nicht überschreiten durfte, weil sich dadurch der Gesundheitszustand weiter verschlechtern würde. Irreparable Schäden waren dadurch zu befürchten.

„Das heißt „Pacing", was ich gerade tue."

Wir schwiegen.

„Meine Kräfte sind nicht jeden Tag gleich. Manchmal kann ich gut zum See hinunter gehen, manchmal muss ich schon nach zehn Metern wieder umkehren, weil ich weiß, dass ich sonst nicht wieder zurückkomme."

Es entstand wieder eine Pause.

„Aber, ich habe auch neurologische Beeinträchtigungen. Ich leide an Schlafstörungen. Einmal habe ich ein übermäßiges Schlafbedürfnis, dann gibt es wieder Tage, an denen ich nicht einschlafen kann oder auch ständig aufwache. Der Tag/Nacht-Rhythmus ist gestört, bis zur Umkehr von Tag und Nacht."

„Schmerzen kommen und gehen. Es sind Kopf- und Gliederschmerzen. Sie treten auch schon nach geringer körperlicher Belastung auf. Eine Schwächung der Muskulatur besteht oft, die Gliedmaßen beginnen nach einer kurzen Belastung zu zittern. Eine Abnahme der Muskelmasse tritt dagegen erstaunlicherweise nicht auf."

„Konzentration und Aufmerksamkeit werden schlechter. Es treten Wortfindungsstörungen und Wortverwechslungen auf. Ich sage kalt und meine heiß", sagte Gianni.

Er machte wieder eine Pause und sammelte Kraft.

„Dadurch nimmt auch die Reizbarkeit zu. Das Kurzzeitgedächtnis ist schlecht. Dinge werden wiederholt, weil ich sie inzwischen schon wieder vergessen habe. Ich leide auch an einer Geräuschempfindlichkeit. Stimmen, Unterhaltungen und allein das Klappern von Geschirr ist mir manchmal schon zu viel. Auch Licht oder Gerüche stören mich."

„Mein Bauch meldet sich ständig. Immer grummelt es dort. Ich scheine auch bestimmte Nahrungsmittel nicht mehr so gut zu vertragen. Jemand hat von einer Reizdarmsymptomatik gesprochen."

Er verstummte und wir schauten hinab zum See.

„Wenn ich schnell aufstehe, dann wird mir oft schwindelig. Auch langes Stehen bekommt mir nicht. Mein Pulsschlag ist schneller geworden. Ich bin kurzatmiger. Manchmal atme ich tiefer und weiß nicht warum. Auch Hitze und Kälte vertrage ich nicht mehr so gut wie früher."

Wir saßen auf der Veranda und freuten uns, dass wir uns wieder sahen. Allerdings war es nicht mehr so wie früher. Was hatten wir alles in diesem Haus schon erlebt. Die Überfälle durch die Krieger aus der Kupferzeit. Ötzi und seine Familie. Tapara und ihr Vater. Jetzt war alles anders. Gianni war nicht mehr gesund. Wir alle wollten ihm helfen.

„Ich habe einen ziemlichen Leidensweg hinter mir. Alle dachten, ich sei psychisch krank. Ich hätte eine Depression bekommen. Aber, das war nicht so", erzählte Gianni. „Ich habe viel darüber nachgedacht, warum man mir eine Depression unterstellt hat. Du weißt ja, dass es mir nach einer körperlichen Belastung schlechter geht. Depressive Menschen dagegen erleben ja meist nach einer körperlichen Betätigung eine Verbesserung ihrer Stimmungslage. Bei ihnen nützt Bewegung, mir schadet sie."

Ja, das war mir auch bekannt. Wenn man Depressive fragt, wozu sie Lust hätten, wenn es ihnen besser ginge, dann fallen ihnen keine Antworten ein. Sie wollen halt eine Verbesserung ihres Zustandes. Die Antworten sind also ziemlich diffus. Menschen mit ME/CFS dagegen können spontan sagen, was sie machen würden. Sie zählen alles auf. Wieder in den Job gehen, Freunde besuchen, das Haus renovieren. Depressive sind nie so grundlegend erschöpft und die Erschöpfung ist hauptsächlich auf Motivation und Gefühle bezogen.

„Ich möchte unbedingt wieder gesund werden! Das ist mir sehr wichtig und ich bin mir sicher, dass das gelingen wird."

Das klang trotzig. So kannte ich Gianni Moretti.

Ich nickte und dachte für mich, dass ein depressiver Mensch niemals so etwas aussprechen würde. Wir schwiegen und schauten auf den See. Gianni trank seinen Tee, ich hatte mir inzwischen ein kühles Bier aus dem Kühlschrank geholt.

„Es begann alles ganz plötzlich. Ich war krank wie bei einer Grippe. Ich hatte plötzlich Muskel-, Gelenk-, und Kopfschmerzen. Die Schmerzen waren zudem unerträglich."

Auch bei dieser Aussage käme mir nie in den Sinn, an eine Depression zu denken. Noch niemals hatte ich erlebt, dass eine Depression plötzlich mit starken Schmerzen begonnen hätte.

Während wir auf der Veranda saßen, waren Siggi und Tapara zum See hinab gegangen. Wahrscheinlich berichtete Tapara über unsere Erlebnisse von damals, als wir gefangen genommen worden waren, um bei der Bergung des Ötzi mitzuhelfen. Der Himmel war blau, nur Schleierwolken waren zu sehen. Das Gras war grün bis hinunter zum See. Immer wieder kamen mir Bilder in den Sinn wie damals die Krieger auf unser Haus zugingen und uns einen kräftigen Schrecken eingejagt hatten. Aber irgendwie hatten wir alles überstanden und Ritomare, der Ötzi, konnte endlich seinen Frieden finden.

„Möchtest Du noch Tee?" Gianni nickte und ich schenkte ihm ein. Plötzlich kam mir wieder in den Sinn, dass Gianni sich vielleicht bei den Leuten von Ötzis Volk angesteckt haben könnte. Mit einem Virus oder einem anderen Erreger. War so etwas möglich?

Diese Frage konnte niemand beantworten. Aber, wenn es so etwas gab, dann wäre ja auch ich selbst in Gefahr gewesen. Auch ich hätte erkranken können. Vielleicht bestand ja diese Gefahr noch immer! Wie ist mein Immunsystem? Gut, hätte ich gesagt, wenn jemand diese Frage gestellt hätte. Tagtäglich hatte ich Kontakt mit kranken Menschen. Nie war ich krank. Und wenn sich ein leichter Schnupfen einstellte, dann war er nach ein bis zwei Tagen schon wieder weg. Eigentlich bestand jetzt keine weitere Gefahr für mich.

„Was mich besonders getroffen hat, war, dass ein Arzt bei mir eine Neurasthenie diagnostiziert hatte."

Ich schaute ihn verblüfft an. Diese Diagnose wurde im 19. Jahrhundert gestellt, Aber heute? Diese Diagnose spielte heute wirklich keine Rolle mehr. Es war die Modekrankheit der gehobenen Gesellschaftsschicht im 19. Jahrhundert. Die Leute wurden damals zur Kur geschickt, um mehr Abwechslung und Anregung zu finden. Wer heutzutage diese Diagnose stellte, hatte von Medizin wirklich keine Ahnung. Er musste achtgeben, sich nicht lächerlich zu machen.

Aber Gianni und Neurasthenie? Am liebsten hätte ich laut gelacht, aber ich wusste nicht, ob Gianni dies dann verstanden hätte. Diese Diagnose gab es nicht mehr. Als der Begriff benutzt wurde, war man der Ansicht, dass bei Frauen die Geschlechtsorgane verkümmern würden, wenn sie eine wissenschaftliche Ausbildung durchlaufen würden. Es ist in der Tat ein historisch überholtes Krankheitsbild. C.G. Jung hatte sich seiner Zeit geweigert, über dieses Krankheitsbild überhaupt zu schreiben. Und Gianni sollte Neurasthenie haben! Ich konnte mich kaum beruhigen. Ich verstand sein Entsetzen.

„Du hast keine Neurasthenie", sagte ich und versuchte ernst zu bleiben. Er nickte und trank weiter seinen Tee.

„Ich habe mich auch mit einem anderen Krankheitsmodell beschäftigt. Mit den Somatoformen Störungen."

Ich hörte aufmerksam zu.

„Was bedeutete dieser Begriff eigentlich nach deiner Meinung?" fragte er mich.

„Es sind körperliche Symptome mit Krankheitswert, denen keine organische Ursache zugrunde liegt. Die Symptome sind medizinisch unerklärbar. Dabei wird aber unterstellt, dass sich alle Ärzte bei körperlichen Erkrankungen gut auskennen. Dies ist aber sicherlich nicht der Fall. Deshalb haben wir ja auch Fachärzte, weil niemand das gesamte Spektrum der Medizin überblicken kann."

Ich machte eine kurze Pause.

„Diese Diagnose zeigt nur das Unvermögen der Ärzte. Allein die Tatsache, dass der Arzt nichts findet, beweist noch lange nicht, dass auch wirklich keine organische Ursache vorliegt", sagte ich. „Diese Vorgehensweise ist weder logisch, noch psychologisch und schon gar nicht wissenschaftlich."

Wir schwiegen wieder. Dann hatte ich plötzlich das Gefühl nochmals für Gianni das Wesentliche seiner Erkrankung zusammenfassen zu müssen.

„ME/CFS hat doch so charakteristische Symptome, etwa die starken Entkräftigung nach Belastung. So etwas findet man bei den Somatoformen Störungen nie. Immer müssen bei dieser Erkrankung die Schmerzen in Verbindung stehen mit emotionalen Konflikten oder psychosozialen Belastungen, denen die Hauptrolle für Beginn, Schweregrad oder Dauer zukommt. Bei ME/CFS treten Schmerzen völlig unabhängig von psychischen Belastungen auf. Es sind ja die körperlichen und geistigen Überlastungen durch die fehlende Energie, die Schmerzen auslösen."

Wir schwiegen und schauten wieder auf den See. Gianni hatte sich wieder beruhigt. Dieser Mann war wirklich nicht fit. Ich hatte ihn ganz anders in Erinnerung. Damals waren wir ein gutes Team gewesen. Wir hatten Ötzis Leuten geholfen. Und jetzt? Alles hatte sich verändert. Ich wollte ihm helfen. Es musste gelingen! Ich war optimistisch.

Tapara und Siggi kamen von ihrem Spaziergang zurück. Sie unterhielten sich lebhaft. Tapara hatte sicherlich alles berichtet, was wir drei damals erlebt hatten. Ritomare kam wieder zu seinem Volk zurück. Das war ganz großartig gewesen. Wir würden es nie vergessen. Sie setzten sich zu uns.

Tapara schenkte Gianni nochmals Tee nach, ich ging zum Kühlschrank und holte mir ein zweites Bier. Da saßen wir nun und wir erinnerten uns an die Vergangenheit. Aber alles hatte sich verändert. Nichts war noch so, wie es einstmals war. Jeder kannte solche Situationen. Das war eigentlich nichts Neues.

„Morgen werden wir mit der Therapie beginnen", sagte ich plötzlich in die Runde und strahlte alle an. Meine Zuversicht übertrug sich auf alle.

Gianni und Tapara nickten. Und Siggi schaute mich verblüfft an. Dann lächelte er mich an. Dieses Lächeln kannte ich.

„Es wird helfen"; sagte ich so vor mich hin, irgendwie, um mich auch selbst zu bestärken. Aber ich glaubte wirklich fest daran, dass die Therapie anschlagen würde.

Kapitel 21

Siggi und ich, wir schliefen oben. Eine schmale Treppe führte zu unserem Schlafplatz unterm Dach. Ich schlief recht gut. Wir wurden nicht gestört. Siggi schnarchte etwas, aber ich schlief immer gleich wieder ein. Irgendwann wachte ich auf. Heute würde die Therapie beginnen. Ich war zuversichtlich.

Nach dem Frühstück baute ich die Infusion auf. Wir hatten alles dabei. Das Geheimfach in Siggis Wagen war unversehrt geblieben. Zuerst die Medikamente, welche die Nebenwirkungen verminderten und dann das eigentlich wirksame Medikament. Ich blieb die ganze Zeit neben Gianni sitzen. Ich wollte ihn genau beobachten. Auch das Notfallset war griffbereit.

Die Stunden vergingen. Es passierte nichts. Gianni vertrug die Behandlung gut. Ich konnte schließlich alles wieder abbauen und klebte dann ein großes Pflaster auf die Einstichstelle an Giannis rechten Arm.

Dann schlug ich vor, dass Gianni sich ausruht und wir abwarteten sollten, ob überhaupt eine Wirkung eintritt. Alle waren einverstanden. Gianni legte sich hin und wir saßen auf der Veranda. Siggi inspizierte seinen Wagen, füllte Wasser nach und schüttelte die Fußmatten aus. Ich saß mit Tapara alleine auf der Veranda.

„Wie geht es dir?", fragte ich sie.

„Ich bin froh, wieder hier zu sein", sagte sie. „Alles war doch sehr aufregend. Ich hätte nicht gedacht, dass es so viele Schwierigkeiten geben würde. Alle waren hinter mir her. Eigentlich waren sie mir ja alle überlegen gewesen, aber, ich habe es doch immer irgendwie geschafft, ihnen zu entkommen."

Ich spürte es, sie war stolz, für Gianni das Medikament besorgt zu haben. Sie hatte ihr Leben eingesetzt. Jetzt brauchten wir einfach auch ein bisschen Glück!

„Hast du Heimweh zu deinem Volk, zu deiner Familie, zu deinen Brüdern?" fragte ich sie.

Sie schaute mich etwas verwundert an. „Nein", sagte sie. „Wir waren ja alle nicht wirklich glücklich. Wir hatten das Problem mit Ritomare, die Suche nach ihm und dann ist er als Ötzi wieder aufgetaucht. Nein, ich lebe heute und nicht in der Vergangenheit."

Siggi setzte sich nun zu uns. Er war fasziniert von der Bergwelt. Tapara hatte ihm den See gezeigt und wahrscheinlich viel von sich erzählt.

„Ein paar Tage im Jahr hier oben zu sein ist herrlich, aber ich müsste dann wieder zurück in die Stadt. Ich brauche das Leben in der Stadt und seine Kultur."

Mir ging es eigentlich auch so, aber heute wollte ich das Leben hier oben richtig genießen. Wir waren mit der Therapie von Gianni wahrscheinlich ein großes Stück weitergekommen.

Ich hatte auch Lust, runter zum See zu gehen. Siggi und Tapara waren wieder so sehr in ein Gespräch vertieft, und so entschloss ich mich, alleine zu gehen. Ja, das war der Weg, den ich damals ging, als wir Tapara und ihren Vater trafen. Das Gras war dort etwas niedriger, der Weg schmal und holprig. Viele Insekten schwirrten um mich. Dann kamen die Felsen und das Pfeifen der Murmeltiere, die ihre Artgenossen warnten, wurde lauter.

Dann stand ich am See. Klar war er und am Ufer schwirrten Schwärme winziger Fische umher. Das Ufer war flach und ich tauchte meine Hand ins Wasser. Es war so kalt wie immer. Man hielt es nicht lange in diesem Wasser aus. Ich stand wieder auf und ging weiter am Ufer entlang. Wenn jetzt Leute aus der Kupferzeit vor mir stünden, hätte mich das nicht gewundert. Ich setzte mich auf einen Felsen und genoss den Rundblick. Auf einer Seite schaute ich auf hohe Berge mit ihren steilen Felsenwänden. Dazwischen lagen noch Schneereste. Ganz in der Ferne sah ich den Gletscher, zu dem wir einst gewandert waren. Wahrscheinlich war er inzwischen durch die Klimaerwärmung noch kleiner geworden. Am anderen Ufer standen ein paar Rehe. Sie blickten immer wieder zu mir herüber, aber sie schienen sich sicher zu fühlen und tranken immer wieder das klare Wasser.

Hier an diesem Ort hatten wir auch über Quantenphysik gesprochen. Das war sehr spannend gewesen. Ich dachte jetzt an Hans-Peter Dürr, den Mitarbeiter von Werner Heisenberg aus meiner Heimatstadt. Er hatte später den alternativen Nobelpreis bekommen und ist leider vor kurzem erst gestorben.

Er sagte: „Ich hatte das große Glück, ihn, meinen unvergesslichen Lehrmeister, zu begleiten. Er war weder Halbgott noch Ehrgeizling, er war eher schüchtern und verlegen. Das legte sich aber mit der Zeit. Wir bewunderten Heisenberg wegen seines unbezwingbaren Optimismus, der für junge Leute so ansteckend war und wegen seines Muts, seinen eigenen Weg kraft seiner Überzeugung unbeirrbar und unbeeindruckt durch Kritik weiterzugehen."

Hans-Peter Dürrs Erkenntnis war, dass die Welt nicht materiell, sondern geistig ist. In jedem Augenblick wird die Welt neu erschaffen. Das Zukünftige bleibt uns verschlossen. Die Zukunft wird uns nicht vorenthalten, sondern sie existiert noch gar nicht. Er spricht von einer Verwandlung von Potenzialität zur Realität. Eine Möglichkeit von vielen wird wahr.

„Im Grunde gibt es nur Geist, aber dieser Geist „verkalkt" und wird zur Materie. Wir nehmen in unserer klassischen Vorstellung den „Kalk" ernster, weil er greifbar ist, als das, was vorher da war, das geistig Lebendige."

Warum war die klassische Physik so erfolgreich? Sie existierte schon immer. Die Wirklichkeit ist die Realität. Sie ist greifbar. Die Welt besteht aus Materie. Diese Materie existiert in einem dreidimensionalen Raum und in der Zeit. Nur ein Zeitpunkt, nämlich die augenblickliche Gegenwart, ist uns direkt zugänglich.

Ich saß am See und blickte in die Ferne. Alles schien friedlich zu sein. Gianni würde wieder gesund werden. Alles würde wieder werden wie früher. Eigentlich war meine Arbeit getan. Ich konnte zufrieden sein. Ich konnte zurückfahren! Wann immer ich wollte.

Etwas war plötzlich anders. Irgendein Geräusch war zu hören. Es wurde immer lauter. Es kam näher. Ich hörte es deutlich. Ich schaute zurück. Am Himmel war ein Punkt zu erkennen. Er kam näher. Ich konnte es jetzt immer deutlicher sehen. Es war ein Flugzeug oder so etwas Ähnliches. Nein, es war ein Helikopter und er kam wirklich näher. Er kam auf uns zu. Ich musste jetzt zurück, das hatte ich plötzlich verstanden. Die Realität hatte mich wieder eingeholt.

Ich sprang vom Felsen hinab und landete im Gras. Ich rannte zurück zur Hütte. Ich rief und schwenkte die Arme. Alle waren aufgestanden und standen neben der Veranda. Sie schauten nach oben. Das Flugobjekt näherte sich unserem Berggipfel. Es wurde größer und größer. Jetzt erkannte ich es deutlich. Es war wirklich ein großer Helikopter mit zwei großen Flügeln.

Er begann zu landen. Der Krach war ohrenbetäubend. Ich hatte jetzt das Haus erreicht, als er sich senkte. Es klappte. Der Hubschrauber stand neben unserem Haus und die Rotoren wurden langsamer. Eine Schiebetüre öffnete sich und mehrere Männer sprangen heraus.

Einige waren bewaffnet. War das erneut eine Bedrohung für uns?

Ich musste warten, was geschah. Einer der Leute ohne Waffen war Emil Bühler, der Chief Executive Officer von Youngstar Pharmacy. Ich erkannte ihn sofort. Er kam auf uns zu. Er lächelte und streckte die Hand aus. Ich gab ihm meine.

„Grüezi!" rief er. Andere kamen nach ihm. „Schön Sie wieder zu sehen!"

Ich sagte nichts. Auf seine Anwesenheit hätte ich verzichten können. Er drängte sich auf die Veranda und begrüßte Tapara, Gianni und Siggi.

Die Bewaffneten hielten Abstand. Was bedeutete das alles nun? Kam er friedlich, oder sollten wir lieber gleich in Deckung gehen? Es schien wohl keine Gefahr von ihm auszugehen. Genau wusste man es allerdings nie. Aber er war CEO von Youngstar Pharmacy.

Es war doch gefährlich, das erkannte ich plötzlich. Ich hatte plötzlich die Vision, dass die gekommen waren, um uns doch noch gefangen zu nehmen. Wenigstens einer musste dann entkommen, um Hilfe zu holen. Alle blickten auf den Helikopter und die Bewaffneten. Wenigstens ich musste mich in Sicherheit bringen.

Vorsichtig ging ich rückwärts und war blitzschnell hinter dem Haus verschwunden. Ich rannte so schnell ich konnte den Hang hinunter und erreichte den ersten Felsen. Dann schaute ich zurück. Alle waren inzwischen von Bewaffneten umstellt und wurden zum Helikopter geleitet. Also hatte man sie jetzt doch gefangengenommen. Mein Gefühl war richtig gewesen. Dann sah ich, dass zwei Männer mit Maschinenpistolen den Hang herunterkamen. Das galt sicherlich mir!

Was sollte ich jetzt tun? Ich stand auf und rannte weiter zum See. Immer lief ich hinter den Felsen, damit sie mich nicht sehen konnten. Dort unten am See konnte ich mich allerdings nicht mehr gut verstecken, das hatte also keinen Sinn. Vielleicht wollten die mich gar nicht gefangen nehmen, schoss es durch meinen Kopf. Vielleicht sollte ich als Zeuge ausgeschaltet werden. Es war jetzt brandgefährlich für mich. Ich musste mich verstecken! Aber wo?

Vielleicht hatte ich eine Chance, wenn es mir gelänge auf den größten Felsen zu kommen. Der war oben ganz flach und hatte eine leichte Vertiefung. Dort könnte ich liegen. Vielleicht würden sie ja nur am Boden suchen. Es war aber schwierig auf der Rückseite an diesem Felsen in die Höhe zu kommen.

Vielleicht lag es an meinem mehrjährigen Muskelaufbautraining, vor allem an der K2 mit den gewichtsunterstützten Klimmzügen, denn ich schaffte es tatsächlich nach oben und drückte mich in die Mulde hinein. Ich hörte bereits das Rascheln des Grases. Metall schlug an den Felsen. Das Rascheln verschwand wieder. Es wurde still. Ich zitterte etwas. Ich hatte Angst. Die Zeit verging ganz langsam. Ich hörte meinen Pulsschlag. Er war sehr laut und eigentlich müsste jeder in hören. Zu Atmen getraute ich mich auch kaum.

Dann passierte es!

Ein Schuss, dann noch einer. Dann war wieder Stille. Sie kamen wieder näher und unterhielten sich im Vorbeigehen. Ich hörte nicht viel, nur das Wort „fertig" meinte ich verstanden zu haben. Dann war wieder alles ruhig. Vorsichtig hob ich den Kopf und sah beide wieder oben am Haus stehen. Dann gingen auch sie zum Helikopter. Die Schiebetüre wurde geschlossen und die beiden Rotoren bewegten sich schneller. Immer schneller und immer lauter wurde das Geräusch der Motoren. Dann wippte er etwas auf die Seite und hob schließlich ab. Sie flogen davon! Sie hatten alle mitgenommen. Und Gianni? War der noch im Haus? Ich müsste nachsehen.

Aber vielleicht waren ja immer noch Leute zur Bewachung da. Das wäre dann wirklich sehr gefährlich für mich geworden. Also wartete ich weiter auf meinem Felsen. Es vergingen Stunden oder waren es nur Minuten, ich wusste es nicht, aber es geschah weiter nichts mehr. Immer wieder sah ich zum Haus hoch, aber niemand war zu sehen.

Ich musste die Nacht abwarten, bevor ich zurückgehen konnte, sonst wäre es zu gefährlich für mich. Ich war mir sicher, dass die mit mir kurzen Prozess machen würden. Aber es wurde und wurde nicht dunkel und es geschah auch sonst weiter nichts.

Alles war wieder wie vorher, auch die Murmeltiere getrauten sich wieder aus ihren Verstecken heraus und begannen zu pfeifen. Es war ein strahlend blauer Himmel und ich bemerkte aber, dass sich die Sonne langsam absenkte und schließlich dann die Berggipfel erreichte. Also musste es doch inzwischen Abend geworden sein. Eine leichte Kühle kam auf und die Dämmerung setzte ein. Bald würde ich vom Felsen herunterkommen. Und dann?

Hatte nicht auch Keith Jarrett, der Pianist, ME/CFS und konnte jahrelang nicht mehr Klavier spielen? Er sagte danach, dass jedes Konzert für ihn etwas ganz besonderes sei und ihm die Krankheit klargemacht habe, dass jedes Konzert sein letztes gewesen sein könnte.

Es war jetzt schon ziemlich dunkel, als ich vorsichtig vom Felsen herunterkletterte. Ich stand wieder auf dem Boden und blickte mich um. Die Umrisse der Felsen waren noch gut zu erkennen. Langsam ging ich den Hang zum Haus hoch und erreichte die Rückseite des Hauses. Ich versuchte zum Fenster ins Innere hineinzusehen, aber es war bereits zu dunkel. Ich sah nichts. Ich horchte, aber alles war still. Langsam ging ich um die Ecke und schaute auf die Veranda. Die Stühle standen noch genauso da wie am Nachmittag. Dann ging ich zum Eingang des Hauses. Die Türe war zu, aber ich konnte sie öffnen. Auch im Innenraum war alles unverändert. Nichts deutete auf einen Kampf hin.

Die Liege, auf die sich Gianni nach der Infusion hingelegt hatte, war leer, also hatten sie auch ihn mitgenommen.

Ich durchsuchte das ganze Haus, aber es war leer. Niemand war mehr da.

Was sollte ich jetzt machen? Ich saß jetzt alleine auf dem Berg und die anderen waren durch Youngstar Pharmacy mit einem Helikopter verschleppt worden.

Wieso machten die überhaupt so etwas? Waren die denn alle verrückt geworden. Das machte doch überhaupt keinen Sinn! Ich war ratlos. Und diese Stille jetzt. Überhaupt nichts war mehr zu hören. Vielleicht das Piepsen einer Maus. Sie musste auch verstört sein, denn sie piepste immer wieder.

Vielleicht war das ja gar keine Maus!

Ich stand auf und ging wieder ins Haus zurück. Auch hier war ein Piepston zu hören, ganz leise zwar, aber deutlicher als auf der Veranda. Ich machte Licht und schaute mich um. Es gab keine Veränderung. Vielleicht war die Maus im oberen Teil des Hauses.

Also stieg ich die Holztreppe hinauf und tatsächlich, das Piepsen wurde immer lauter. Am lautesten war es an Siggis Tasche. Ich zog den Reißverschluss auf und fand ein kleines schwarzes Kästchen mit einem roten Display mit Zahlen. Es waren GPS-Daten. Ich hatte schon einmal so etwas gesehen.

Richtig, jetzt fiel es mir wieder ein. Siggi hatte als neusten Gag eine Armbanduhr, die Standortdaten über GPS übermitteln konnte.

Diese Zahlenkombination musste also Siggis Aufenthaltsort sein. Und jetzt? Ich nahm Siggis Tasche nach unten und setzte mich wieder auf die Veranda. Das Ortungsgerät hielt ich in den Händen.

Ich stand wieder auf und ging ums Haus. Siggis große Limousine parkte immer noch am Haus. Ich ging hin und wollte die Fahrertür öffnen. Aber sie war verschlossen und auch alle anderen Türen. Er hatte wahrscheinlich den Schlüssel noch bei sich gehabt. Vielleicht war er ja auch noch hier in seiner Tasche. Also ging ich wieder zu seiner Tasche.

Tatsächlich, in einem Seitenfach lag der Wagenschlüssel. Und nun? Fragte ich mich. Jetzt könnte ich ja mit dem Wagen hinfahren und sie alle befreien!

Nein, das ging so einfach sicher nicht. Gegen die vielen bewaffneten Leute hätte ich nie eine Chance gehabt. Aber hier oben zu bleiben machte ja genauso wenig Sinn. Ich entschloss mich, Hilfe zu holen.

Kapitel 22

Also ging ich wieder ins Haus zurück und packte meine Reisetasche. Es war jetzt überall stockfinster. Machte es denn überhaupt Sinn, bei dieser Dunkelheit aufzubrechen. In der Nacht war man besser geschützt, aber wohin sollte ich jetzt überhaupt fahren?

Plötzlich hatte ich eine Idee. Ich verließ wieder das Haus und öffnete Siggis Wagen. Dann schob ich den Zündschlüssel ins Zündschloss und startete den Wagen. Sofort leuchtete das Navigationsgerät auf. Die Positionsdaten leuchteten immer noch auf dem Display des GPS-Gerätes und ich gab sie ins Navigationsgerät ein. Sofort öffnete sich eine Karte und eine rote Markierung leuchtete auf. Dort musste Siggi sein.

Die Karte ließ sich problemlos vergrößern.

Sofort wurde die Entfernung angegeben. 261,7km betrug die Strecke zu Siggi. Ich vergrößerte die Karte immer weiter und plötzlich zeigte sie dort eine Markierung, auf der Youngstar Pharmacy stand. Ok, jetzt sind sie also im Herzen der Firma angekommen. Ich schaltete den Motor wieder ab und dachte nach. Es hatte jetzt wirklich keinen Sinn überstürzt bei Nacht loszufahren. Es würde sicherlich heute Nacht auch nichts mehr passieren. Ich sollte alles gut planen und erst morgen starten. Alleine oder mit Hilfe anderer? Ich musste darüber nachdenken.

Joanne Rowling, die Autorin von Harry Potter, kam auf die Idee zu ihren Büchen auf einer Fahrt mit der Bahn. Das ist nicht verwunderlich. Wer gerade an einem Buch schreibt, bekommt plötzlich Einfälle, z.B. bei einem Konzert. Immer gerne gehe ich in meinen Jazzclub. Die Musik fließt dahin. Die Leute klatschen.

Dann die Pause. Ein neues Getränk wird bestellt. Dann beginnt das zweite Set. Später gibt es eine Zugabe. Und auf einmal weiß ich, wie die Geschichte weitergeht. Woher kommt der Einfall? Wir wissen es nicht. So erging es auch Albert Einstein mit der Relativitätstheorie. Eines ist sicher: Aus der Erfahrung kam dieser Gedanke nicht. Neue Gedankenformen haben sich hier eingeschlichen.

David Joseph Bohm, ein amerikanischer Physiker, hatte sich viel mit den Erscheinungen der Fragmentierung und der Ganzheit beschäftigt. Viele Probleme unserer Welt entstehen dadurch, dass alle Wissenschaften in Spezialgebiete aufgespalten sind, die jeweils dann auch getrennt betrachtet werden. Ständig nahm die Zahl der Fragmente zu.

Sicherlich war es für den Menschen zu allen Zeiten notwendig, komplizierte Sachverhalte bis zu einem gewissen Grad zu unterteilen und zu isolieren, um so überhaupt Erkenntnisse sammeln zu können. Allerdings hat diese Denkweise dazu geführt, dass der Mensch das Bewusstsein für das Ganze inzwischen verloren hat. Eigentlich widerstrebt diese Denkweise vielen Menschen, denn immer schon war der Mensch auf der Suche nach der Ganzheit, der seelischen, körperlichen, gesellschaftlichen und auch der individuellen Ganzheit.

Die Sprachforschung kann dazu Beispiele liefern. „Health" Gesundheit) stamm vom angelsächsischen „half" ab und ist mit „whole" (ganz) verwandt.

Im Deutschen ist es das Wort „heil". Heil sein heißt auch ganz (whole) sein. Auch das Wort „holy", deutsch „heilig", hat dieselben Wurzeln wie whole. Dies alles deutet darauf hin, dass der Mensch von jeher die Ganzheit oder das heil sein als eine unabdingbare Notwendigkeit dafür empfunden hat, dass das Leben lebenswert ist. Und doch hat er die meiste Zeit in einem

Zustand der Fragmentierung gelebt. Wie konnte das alles so weit kommen?

Wichtig zu wissen ist, dass die Ganzheit real ist, nicht die Bruchstücke. Ganzheit ist das Ideal, nach dem alle streben. Weil die Realität ganz ist, erhält der Mensch auf sein fragmentierendes Vorgehen auch nur eine fragmentierte Antwort. Es ist also erforderlich, dass der Mensch sich sein fragmentierendes Denken bewusst macht und es dann beendet. Denn dann kann der Mensch ganzheitlich an die Realität herantreten und eine ganzheitliche Antwort erhalten.

Natürlich ist diese Vorgehensweise, nämlich die Welt fragmentiert wahrzunehmen, Teil unserer gesamten Gesellschaft. Dadurch entsteht der Eindruck, dass die Fragmentierung Teil unserer Wirklichkeit ist. Niemand macht sich ernsthaft Gedanken darüber, dass das so nicht ist. Ein gutes Beispiel ist die Bildung von gesellschaftlichen Gruppen politischer, religiöser oder ökonomischer Art.

Hier wird übrigens eine Trennung von der übrigen Welt geschaffen. Aber in Wirklichkeit sind ja alle Mitglieder mit dem Ganzen verbunden.

Dieser Zustand ist deshalb unnatürlich und muss langfristig zum Zerbrechen dieser Gruppen führen. Damit dies nicht geschieht, wird die Gruppe Regularien einführen müssen, um den Bestand der Gruppe zu erhalten. Auch Ausgrenzen von Aspekten der Natur wird dauerhaft nicht gelingen.

Jegliches fragmentierendes Denken und Handeln hat Folgen in allen Bereichen des menschlichen Lebens. Fragmentierendes Denken erzeugt Krisen. Wie kann dieser Zustand wieder beendet werden?

Unser ganzes Denken handelt von der Fragmentierung. Es besteht die Gefahr, dass bei der Beantwortung der Frage, wie dieser Zustand beendet werden kann, weitere Formen der Fragmentierung geschaffen werden. Dies gilt es zu beachten.

Das Denken an sich und der Inhalt des Denkens kann nicht getrennt voneinander gesehen werden. Sie sind eins. Hier besteht nun die Verbindung zur Quantenphysik. Wir können Fragen dieser Art nicht korrekt behandeln, solange wir noch in einem Denken gefangen sind, dass Denkvorgang und Gedankeninhalt getrennt sind. Die Betrachtung als Ganzes ist dafür erforderlich.

Frühe Zivilisationen hatten ganzheitliche und nicht fragmentierende Ansichten. Moderne Menschen zergliedern die Welt. Warum geben wir das Fragmentieren nicht einfach wieder auf?

Die Nacht war doch ziemlich kühl. Ich hatte mich auf die Veranda gesetzt. Plötzlich hatte ich so großen Hunger, dass ich aufstand und zum Kühlschrank gegangen bin. Dort gab es auch Fleisch und ich beschloss, noch in der Nacht den Grill anzuwerfen. Immer habe ich gerne Fleisch gegessen. Ich vertrug es auch gut. Dazu ein Glas Rotwein. Ich fand noch Tomaten und aß sie dazu. Die Sterne funkelten. Ich war allein am Selva-See. Alle meine Freunde wurden gekidnappt. Niemand konnte das alles verstehen. Ich würde sie aber wieder befreien. Das wusste ich.

Hier wurden wir einst von Ritomares Volk angegriffen und alles kam zu einem guten Ende. Tapara blieb bei Gianni. Das war seine Rettung gewesen. Hier zu sitzen war etwas ganz Besonderes. Was hatten Gianni und ich damals gemacht? Wir hatten eine Zigarre geraucht!

Genau, nach dem Essen könnte eine Zigarre mir auch schmecken. Ich ging wieder ins Haus zurück. Ich wusste, wo Gianni seine Zigarren hatte. Genau, dort lag noch die Schachtel und ich nahm eine dicke kubanische Zigarre heraus und setzte mich wieder auf die Veranda.

Eine Zigarre auf Giannis Gesundheit, sagte ich vor mich hin. Ich lehnte mich zurück und atmete den Rauch ein. Ein bisschen träumte ich von der Zeit, als wir hier mit Ritomares Volk in Kontakt getreten waren. Aber alles war inzwischen anders geworden.

Gianni, der wilde Kämpfer, war jetzt an ME/CFS erkrankt. Vielleicht konnte ihm mit dem neuen Medikament geholfen werden, aber sicher war das nicht. Jetzt war er weg. Die Pharmaleute hatten ihn, Tapara und auch Siggi gefangen genommen. Das war unglaublich. Waren die drei doch in Gefahr?

Zuerst hatte ich gedacht, dass keine Gefahr bestand. Aber, wenn ich so darüber nachdachte, war die Geschichte doch ziemlich gefährlich. Sie wollten verhindern, dass die neue Therapie öffentlich wurde. Also, bestand doch eine Gefahr.

Ich musste morgen früh losfahren. Ich musste sie finden. Alleine? Wer könnte mir helfen. Peter Hill? Sollte ich ihn mitnehmen. Ich musste darüber nachdenken. Besaß er Autorität genug, die Meinung dieser Leute zu ändern?

Morgen musste ich eine Entscheidung treffen. Ihn abholen und mitnehmen. Immer noch saß ich auf der Veranda. Irgendwie schien es mir, als wäre ich diese Nacht nicht alleine.

Waren Ritomares Leute heute um mich? Wurde ich beobachtet? War Zattomare, der Schamane hier?

Wahrscheinlich war das so. Sie wollten mir den Rücken stärken. Aber sie waren in einer anderen Welt. Wir konnten nicht mehr miteinander kommunizieren. Es bestand keine Verbindung mehr.

Gianni und ich waren die letzten gewesen, die noch Kontakt zu ihnen hatten. Dann war alles zu Ende gewesen. Ich musste jetzt alles alleine machen. Niemand würde mir helfen können, das war mir klar. Ich löschte den Rest meiner Zigarre und legte mich Schlafen.

Morgen musste ich fit sein.

Kapitel 23

Ich wachte auf und hörte ein Geräusch. Jemand schritt über die Veranda. Sofort dachte ich an Ötzis Krieger, aber wir hatten ja keine Verbindung mehr zu ihnen. Wer ging über die Veranda? Ich beschloss aufzustehen und nachzuschauen.

Leise trat ich zur Türe und öffnete sie. Es waren keine Krieger. Ich sah ein Reh auf der Veranda, das rasch davonlief, als es mich sah. Ich war erleichtert. Ein Reh als Glückssymbol. Ich schaute zum See, er funkelte im Mondlicht. Es war ein sehr schönes Bild.

Wenn jetzt Tapara und Gianni hier wären, könnte ich glücklich sein. Ich seufzte tief. Dann ging ich wieder zurück ins Haus und legte mich wieder hin. Aber ich konnte nicht einschlafen. Irgendetwas ging in meinem Kopf hin und her. Wie ging es Tapara und Gianni? Wurden sie gefangen gehalten? Ich hätte doch gleich losfahren sollen, um alle zu befreien? Aber, das ging ja nicht! Die waren ja alle von Bewaffneten umgeben. Da hätte ich sicher keine Chance gehabt.

Irgendwann schlief ich dann doch wieder ein. Ich wachte erneut auf und sah auf die Uhr. Es war kurz vor 7 Uhr. Jetzt musste ich aber wirklich aufstehen.

Ich öffnete erneut die Türe. Es war hell und die Sonne schob sich bereits zwischen die Berggipfel hindurch. Ich gähnte und war eigentlich immer noch viel zu müde. Der See! Ich könnte ein Bad nehmen. Das Wasser war allerdings ziemlich kalt, das wusste ich ja. Aber ich dachte an unser Bad damals mit Tapara und Gianni.

Also ging ich langsam den Hang hinunter. Ich zog T-Shirt und Hose aus und ging ins Wasser. Hui, war das Wasser kalt! Es gelang mir aber mehrere Minuten im kalten Wasser zu bleiben. Ich ruderte mit den Armen, um warm zu werden. Dann hielt ich es doch nicht mehr aus und watete wieder zurück ans Ufer.

Jetzt war ich aber hellwach. Ich trocknete mich ab und zog meine Kleider wieder an. Der See lag ruhig da und schimmerte im Morgenlicht. Das Gras war nass und rutschig. Vorsichtig ging ich den Hang wieder hoch. Ich erreichte das Haus und sah, dass ich Besuch hatte.

Ich erkannte Jutta mit Peter und Susan Hill. Wie kamen sie hierher? Ich sah Juttas kleinen Wagen neben der Limousine von Siggi stehen. Ich eilte die letzten Meter den Hang hinauf und begrüßte alle herzlich.

„Ihr kommt rechtzeitig zum Frühstück", sagte ich gut gelaunt. Alle wirkten fröhlich. Ich stellte den Tisch auf die Veranda und holte Brot, Käse und Wurst. Der Espresso war schnell zubereitet und wir setzten uns alle hin.

„Warum seid ihr gekommen, war das nicht viel zu anstrengend?"

„Wir hatten so große Angst um euch", sagte Jutta. „Wir hatten keine Nachrichten und keine Verbindung zu euch. Deshalb haben wir uns entschlossen, hierher zu fahren."

Die beiden anderen nickten und lächelten mich an.

„Ich freue mich sehr, dass ihr da seid. Die Lage ist etwas verworren. Sie haben nämlich Tapara und Gianni gekidnappt. Sie kamen mit einem Helikopter. Ich konnte mich verstecken und hatte großes Glück. Sie sind mit beiden davongeflogen. Übrigens Siggi ist auch bei Ihnen. Inzwischen konnte ich aber ihren Aufenthalt mit Hilfe des GPS herausfinden. Sie sind jetzt in der Zentrale von Youngstar Pharmacy."

Alle schauten mich mit großen Augen an.

„Bei Youngstar Pharmacy, ja was wollen die denn mit ihnen?" murmelte Peter Hill vor sich hin. „Natürlich, du hast ihm das Ritux gegeben und jetzt wollen die wissen, was bei ihm damit passiert ist. Die machen sicherlich verschiedene Blutuntersuchungen."

Ja, das könnte natürlich so sein, dachte ich. Hoffentlich passiert ihnen nichts! Tapara war dabei. Und auch Siggi. Auf ihn konnte ich mich immer verlassen.

Noch einen Espresso für alle?

Ich ging zurück ins Haus und holte den Espresso. Ich hörte ihre Stimmen. Sie waren besorgt. Die Sonne stand schon sehr hoch. Es wurde ein prächtiger Tag. Eigentlich sollten wir heute eine Wanderung machen. Zur Laenta-Hütte. Mit Gianni hatte ich damals diese Tour gemacht. Heute hatten wir andere Sorgen.

Heute mussten wir beginnen Tapara, Gianni und Siggi wiederzufinden oder zu befreien. Das würde sicherlich schwierig werden. Aber wir mussten es versuchen. Wir waren ein gutes Team. Das wusste ich.

Nachdem der Tisch abgeräumt war, setzten wir uns erneut auf die Veranda. Wir mussten einen Plan machen. Wie sollte es weitergehen. Wir hatten ja immer noch die genauen Koordinaten über GPS von Siggis Armbanduhr. Das würde uns sicher helfen.

„Die wollen sicher wissen, was Giannis CD-20-Zellen machen", sagte Peter Hill vor sich hin. „Da sitzen ja die Retroviren drin."

Wir schauten ihn an.

„Ja, das Anti-CD20-Serum zerstört diese Zellen, in denen das Virus sitzt. Dann geht es Gianni wieder gut. Wenn die Viren zurückkommen, wird er wieder eine Infusion brauchen. Und er wird sie dann auch bekommen, so einfach ist das."

Er hatte ja Recht. Irgendjemand hatte Gianni mit Retroviren infiziert. Aber die Therapie mit dem Serum würde ihm helfen. Das war auch mir klar.

„Was sind CD20-Zellen?" fragte Jutta.

„Das sind reife B-Lymphozyten", sagte Peter Hill. „Also Zellen, die normalerweise bestimmte Antikörper bilden, das sind Abwehrstoffe. Diese Zellen haben eine besondere Oberfläche. Auch bei Leukämien werden diese Zellen vermehrt gefunden. Das Anti-CD20-Serum zerstört diese Zellen, aber der Körper produziert dann später erneut diese Zellen. Sind noch Viren im Körper, werden auch die neuen Zellen irgendwann von ihnen befallen und die Krankheit kehrt zurück. Eine neue Behandlung wird dann erforderlich und der Patient wird dann auch wieder gesund. So geht das hin und her, bis alle Vieren verschwunden sind. Dann ist und bleibt der Patient irgendwann ganz gesund."

So einfach ist das, dachte ich für mich. „Und wie sind die eigentlich auf das Anti-CD20-Serum gekommen?", wollte ich wissen.

„Es war ein Zufall. Bei Patienten mit ME/CFS trat Lymphknotenkrebs auf. Ob das häufiger passiert, weiß ich nicht. Sie wurden nach den internationalen Leitlinien mit Ritux behandelt. Der Lymphknotenkrebs konnte damit besiegt werden. Gleichzeitig verschwanden auch die Symptome von ME/CFS. Das war das überraschende. Nach einigen Wochen sind die Symptome von ME/CFS allerdings wieder zurückgekommen und die Patienten mussten dann erneut behandelt werden."

Er machte eine Pause.

„Es gibt inzwischen verschiedene Seren. Das Ritux, das Du Gianni gegeben hast, ist das erste und bekannteste. Es gibt aber schon neue, vielleicht sogar bessere, aber genau wissen wir es noch nicht, das wird noch geheim gehalten."

Wir schwiegen.

„Ich habe vor kurzem mit einem Freund telefoniert, der sagte, sie hätten jetzt ein Serum, das selbst dann noch funktioniert, wenn das Ritux nicht mehr geht. Manchmal werden noch andere Medikamente damit kombiniert, um die Wirkung des Serums zu verstärken. Auch radioaktive Stoffe können mit dem Serum kombiniert werden. Die Wissenschaft hat da ungeheure Fortschritte gemacht."

Irgendwie beruhigten mich die Aussagen von Peter Hill. Gianni konnte gerettet werden. Daran bestand jetzt kein Zweifel mehr. Wir waren wirklich ein gutes Team!

„Weißt Du, dass sich der stellvertretende Leiter des norwegischen Gesundheitsministeriums bei den ME/CFS-Patienten inzwischen entschuldigt hat wegen der mangelnden Fürsorge, die ihnen entgegengebracht wurde vom Gesundheitswesen ihres Landes. Er bedauerte dies", sagte Peter Hill und strahlte. „Die sind schon sehr weit, aber wir werden nachfolgen."

Wir mussten jetzt los! Die anderen finden! Wir würden vielleicht später wieder zurückkommen und noch ein paar Tage hier oben genießen. Dieser Friede und diese Ruhe. Fern ab von allem. Aber auch hier war man ja nicht sicher. Ein Helikopter und schon kam die Gefahr.

Wir räumten alles weg und sicherten das Haus. Welches Fahrzeug würden wir nehmen. Natürlich Siggis große Limousine. Da hatten wir Platz für alle. Und ein gutes Navi. Wir mussten sie finden. Alle Taschen verstauten wir im Kofferraum. Der Platz war riesig. Wir brauchten noch den GPS-Empfänger, der musste mit. Wir konnten ihn am Navi anschließen und er funktionierte. Die Daten hatten sich in der Zwischenzeit nicht verändert. Sie waren also noch immer dort bei Youngstar Pharmacy.

Ich startete den Wagen. Ich würde also fahren. Jutta nahm auf dem Beifahrersitz Platz. Peter und Susan saßen hinten. Langsam fuhr ich den steilen Weg abwärts. Der Wagen konnte jedes Schlagloch unbemerkbar werden lassen. Die ersten Kühe schauten uns an. Sie kauten weiter, aber sie fraßen kein Gras mehr. Der erste Zaun kam uns entgegen.

Jutta stieg aus und ließ uns durch. Weitere folgten. Dann waren wir wieder im Tal. Alle schwiegen. Die Ziegen waren auf den Hängen, sie blockierten auch diesmal die Straße nicht. Der Weg ging am Bach entlang. Kurve um Kurve. Dann waren wir auf der Hauptstraße und bogen ein, um zum Ort im Tal zu kommen. Ein gelber Postbus kam uns entgegen. Er hupte laut. Es war der Fahrer, der mich damals zu Gianni brachte. Er winkte kurz, aber er musste sich dann auf die Bergstraße konzentrieren. Ich fühlte mich gut. Es wird alles gut gehen. Gianni würde zurückkommen. Und gesund werden!

Kapitel 24

Wir fuhren auf der Straße weiter ins Tal. Wohin? Was sagte das Navi? Was sagte das GPS-Display? Wir waren jetzt im Dorf angekommen und ich hielt den Wagen in der Mitte des Dorfes an. Dort gab es einen großen Parkplatz und der war heute ziemlich leer. Ich gab die neuen Koordinaten ein und war überrascht.

Siggi war nicht mehr auf dem Gelände von Youngstar Pharmacy. Er bewegte sich. Er kam näher. Er bewegte sich auf uns zu. Wir schauten alle auf das Display. Der Abstand betrug nur noch 181,4 km. Was hatte das zu bedeuten? Was sollten wir jetzt machen?

Das Navigationsgerät stellte sofort die Verbindung her und berechnete die Entfernung. Jede Minute verkürzte sich der Abstand. Sie kamen direkt auf uns zu. Das konnte ich eindeutig erkennen. Sollten wir ihnen entgegenfahren? Oder sollten wir lieber warten, bis sie hier ankamen?

„Wir bleiben hier, denn es macht keinen Sinn weiter zu fahren", sagte ich. „Oder, was meint ihr?"

„Du hast Recht", sagte Peter Hill. „Lasst uns hier warten, wie es weiter geht!"

Also blieben wir hier auf dem großen Parkplatz und warteten, bis sie kamen. Wir mussten also nicht in die Zentrale von Youngstar Pharmacy, um sie zu retten. Sie kamen zu uns. Weiterhin als Gefangene oder wurden sie freigelassen?

Das Warten war anstrengend, und ich bekam wieder Hunger.

„Ich geh in den Laden dort hinten und hole uns Brötchen", sagte ich und stieg aus.

Mit einer großen Tüte kam ich wieder zurück. Alle hatten ebenfalls wieder Hunger und wir stillten ihn mit Käse oder Wurst belegten Brötchen. Ich schaltete wieder das Navi an und gab die Koordinaten ein.

Jetzt waren es nur noch 155,2km. Die waren aber flott unterwegs!

Bald würden sie hier sein. Hoffentlich waren sie auch alle dabei! Nicht nur Siggi. Auch Tapara und Gianni. Ich kaufte Ansichtskarten. Der Ort war ja so idyllisch. Hier könnte man so gut Urlaub machen. Ich hatte es ja damals auch so geplant Und es war dann alles anders gekommen. Mit Tapara. Wir mussten warten!

Mir fiel Erwin Schrödinger ein. Der Mann, der die Wellenfunktion gefunden hatte. Die berühmte „Schrödinger-Gleichung", Erwin Schrödinger, der Frauenheld. Er hatte sich gefragt, warum unser Ich mit allen seinen Fähigkeiten im naturwissenschaftlichen Weltbild nirgends auftritt. Er kam zu dem Schluss, dass es eben damit verbunden sein musste. Ja, es ist selbst Teil dieses Weltbilds. Es ist mit dem Ganzen identisch und kann deshalb nicht als Teil wahrgenommen werden.

Immer wieder stellten sich die Frage: „Ist meine Welt wirklich die gleiche wie deine?"

„Gibt es überhaupt eine reale Welt, die für alle gleich ist?"

Es gibt keine angemessene Antwort. Schrödinger hatte sich viel mit Immanuel Kant beschäftigt. Kant war kein Wissenschaftler, er war Philosoph. Kant hielt die damaligen Erkenntnisse der Physik für endgültig. Nach seiner Vorstellung waren keine neueren Forschungsergebnisse mehr zu erwarten. Schrödinger hielt Kant für naiv. Seine Vorstellungen von Raum und Zeit waren natürlich rein philosophisch geprägt. Einstein hatte Kants Gedanken nicht widerlegt. Er hatte im Gegenteil seine Gedanken weiter zu Ende geführt.

Wir waren immer noch auf dem riesigen Parkplatz mitten im Dorf und warten. Wie ging es jetzt weiter? Ich schaltete das Navi wieder an und schaute, wie weit sie noch von uns entfernt waren.

„Es sind jetzt noch 121,1 km", verkündete ich. Wir mussten also weiter warten, bis sie hier eintreffen würden.

Die anderen unterhielten sich lebhaft. Ich saß etwas abseits. Irgendwie brauchte ich jetzt auch Ruhe. Ich war eigentlich nicht fit. Das Ganze hatte mich doch alles zu sehr belastet. Meine tägliche Arbeit war anstrengend, keine Frage. Aber diese Gewaltanwendungen belasteten mich doch sehr. Das war ich nicht gewohnt. Immer gab es eine Lösung der Probleme. Aber hier war doch alles eskaliert. Wie sollte es überhaupt weitergehen?

Ich stand auf und ging wieder zurück zum Wagen. Das Navi zeigte jetzt 113,3 km. Sie fuhren also weiter. Dann warteten wir eben. Alle unterhielten sich gut. Nur ich war irgendwie doch nervös. Wie würde es weitergehen? Mehr Gelassenheit! sagte ich zu mir. Aber die hatte ich nicht. Aber nur so kämen wir weiter. Alles andere machte keinen Sinn.

Das Dorf war idyllisch, keine Frage. Steile Hänge mit grünen Matten, dazwischen einzelne Felsen. Das Grün war unterschiedlich, je nachdem wie das Licht darauf fiel. Es gab Leute, die mit ihrem Rechen das frische Heu zusammentrugen. Gab es bald Regen? Es sah nicht danach aus. Eine reine Vorsichtsmaßnahme also. Auch ihre Fahrzeuge waren sehr wendig. Zwischen den Wiesen gab es geschotterte Wege, auf denen auch größere Fahrzeuge fuhren. Der Himmel war blau, nur vereinzelt gab es kleine Wölkchen.

Ich setzte mich zu Peter Hill. Er sprach über Retroviren, ME/CFS und die Behandlungsmöglichkeiten. Sicherlich wusste er viel. Wie würde es Gianni jetzt gehen, musste die Therapie wiederholt werden? Wir waren zum Warten bestimmt. Andere Möglichkeiten hatten wir nicht.

Wieder schaute ich aufs Navi und gab die neuen Koordinaten ein. Jetzt waren es nur noch 89,4 km. Sie kamen wirklich immer näher. Sie hatten uns als Ziel. Sollte ich vielleicht Siggi einfach mal anrufen. Er hatte sicherlich sein Handy bei sich und ich hatte je seine Nummer.

Ich wählte und wartete. „Hallo Siggi, bist du es?"

„Ja, ich bin es Andreas. Wir sind auf dem Weg zu euch und wir werden in etwas mehr als einer Stunde wieder bei euch sein."

Ich war überrascht, wie einfach das war, wie offen er sprach. Siggi war am Telefon.

Er sprach weiter: „Tapara ist am Steuer eines Rovers, neben ihr sitzt Gianni und ich sitze hinten im Fahrzeug. Wir sind guter Stimmung. Wir haben viel erreicht und kommen zu euch. Habt noch ein wenig Geduld. Wo genau ist eure Position?"

Ich gab sie durch.

Ich konnte nicht warten und fragte: „Wo sind die Bewaffneten? Hat man Euch laufen lassen?"

„Ja, Andreas, sie haben uns laufen lassen. Wir bekamen sogar das Fahrzeug zur Rückfahrt. Wir haben wirklich viel erreicht und lange Gespräche geführt.

„Gianni war in Topform. Er hat sie alle überzeugt. Ich glaube, sie haben bemerkt, dass sich nun doch ein großes Geschäft damit machen lässt. Sie haben es nun begriffen. Sie suchen jetzt die Zusammenarbeit. Vor allem mit Peter Hill wollen sie kooperieren. Das haben sie zumindest gesagt. Also, wir kommen zu euch. Dann besprechen wir alles genau. Tschüss!"

Dann war er weg. Ich informierte die anderen.

Peter Hill war weiterhin skeptisch. Er traute all den Leuten von Youngstar Pharmacy nicht mehr. Aber Siggi war ja am Telefon gewesen. Alles hörte sich gut an. Wir würden ja sehen. So dachte ich. Ich hatte schon wieder Hunger. Sollte ich nochmals zum Bäcker gehen. Ich ging hin und kam diesmal mit Kuchen zurück. Alle hatten Hunger und aßen vergnügt. Das Essen machte uns gelassen.

Ich ging nun wieder zurück zum Wagen und gab die neuen Koordinaten ein. Es waren jetzt noch 53,3 km Bald würden sie hier sein. Lange müssten wir nicht mehr warten. Dann waren wir wieder alle zusammen.

Ich entspannte mich zusehends. Ich setzte mich in den Wagen. Plötzlich wurde ich so müde. Die Augen fielen mir zu und ich schlief ein.

Im Traum kämpfte ich gegen Soldaten mit Waffen. Ich sah dann plötzlich auch Taparas Vater wieder. Er hob den Arm und winkte mir zu. Auch er wirkte sehr entspannt. Also musste ja alles gut werden.

Ich wurde an der linken Schulter gerüttelt. Sofort war ich hellwach. Es war Peter Hill, der mir ins Ohr flüsterte.

„Sie kommen!"

Ich schaute nach vorne. Ein dunkler Rover bewegte sich auf uns zu. Das mussten sie sein! Waren sie alleine?

Nein, es war plötzlich noch ein zweites Fahrzeug dahinter. Also waren sie doch nur der Lockvogel gewesen. Man wollte sie nicht aus den Augen verlieren. Das zweite Fahrzeug hielt neben dem Rover an. Alle stiegen nun aus. Tapara, Gianni und Siggi. Und aus dem zweiten Fahrzeug kamen Emil Bühler und Alessandro Rodini. Hinter ihnen standen plötzlich zwei Bewaffnete mit Maschinenpistolen.

Das war wieder kein gutes Zeichen. Wieder hatten sie uns getäuscht. Auch Siggi war erschrocken, als er das Fahrzeug und die Bewaffneten sah.

Alles war so frustrierend. Sie ließen uns nicht in Ruhe. Wir würden weiter kämpfen müssen.

Ich stieg aus dem Wagen und ging auf Tapara zu. Wir umarmten uns. Sie weinte plötzlich. Sie schien ziemlich mitgenommen zu sein. Ich streichelte ihre Wangen. Dann ging ich zu Gianni. Er lächelte mich an. Auch wir umarmten uns. Ich schaute ihm in die Augen und fand ihn in einem besseren Zustand als vor der Therapie mit dem Anti-CD20-Serum. Und Siggi? Auch er lächelte etwas verlegen. Ich umarmte ihn auch und tätschelte seine Wangen.

Dann sah ich auf die Crew von Youngstar Pharmacy. Ich ging auf sie zu. Irgendwie fand ich sie seltsam. Irgendetwas passte nicht zusammen. Lief hier irgendetwas schief? fragte ich mich plötzlich. Hatte ich etwas falsch gemacht? Ich stand vor Emil Bühler und gab ihm die Hand.

Er grinste mich an. „Ihr seid jetzt alle unsere Gefangenen!" sagte er. Sein Gesichtsausdruck war finster.

„Das glaube ich nicht!" sagte ich keck.

„Doch! Ihr werdet tun, was ich euch sage!" Ich blickte dann auf Alessandro Rodini. Er schien etwas abwesend zu sein und wich mir aus, als sich unsere Augen trafen. Ich blickte zurück zu Jutta und zu Peter Hill. Sie standen am Wagen und sahen mich an. Und jetzt? Wir waren also Gefangene von Youngstar Pharmacy?

„Ich glaube, das ist ein Missverständnis", sagte ich in die Runde.

Jetzt trat Emil Bühler hervor und zeigte auf uns.

„Ihr seid alle Gefangene! Wir werden euch weiter überwachen. Ihr habt euch nicht an die Vorgaben gehalten. Aber, das ist jetzt euer Problem. Youngstar Pharmacy will mit ME/CFS weiterhin nichts zu tun haben. Das haben wir immer gesagt. Ihr wolltet das nicht wahrhaben. Ok, dann müsst ihr nun auch die Folgen tragen. Steigt ein, wir fahren wieder hoch zur Hütte!"

Jetzt musste ich lachen. Träumte ich? War das die Wirklichkeit? Dieser Mann ordnete an, was wir tun sollten. Ich war nicht bereit dazu, diesem Menschen zu gehorchen.

Er winkte die beiden Bewaffneten nach vorne. Sie standen nun vor mir und richteten die Maschinenpistolen auf mich. Sollte ich mich fürchten? Nein! Das wollte ich nicht! Was sollte das? Ich wendete mich ab und ging zurück zum Wagen.

Beide schossen. Nicht auf mich, aber etwas einen Meter hinter mich. Der Asphalt sprang auf und Teile flogen mir an die Beine. Jetzt war ich gewarnt. Die würden also doch ernst machen.

Ich drehte mich um und schaute Emil Bühler an. Er lachte mich aus. Er war jetzt der stärkere, aber nur jetzt. Das musste ihm klar sein. Ich blickte auf die anderen, aber sie standen immer noch dort, wo sie vorher gestanden hatten.

Stand ich also jetzt plötzlich im Mittelpunkt? Und warum?

„Wir fahren jetzt hoch zur Hütte!" rief Emil Bühler.

Zur Hütte? Ja, warum eigentlich nicht! Dort würde sich dann alles klären. Dort hatten wir sicher eine Chance, mit der Situation klar zu kommen. Also stiegen wir wieder in den Wagen. Ich saß am Steuer. Wer fuhr als erster? Ich übernahm die Führung. Langsam fuhren wir wieder durchs Dorf. Drei Fahrzeuge hintereinander. Am Fluss entlang.

Der Wasserstand war etwas höher als letztes Mal. Zunächst ging es ziemlich gerade. Dann mussten wir über den Fluss. Die Brücke war schmal. Niemand kam uns entgegen. Dann an der Kreuzung nach rechts. Dort gab es noch Häuser, dann kam der Wald. Steil ging es bergauf. Der Postbus kam uns plötzlich wieder entgegen. Welcher Zufall! Ich fuhr rechts an den Straßenrand, denn die Straße war zu schmal für zwei Fahrzeuge. Es war wieder der Fahrer von einst. Er winkte und hielt tatsächlich an. Sollte ich ihm ein Zeichen geben, dass wir bedroht wurden? Aber wie? Das gab es noch nie, dass ein Postbus anhielt, um Hallo zu sagen. Ich war völlig überrascht. Aber er tat es. Er ließ das Fenster herab und beugte sich vor.

„Schön, Sie wieder zu sehen. Ich wünsche Ihnen einen schönen Urlaub."

„Vielen Dank", sagte ich und winkte ihm zu. Irgendwie mag er mich, dachte ich.

Der Postbus zog an uns vorbei. Ich fuhr wieder an. Er hätte uns auch nicht helfen können. Nach ein paar Kurven kam die Abfahrt ins Peiltal und die Schotterstraße, die immer schmäler wurde. Ich fuhr jetzt langsam. Die Straße war nun ziemlich schmal mit vielen Schlaglöchern. Links fiel der Hang steil ab. Es gab keine Befestigung der Straße in diesem Bereich. Die beiden anderen Fahrzeuge waren jetzt dicht hinter mir. Zuerst Tapara mit dem Rover und dann das dritte Fahrzeug mit Emil Bucher, Alessandro Rodini und den Bewaffneten.

Die Ziegen waren schon in den Ställen. Wir hatten Glück!

Wir bogen dann nach rechts ab, dann über den Peiler Bach stetig aufwärts. Vorbei an den Viehweiden und Matten nach oben zur Hütte.

Wo die alle schlafen wollten, war mir schleierhaft. Aber egal. Wir würden ja sehen. Die Fahrzeuge schaukelten schwer. Ruhig blieb Siggis große Limousine mit toller Federung und dem Allradantrieb. Wir kamen am Haus an und die Fahrzeuge wurden neben einander abgestellt. Alle stiegen aus. Nun würde es sich sicher klären, was das Ganze sollte.

Der Chief Executive Officer (CEO) von Youngstar Pharmacy, Emil Bühler, war auf Giannis Hütte. Dieser litt an ME/CFS. Er war mit dem Anti-CD20-Serum behandelt worden und es ging im schon deutlich besser. Also was sollte das alles. Gianni hatte die Idee und das zeigte eindeutig die Verbesserung seiner Leistungsfähigkeit, nämlich alle erstmals wieder mit einem Espresso zu versorgen.

Das hatten wir damals mit Ötzis Leuten genauso gemacht. Gianni kam mit einer Tasse nach der anderen. Alle schienen zufrieden zu sein. Auch die mit Maschinenpistolen bewaffneten erhielten eine Tasse. Eigentlich völlig irrsinnig, dachte ich so vor mich hin.

Dann ergriff Emil Bühler das Wort.

„Sie haben sicherlich bemerkt, dass Youngstar Pharmacy auf gar keinen Fall mit dieser sonderbaren Erkrankung, in Deutschland wird gern von einer „umstrittenen Erkrankung" gesprochen, nämlich ME/CFS, in Verbindung gebracht werden wollte. Wir sind eine äußerst seriöse Firma. Unsere Forschung zielt auf die Behandlung wichtiger und schwerwiegender Erkrankungen. Das ist unser Ziel. Bitte haben Sie Verständnis dafür. In der Pharmaindustrie ist Seriosität extrem wichtig. Ganz schnell hat man diese bei Ärzten verspielt und dann kommt der Niedergang. Deswegen sind wir sehr vorsichtig. Wir haben deshalb auch alle Mittel ergriffen, um unsere Seriosität zu bewahren. Dass wir auch vor Gewalt nicht zurückgeschreckt haben, mag Sie befremden, aber wir mussten alle Möglichkeiten ausschöpfen."

Eine Pause trat ein und alle waren still. Keiner meldete sich zu Wort.

„Auf illegale Weise hat sich das Ehepaar Moretti das Anti-CD20-Serum besorgt und im Rahmen eines Off-Label-Use eine Behandlung eines ME/CFS-Erkrankten, nämlich Gianni Moretti, selbst vorgenommen. Das konnten wir nicht zulassen. Als wir über diesen Vorgang Nachricht erhielten, haben wir alles unternommen, dies zu verhindern. Das wäre uns auch fast gelungen. Seine Frau, Tapara Moretti, konnte uns aber leider davon abhalten, an unser Ziel zu kommen. Also hat Gianni Moretti durch seinen Arzt, Andreas Steinfeld, schließlich doch noch das Medikament erhalten. Das sind die Tatsachen."

Wir schauten uns an. Wieder sagte niemand etwas dazu.

„In der Zwischenzeit haben wir Gianni Moretti eingehend untersucht. Auch bei ihm ist es zu einem Abfall der CD20-Zellen gekommen. Das Medikament scheint also auch bei ihm zu wirken. Wir werden in der nächsten Sitzung des Vorstandes beraten, wie wir weiter vorgehen werden. Damit nicht schon vorher Informationen an die Öffentlichkeit kommen, werdet ihr hier bleiben müssen. Wir werden euch überwachen. Eigentlich ist dies unnötig, da hier oben sowieso ein „Funkloch" ist und deshalb eure Handys überhaupt nicht funktionieren."

Ich war entsetzt. Wir waren jetzt wirklich alle Gefangene von Youngstar Pharmacy!

„Das könnt ihr nicht machen", meldete ich mich zu Wort. „Das ist eine erneute Freiheitsberaubung! Das wird vor Gericht geahndet werden. Sie werden ihren Posten verlieren, Herr Bühler!"

Das sagte ich schon relativ laut.

Emil Bühler lächelte.

„Das wird schwer zu beweisen sein. Herrn Moretti ging es ja so schlecht, dass er mit dem Helikopter ausgeflogen werden musste. Er wurde therapiert, und er ist dann auf unsere Kosten weiter untersucht worden. Das zeigt den großen Einsatz von Youngstar Pharmacy. Also, erwarten Sie nicht zu viel, Herr Doktor Steinfeld!"

Er gab Alessandro Rodini ein Zeichen. Dieser ging hinter das Haus und kam nach ein paar Minuten wieder zurück. Er blieb dann weiter seitlich stehen. Das Gespräch ging hin und her. Auch Peter Hill und Gianni schalteten sich ein. Nur Tapara blieb still. Irgendwie war sie in der letzten Zeit stiller geworden. Vielleicht dachte sie angestrengt über eine Lösung der ganzen Probleme nach.

Ein Geräusch war zu hören und es näherte sich wieder der Helikopter. Er landete keine 50 Meter von uns. Emil Bühler und Alessandro Rodini nickten uns zu und gingen dann zum Helikopter. Sie stiegen ein, die Türe wurde verschlossen. Sofort hob er ab, legte sich leicht auf die rechte Seite und stieg schnell nach oben. Kurze Zeit danach war er verschwunden und die Stille kam wieder zurück.

Jetzt saßen wir hier oben fest und mussten warten, wie sich der Vorstand von Youngstar Pharmacy entscheiden würde. Das konnte dauern!

Kapitel 25

Die Sonne begann sich wieder zwischen die Bergfelsen zu schieben. Langsam setzte die Dämmerung ein. Wir standen immer noch vor dem Haus und wussten nicht so recht, wie es weiter gehen sollte. Die beiden Bewaffneten waren zurückgeblieben. Sie sollten uns jetzt wohl bewachen. Wie das gehen sollte, war mir schleierhaft. Sie standen auf der Seite und unterhielten sich. Vielleicht waren sie ja auch verunsichert? Würden sie etwa auf uns schießen, wenn wir fliehen würden? Wir hatten ja verschiedene Fahrzeuge zur Verfügung. Wir beschlossen, zunächst das Abendessen zuzubereiten.

„Wie lange werden denn unsere Vorräte noch reichen?" fragte ich Tapara.

„Mindestens eine Woche", sagte sie, „wahrscheinlich aber noch länger."

Sie schien meine Gedanken zu erraten, denn sie fügte an: „So viel haben die sicher nicht im Wagen." Ich grinste sie an. Es gab Chili con Carne, es war ziemlich scharf und schmeckte gut.

Gianni spendierte Bier aus seinem Vorrat, er selbst trank allerdings nichts davon. Irgendwie hätten wir zufrieden sein können, wenn wir nicht bewacht und bedroht worden wären.

Niemand kümmerte sich allerdings um die Bewaffneten. Irgendwann waren alle müde nach dem anstrengenden Tag und wir legten uns bald schlafen. Sobald ich lag, schlief ich ein. Ich träumte von einem Überfall der Ötzi-Krieger. Wir wurden befreit und alles war wieder gut.

Ich wachte auf und es gab Frühstück. Es wurde mit Tellern geklappert und ich roch Kaffee. Jutta lag neben mir und schlug die

Augen auf. Sie lächelte. Bald war alles überstanden und das normale Leben konnte weitergehen.

Gianni lief schon in der Hütte umher und bereitete das Frühstück. Später erzählte er, dass er schon unten am See war und im kalten Wasser geschwommen sei. Es ging ihm also sichtbar besser, das neue Medikament hatte angeschlagen, Wir waren also auf dem richtigen Weg.

Ich hatte meine Hose angezogen, den Pullover übergestreift und stand auf der Veranda. Der Blick runter zum See war herrlich. Die Sonne kam eben hinter den Berggipfeln hervor und einzelne Strahlen erreichten den Boden. Das Gras war feucht und die kleinen Wassertropfen glitzerten im Licht. Die Luft war frisch und klar. Eine kleine Wanderung mit Rücksicht auf Gianni wäre jetzt herrlich. Ach ja, wir wurden ja noch immer bewacht oder waren sie inzwischen wieder gegangen?

Ich beschloss später nachzusehen. Auch die anderen schienen unsere Bewacher vergessen zu haben. Das Frühstück verlief ziemlich entspannt. Gianni stand im Mittelpunkt, machte kleine Witze und lächelte in die Runde. Es war kein Vergleich mehr zu dem Zustand, in dem ich ihn bei unserer Ankunft angetroffen hatte.

Ich stand auf und ging ums Haus. Die Fahrzeuge waren nebeneinander geparkt. Etwas davon entfernt stand noch Giannis Lada. Wo waren eigentlich unsere Bewacher? Sie saßen in einem der Fahrzeuge und hatten die Sitzlehnen weit nach hinten geschoben. Wahrscheinlich hatten sie auch so die Nacht verbracht. Ich klopfte an die Scheibe und einer öffnete das Fenster.

„Wann fahrt ihr los?" fragte ich ganz unbekümmert und grinste ihn an.

„Wir bleiben, das ist unser Auftrag!" gab er zur Antwort und blickte an mir vorbei. Ich ging wieder zurück zu den anderen. Sie räumten gerade den Frühstückstisch ab.

„Wie wäre es mit einem kleinen Zeitvertreib. Wir könnten doch einen Spaziergang machen entlang des Sees, uns etwas die Zeit vertreiben?" Alle waren begeistert, denn was hätten wir denn auch sonst machen sollen hier oben. Die meisten hatten auch wandertaugliche Schuhe dabei und so konnten wir bald aufbrechen. Wir waren etwa hundert Meter vom Haus entfernt, als plötzlich die Wagentüre aufgerissen wurde und unsere Bewacher herausstürmten. „Halt! Bleibt stehen! Ihr könnt hier nicht weg! Wir lassen euch nicht gehen!"

Sie rannten uns hinterher und hielten ihre Waffen vor der Brust. Wir blieben kurz stehen und gingen dann langsam weiter. Sie waren aber nicht bereit nachzugeben.

„Stehen bleiben, haben wir gesagt!" Der Ton wurde schärfer. Wir drehten uns wieder kurz um und gingen dann aber einfach weiter.

„Wir machen nur einen kleinen Spaziergang", sagte ich. „Wir kommen wieder zurück!"

„Nein, Ihr könnt nicht weiter! Wir haben den Auftrag, euch hier oben zu bewachen!"

Die Spannung stieg. Was würde passieren, wenn wir jetzt weitergingen? Würden sie auf einen von uns schießen. Ich konnte es mir nicht vorstellen, aber sicher war ich mir natürlich nicht. Eine kurze Stille trat ein. Dann schoss einer der Bewaffneten in die Luft. Der Knall war ohrenbetäubend. Das war das Zeichen, dass sie es ernst meinten.

Wir blieben hier oben. Der Spaziergang musste verschoben werden. Einige hielten sich die Ohren zu. Der Knall war wirklich sehr laut gewesen. Wir gingen an ihnen vorbei, zurück zum Haus und setzten uns wieder auf die Veranda. Was dachten Tapara und Gianni? Sie sagten nichts, blickten sich aber immer wieder an. Die Bewaffneten gingen schließlich wieder zurück zu ihrem Fahrzeug. Was konnten wir machen?

Tapara kam zu mir und wir setzten uns etwas seitlich auf die Veranda. Sie blickte mich genau an. Sie zögerte noch.

„Gianni und ich werden versuchen, sie wegzulocken." Ich schaute sie überrascht an. „Wir werden in der Nacht den Rover nehmen und sie mit ihrem Fahrzeug weglocken. Sie werden uns verfolgen, aber wir werden sie dann irgendwie abschütteln. Wir werden ein Zeichen setzen. Die Leute von Youngstar Pharmacy müssen wissen, dass wir nicht alles mitmachen werden."

„Lass Gianni hier, er ist noch nicht fit! Genug!"

Eine Pause entstand.

„Ich fahre mit Dir!" sagte ich.

„Ist das dein ernst?"

„Ja!" sagte ich. Sie antwortete nicht und wir schauten auf den See hinab.

„Wir werden den anderen natürlich nichts sagen, dann sind sie nicht beunruhigt"

„Ist besser so", stimmte ich ihr bei. Wir besprachen das weitere Vorgehen und setzten uns dann wieder zu den anderen.

Der Tag verging wie im Flug. Wir hatten uns ja auch so viel zu erzählen. Alle freuten sich mit Gianni über seine Besserung. Die Stimmung war ausgelassen. Das lag sicher auch an der Tatsache, dass sich die Bewaffneten kaum zeigten. Jeder hatte sie eigentlich wieder vergessen. Tapara und ich sahen uns hin und wieder an. Keiner verzog aber eine Miene. Nach dem Abendessen gingen wir früh schlafen. Es gab auch zu wenige Lampen, um alles zu beleuchten.

Ich lag wach und hörte, wie alle eingeschlafen waren. Meine Uhr hatte ich angelassen, um unseren gemeinsamen Aufbruch nicht zu verpassen. Ich hatte mich deshalb auch halb angezogen hingelegt.

Eine Viertelstunde vor der ausgemachten Zeit stand ich vorsichtig auf und versuchte langsam die Türe zu erreichen. Dort stand schon Tapara bereit. Sie öffnete sie und wir schlichen durch den schmalen Spalt ins Freie. Alles war finster. Der Mond war nicht zu sehen. Tapara hatte den Schlüssel für den Rover in der Hand. Dorthin schlichen wir uns. Auch im Auto unserer Bewacher war kein Licht zu sehen. Unsere Wächter schienen ebenfalls zu schlafen.

Der Rover stand am nächsten zum Haus. Tapara öffnete die Türen von Hand, denn das Geräusch der Fernbedienung sollte niemanden wecken. Vorsichtig öffnete ich die schwere Tür und rutschte auf den Beifahrersitz. Tapara nahm ebenfalls Platz. Sie steckte den Zündschlüssel ins Zündschloss und startete den Wagen.

Der Motor sprang sofort an. Bewusst schaltete sie das Licht nicht an. Wir fuhren los. Ich zitterte etwas vor Aufregung.

Im Fahrzeug unserer Wächter kam jetzt plötzlich Bewegung. Sie waren inzwischen vom Lärm aufgewacht. Bevor sie reagieren konnten, waren wir an Ihnen vorbei und wir erreichten den Weg, der bergab führte. Tapara hatte nun die Scheinwerfer eingeschaltet und so konnten wir schneller fahren. Sie fuhr gerade aus ohne Rücksicht auf Schlaglöcher oder Regenrinnen. Auch die Elektrozäune konnten sie nicht aufhalten. Ich blickte zurück und sah jetzt die Scheinwerfer unserer Verfolger hinter uns. Der Abstand war noch relativ groß. Hinten am Wagen gab es plötzlich einen Schlag und dann noch weitere.

„Sie schießen auf uns!", rief Tapara. „Duck Dich nach vorne!" Sie drückte das Gaspedal tiefer, aber ich hatte den Eindruck, dass sie uns trotzdem immer näher kamen, denn ihre Scheinwerfer wurden immer heller und blendeten nun auch sehr stark.

Am Heck des Wagens prasselten die Einschläge der Gewehrkugeln. Sie würden wirklich unseren Tod in Kauf nehmen. Das konnte ich nicht verstehen. Die Straße war kurvenreich und wir rasten weiter. Manchmal war der Abgrund sehr nahe, aber es gelang Tapara immer wieder, den Wagen zurück zu reißen. So ging es Kilometer um Kilometer. Wir erreichten schließlich das Peiltal und die Straße folgte nun wieder dem Peiler Bach entlang.

Sie kamen uns immer näher und wieder schossen sie auf uns. Tapara kurbelte wild am Lenkrad. Plötzlich kam von vorne ein Lichtstrahl. Jemand kam uns entgegen! Jetzt wurde es richtig gefährlich! Wie sollten wir bei dieser engen Straße an einem entgegenkommenden Fahrzeug vorbeikommen. Das Licht war plötzlich wieder weg, wahrscheinlich war das Fahrzeug hinter einer Kurve verschwunden. Unsere Verfolger waren dicht hinter uns und schossen wieder. Der Stahl des Rovers musste ziemlich dick sein, dass er die Kugeln abhielt oder er hatte sogar eine Panzerung.

Ob sie wohl auch das Licht gesehen hatten? Wahrscheinlich nicht. Der Motor heulte schwer und es ging von einer Kurve zur nächsten. Dann stand plötzlich das entgegenkommende Fahrzeug vor uns. Es war ein großer Lkw für Langholztransporte. Wir hatten gerade noch Platz, um an ihm vorbeizukommen. Welches Glück, denn es stand halb auf einem Ausweichplatz. Der Fahrer hatte uns auch gesehen und am Ausweichplatz angehalten. Ein Teil des langen Fahrzeuges ragte allerdings noch in die Straße hinein. Wir kamen vorbei!

Dann knallte es sehr laut. Es war so laut, dass ich zusammenzuckte. Dann waren wir allerdings schon um die nächste Kurve geschossen. Hinter uns war plötzlich kein Licht mehr zu sehen. Alles war dunkel. Was war passiert? Tapara hielt den Wagen an. Was sollten wir tun? Warten? Zurückfahren?

Wir warteten, aber es passierte weiterhin nichts mehr.

„Ich fahre jetzt zurück!" sagte Tapara. Ich war wie in Trance. Sie legte den Rückwärtsgang ein und fuhr langsam zurück. Wir kamen der letzten Kurve immer näher. Tapara fuhr ganz langsam. Dann konnten wir es erkennen. Der Langholztransporter stand immer noch halb auf der Ausweichstelle, aber unsere Verfolger waren nicht mehr zu sehen.

Wo waren sie? Wir hielten neben dem Langholzwagen. Der Fahrer lehnte sich aus dem Fenster.

„Das Auto ist abgestürzt!" rief er. Da runter sind sie!" Er zeigt zum Abhang.

Tapara schaltete die Warnblinkanlage ein und wir stiegen aus. Der Lastwagenfahrer sprang ebenfalls von seinem Fahrzeug herunter.

„Da unten sind sie!"

Er deutete mit der Hand die Böschung hinunter.

Wir gingen zum Straßenrand und blickten hinab. Dort unten lag tatsächlich ein Fahrzeug. Es war auf die rechte Seite gekippt. Der Abstand zu uns betrug über 20 Meter und es war sehr steil. Man hätte sich abseilen müssen, um dorthin zu kommen. Die Scheinwerfer brannten und auch der Motor lief noch. Aber wir hörten kein Rufen oder den Versuch eines Menschen aus dem Fahrzeug herauszukommen.

„Ich muss die Gendarmerie benachrichtigen", sagte der Mann.

Ich nickte.

Wir standen immer noch oben und schauten hinab. Eine Flamme kam am linken Vorderrad zum Vorschein. Sie wurde immer größer. Wahrscheinlich war Benzin ausgelaufen. Dann gab es einen heftigen Knall und der Wagen explodierte. Die Flammen schlugen hoch.

Wir traten zurück.

In der Ferne hörten wir eine Sirene. Von der anderen Seite sahen wir ebenfalls ein Fahrzeug herankommen. Es fuhr langsam und hielt in einiger Entfernung an. Das Licht erlosch, eine Person stieg aus und kam auf uns zu. Ich erkannte ihn. Es war Siggi. Er kam auf mich zu. Erst umarmte mich, dann gab er mir eine Ohrfeige.

„Andreas, bist Du jetzt total verrückt geworden? Was soll das?"

Ich war geschockt. Siggi ohrfeigte mich. Er stand unter Schock. Ich gab ihm die Hand. Dann ging er zu Tapara und umarmte auch sie. Er verzichtete bei ihr auf die Ohrfeige. Der Wagen brannte und endlich erschien dann auch die Feuerwehr. Es gab keinen Platz mehr, deshalb musste der Langholzwagen weiterfahren. Die Feuerwehr spritzte Wasser auf das Fahrzeug und irgendwann hörte es auf zu brennen. Das Wasser hatte gereichte.

Dann kam auch die Gendarmerie.

Wir wurden befragt, aber wir konnten nicht viel sagen. Endlich waren wir wieder alleine. Tapara wendete den Wagen. Der hintere Teil war durch die vielen Einschusslöcher ziemlich beschädigt. Auch die Rücklichter waren alle zerstört. Langsam fuhren wir hinter Siggis Wagen her wieder bergauf zur Hütte.

Was war das für ein Gefühl. Wir waren unseren Verfolgern entkommen. Wir hatten sie los. Aber wir waren nicht glücklich bei diesem Gedanken. Soweit hätte es nicht kommen müssen. Jetzt ging es aber bestimmt weiter.

Tapara sagte nichts. Sie war still und lenkte den Wagen. Dann kamen wir oben an.

Alle saßen auf der Veranda. Wir umarmten uns. Gesprochen wurde nicht viel. Jemand trank ein Bier. Es war finstere Nacht.

Dann umarmte ich Peter Hill. Er hatte Tränen in den Augen. Ich streichelte sein Haar. Warum war das alles so schwierig? Es hätte alles nicht sein müssen.

Ich ging ins Haus und versuchte zu schlafen. Es gelang. Ich träumte nicht. Ich konnte schlafen. Und ich freute mich auf den neuen Tag.

Kapitel 26

Am nächsten Morgen wachte ich auf und irgendwie war alles anders. Ich war plötzlich selbst erschöpft und wollte eigentlich nicht aufstehen. Mir fielen verschiedene Bilder aus der Nacht wieder ein und ich war natürlich darüber entsetzt. Das alles hatte ich selbst miterlebt. Aber es hätte auch anders kommen können. Das war mir jetzt doch klar. Wir hatten Glück gehabt. Was dachten die anderen von mir? Fanden sie das alles völlig verrückt. Irgendwie traute ich mich nicht mehr, den anderen ins Gesicht zu sehen. Ich fürchtete ihre Kritik. Und ihre Vorwürfe. Ich galt als der Berechenbare, der Besonnene. Und jetzt dies. Sie konnten es sicher nicht verstehen, was passiert war.

Ich beschloss, trotzdem aufzustehen und zog meine Hose an. Langsam ging ich die Treppe hinunter. Es gab schon Frühstück. Ich schaute nach den anderen. Sie saßen schon auf der Veranda. Ich setzte mich dazu. Keiner sprach mich an. Mir war das recht. Was hätte ich auch sagen sollen? Ich nahm mir das Müsli, schüttete Milch darüber und setzte mich hin.

Jutta streichelte mir den Kopf. „Du hast es gut gemacht! Wir sind sie los!" „Danke, sagte ich", und meinte es ernst. Wir wollten nur das Beste. Keiner sollte uns gefährlich werden. Wir wollten frei sein! Niemand sollte uns beherrschen!

„Heute sind wir frei!" sagte ich. „Lasst uns doch heute wandern".

Alle waren begeistert. Diese Ablenkung war allen willkommen.

Wir holten die Rucksäcke und bald gingen wir los. Zunächst den Hang hinunter zum See. Dann am See entlang bis wir den Weg zur Länta-Hütte erreichten. Damals mit Gianni waren wir einen anderen Weg gegangen. Heute wollten wir den einfacheren Weg nehmen. Gianni war in guter Verfassung. Wir kamen also gut voran. Der Weg ging entlang eines wilden Baches. Immer leicht bergan. Dann kamen wir endlich an der Laenta-Hütte an.

Auch die Esel waren noch da und beobachteten uns genau. Sie hatten ihren Stall etwa 50 Meter unterhalb der Hütte und sie folgten uns von dort langsam nach. Urs war überrascht, plötzlich so viele Menschen zu sehen, besonders freute er sich über den Besuch von Gianni. Es wurde gekocht und es gab viel zu erzählen. Der Gletscher hatte sich nicht verändert, er war also nicht kleiner geworden und er glitzerte im Sonnenlicht.

Menschen waren auf dem Gletscher diesmal nicht zu sehen. Später mussten wir dann doch aufbrechen, um noch vor Einbruch der Dunkelheit wieder zurück am Haus zu sein. Dort kamen wir dann doch etwas erschöpft an, aber die Stimmung war trotzdem gut.

Als wir das Haus erreichten, sahen wir, dass wir Besuch hatten. Es war die Gendarmerie. Zwei Beamte untersuchten unsere Fahrzeuge und machten Fotos.

„Der Rover sieht schlimm aus! Auf Sie wurde geschossen! Es gibt zahlreiche Einschüsse. Aber der Stahl ist dick. Sie hatten Glück. Wir müssen aber den Rover beschlagnahmen. Sie bekommen ihn wieder zurück, aber er muss untersucht werden."

Tapara unterschrieb einen Zettel und einer der Polizisten setzte sich in den Wagen und fuhr davon. Nun trat wieder Stille ein und wir setzten uns wieder auf die Veranda. Die meisten waren in Decken gehüllt, weil doch jetzt die Kühle vom See hochstieg. Die Wanderung zur Länta-Hütte war ein Thema. Ich hielt mich zurück, beobachtete alles und schaute auch immer wieder zu Gianni hinüber. Er war noch nicht müde. Er beteiligte sich lebhaft an der Unterhaltung. Es freute mich sehr, das zu sehen. Irgendwann waren aber dann doch alle müde und wir entschlossen uns zu schlafen.

Dann war es finster und ganz still. Ich konnte lange nicht einschlafen und dachte immer noch an die Verfolgungsfahrt im Rover und an das Unglück. Irgendwann schlief ich dann aber doch ein.

Immer wieder versuchte ich, mich in die Gedankenwelt von Youngstar Pharmacy zu versetzen. Was waren ihre Ziele? Warum handelten sie so. Immer kam ich zu dem Ergebnis, dass es letztlich hauptsächlich die Finanzen waren, die ihr Handeln beeinflusste. Umsatz, Investitionen, Rücklagen, Steuern, Ausgaben, Rechnungen, Außenstände, Forderungen an Dritte, Gewinne und so weiter. Es war ein faszinierendes, ausgeklügeltes, gigantisches, einmaliges und komplexes System. Alles geschah nach bestimmten Regeln und hatte einen klaren Aufbau. Alles hielt sich an einen vorgegebenen Ablauf. Nur so konnte alles reibungslos funktionieren.

Es war eigentlich wie bei einem Spiel. Ein großes Geldspiel so zu sagen. Auf den ersten Blick war es wie beim Fußball. Und wie alle Spiele war auch das Geldspiel frei erfunden. Alle Spiele waren von Menschen für Menschen gemacht worden. Es war keine Naturkonstante. Das Geldspiel war wirklich nur ein Spiel. Und wie bei allen Spielen konnten die Spielregeln auch wieder verändert werden.

Beim näheren Hinsehen hatten ja die meisten Spiele Regeln, Vorschriften und einen klaren Aufbau. Darüber hinaus waren

Anfang und Ende und das Ziel des Spiels klar und eindeutig festgelegt.

Jeder, der mitspielen wollte, stimmte automatisch den Regeln und Vorschriften zu und hielt sich an den vorgegebenen Spielablauf. Nur unter diesen Voraussetzungen funktionierte das Spiel überhaupt.

Die meisten Menschen spielten aus reinem Vergnügen. Genauso wie die Zuschauer, also die Fans, die sich ein Spiel ansahen.

Fußball wird mit einem Ball gespielt, der in Form, Größe und Material ganz bestimmte Anforderungen erfüllen muss. Das Spielfeld hat exakt eine bestimmte Größe. Man spielt zwei Halbzeiten zu jeweils 45 Minuten. Zwischen den Halbzeiten gibt es eine Pause von 15 Minuten. Nach der Halbzeit wechseln die Spieler das Spielfeld. Die beiden Mannschaften bestehen aus elf Spielern. Einer steht im Tor. Nur er darf innerhalb eines bestimmten Bereichs, dem sogenannten Strafraum, den Ball mit der Hand berühren oder fangen. Er ist der Torwart. Die anderen Spieler dürfen den Ball nicht mit den Händen berühren. Wenn sie es trotzdem tun, dann werden sie dafür bestraft. Für einen Sieg gibt es drei Punkte, für ein Unentschieden nur einen.

Spieler hinterfragen nur selten die Ursprünge ihres Spiels und ihre Regeln. Sie spielen so, wie man es schon immer gemacht hat. So ist es auch beim Spiel ums Geld. Näher betrachtet erscheint das Spiel ums Geld willkürlich wie andere Spiele auch.

Es wurde ja extra erfunden. Wir akzeptieren die Regeln, Vorschriften und Abläufe. Die wichtigsten Regeln und Strukturen bei diesem Spiel sollten wir näher betrachten, denn sie sind von entscheidender Bedeutung.

Wir haben die Regeln alle akzeptiert und als wahr angesehen. Jeder hat sie akzeptiert, keiner stellt sie in Frage. Keinem ist klar, dass es sich eigentlich um ein Spiel handelt, das man verlieren oder gewinnen kann. Es ist das große Geldspiel.

Wie sehen denn die Regeln aus? Wie funktioniert das Spiel überhaupt?

Die wichtigste Regel besagt, dass der Geldvorrat immer begrenzt ist, und laufend abnimmt, weil ständig Geld ausgegeben wird. Jeder muss deshalb Wege finden, seinen Geldvorrat wieder aufzufüllen. Wenn das nicht gelingt, dann geht das Geld irgendwann aus. Man muss deshalb klug investieren, damit man später einen Vorrat hat, um überhaupt davon leben zu können.

Die zweite Regel besagt, dass Geld ständig in Bewegung ist. Es gibt Zu- und Abflüsse. Das Geld befindet sich normalerweise außerhalb unseres Lebensbereichs. Es muss verdient werden, um es zu besitzen. Man muss es zu sich holen. Die Einnahmen müssen immer höher sein als die Ausgaben. Nur so kann man einen Gewinn machen. Die Gewinne müssen deshalb auch ständig gesteigert werden.

Die dritte Regel sagt, dass jeder härter und erfolgreicher arbeiten muss, um noch mehr zu verdienen. Es gab überhaupt nichts umsonst.

   Aber es gibt noch weitere Regeln. Nämlich: „Die Reichen werden immer reicher, die Armen immer ärmer und es gibt nie genug Geld bzw. man muss für schlechte Zeiten sparen."

Alle Regeln sind wie bei jedem Spiel natürlich frei erfunden.

Aber wer sind eigentlich die Gewinner? Wer sind die Verlierer? Was bedeutet überhaupt gewinnen? Wie wird gewinnen überhaupt definiert? Kann man das Spiel mit Geld überhaupt gewinnen? Was sind die wirklichen Ziele des Spiels mit dem Geld? Was wollen die Erfinder des Geldspiels wirklich? Warum wurde überhaupt das Geldspiel erfunden?

Es ist doch anders als beim Fußball. Dort gibt es wirkliche Sieger und Verlierer. Es ist beim Fußball klar definiert, was den Sieg ausmacht. Gewonnen hat die Mannschaft, die mehr Tore schießt als die andere. Das ist für jeden klar erkennbar, der zählen kann und weiß, dass drei mehr als zwei sind.

Das ist beim Spiel um das Geld anders. Wer ist der Sieger? Wer hat gewonnen? Wann hat man überhaupt gewonnen? Wenn das Geld zum Leben reicht? Wenn man ein Auto hat? Wenn man ein eigenes Haus hat? Wenn man Millionär oder Milliardär geworden ist?

Das alles ist nicht klar definiert in diesem Geldspiel. Also kann es in diesem Spiel gar keine Gewinner geben.

Ein zweiter Punkt unterscheidet das Spiel ums Geld noch vom Fußballspiel.

Die erzielten Tore können der Mannschaft nicht mehr weggenommen werden. Egal, was passiert, die Tore darf die Mannschaft immer behalten.

Anders beim Spiel um das Geld. Das Geld ist immer in Gefahr. Es ist immer mit Risiken verbunden. Man kann nämlich alles wieder verlieren, egal wieviel man vorher gehabt hat. Diebstahl, Bankrott, Bankenpleite, Scheidung und Unfälle passieren. Das Geld ist niemals sicher.

Der dritte Punkt lautet: Es gibt kein Ende beim Spiel ums Geld!

Beim Fußball gibt es immer ein Ende. Vielleicht gibt es noch eine Nachspielzeit von ein paar Minuten, aber es gibt immer ein Ende.

Wann hört das Spiel ums Geld auf?

Niemals hört es auf!

Ist das Spiel ums Geld zu Ende, wenn man in Rente geht? Nein, niemals ist es zu Ende. Denn auch danach besteht ja die Gefahr, das Geld wieder zu verlieren. Für die Angehörigen und Erben ist es auch nach dem Tod eines Menschen nicht zu Ende. Niemand kann also dieses Spiel gewinnen.

Die Teilnahme an einem Spiel ist nicht umsonst. Es kostet Geld. Beim Fußball sind es der Eintritt ins Stadion oder wenigstens die Fernsehgebühren. Beim Spiel ums Geld ist es der Stress, der Zeitdruck, die Unzufriedenheit oder der Verlust. Das alles macht krank oder einsam. Und die ständige Unzufriedenheit! Man hat nie genug Geld. Immer gibt es Leute, die mehr haben und sich deshalb noch teurere Dinge leisten können.

Und warum wird dann dieses Spiel überhaupt gespielt?

Ein Spiel, bei dem es keine Gewinner gibt, das nie zu Ende ist und bei dem es immer Leute gibt, die besser sind als man selbst!

Wer spielt denn dann überhaupt so ein Spiel?

Wir alle spielen es. Die ganze Welt. Milliarden von Menschen. Jeden Tag. Aber niemand merkt, dass dieses Spiel eigentlich sinnlos ist. Es ist alles eine gigantische Täuschung. Und diese Täuschung ist wirklich sehr gut gemacht.

Kapitel 27

Gegen Morgen gab es plötzlich sehr laute Geräusche. Ich wusste sofort, dass der Helikopter wieder zurückgekommen war. Die Rotorblätter schlugen in die Stille. Ich beschloss jetzt doch aufzustehen und zog mir die Hose an. Die Türe stand bereits offen und ich trat hinaus. Tatsächlich stand etwa 50 Meter vom Haus entfernt wieder der große Helikopter. Die Seitentür wurde gerade geöffnet und Leute kletterten heraus. Es war auch Emil Bühler unter ihnen, der nun aufs Haus zukam.

„Guten Morgen", begrüßte er mich. „Wie geht es Ihnen?" „Gut!" sagte ich und schaute ihn an. Er war nicht entspannt, sondern wirkte ziemlich nervös. Nach ihm kamen Alessandro Rodini und Jean Petit.

Bewaffnete waren nicht zusehen, vielleicht saßen sie ja noch im Helikopter.

„Die Gendarmerie ist mit dem Rover davongefahren", sagte ich. „Der hatte zu viele Einschusslöcher."

Seine Augen flackerten etwas.

„Wir haben lange Gespräche geführt, und wir haben dabei Entscheidendes erreicht."

Ich war gespannt, was er meinte. Wie würde es weitergehen? Bisher hatte er uns ja nur belogen. Ihm konnten wir nicht mehr vertrauen. Sicher hatte alles wieder einen Haken, was er sagte.

„Wir werden uns mit ME/CFS doch eingehender beschäftigen. Leider konnten wir uns aber zu einer eindeutigen Entscheidung bisher nicht einigen. Die Ansichten sind doch noch zu verschieden. Ich finde es persönlich schade, aber es ging nicht anders. Die anderen im Rat waren halt anderer Meinung, aber sie hatten leider auch zu wenig Einblick in die Materie. Sie haben es noch nicht verstanden. Das ist verständlich. Sie wissen zu wenig über diese Krankheit. Sie haben die Situation nicht wirklich mitbekommen. Dafür muss man auch Verständnis haben. Ich werde alles versuchen, diese Leute doch noch zu überzeugen."

Ich schwieg, denn mir war nicht klar, warum er diese Aussage überhaupt machte. In der Zwischenzeit waren auch alle anderen an der Veranda erschienen. Die Leute von Youngstar Pharmacy kamen näher.

„Möchtet ihr einen Espresso?" fragte Gianni. Er war wieder der brillante Gastgeber. Die kamen mit dem Helikopter und dann wurde gleich Espresso gereicht.

Alle wollten einen. Es war wie damals, als Ötzis Leute hier ankamen. Auch sie tranken gerne einen Espresso. Da hatte Gianni nichts verlernt. Und dann begannen die Gespräche. Die Zeit war also stehen geblieben. Nichts hatte sich in 5000 Jahren verändert. Einst kamen sie zu Fuß. Heute kommen sie mit einem Helikopter. Damals waren sie eine Bedrohung, heute genauso. Nichts hatte sich verändert. Fremde waren zunächst immer gefährlich.

Sie saßen auf der Veranda und tranken Espresso. Gestern wollten sie uns, also mich und Tapara, noch umbringen. Wir hatten überlebt. Wir waren nun doch die Gewinner. Gianni sowieso. Aber wie sollte es weitergehen? Würde man uns weiterhin bedrohen?

„Wir werden euch von jetzt ab in Ruhe lassen. Ihr könnt gehen, wohin ihr wollt!" sagte Emil Bühler. Zunächst wird euch nichts mehr geschehen. Es gibt aber eine Bedingung. Ihr dürft weiterhin das Anti-CD20-Serum nicht mehr verwenden. Falls ihr es trotzdem tut, werdet ihr wieder Schwierigkeiten mit uns bekommen."

Ich sagte nichts dazu. Diese Aussage half uns nun wirklich nicht viel weiter. Alle wussten, dass Gianni nochmals eine Infusion bekommen musste, um den zu erwartenden Rückfall zu verhindern. Sie hatten also doch noch überhaupt nichts begriffen oder wollten es einfach nicht begreifen. Die Zellen in Giannis Körper würden sich wieder regenerieren und die Krankheit würde wieder zurückkommen. Mir war das klar, also sagte ich nichts dazu. Diese Leute hielten sich für großmütig. Wir würden sie in dieser Haltung lassen, dann konnten wir ungestört weiter agieren. Das war mein Plan.

„Wir bedanken uns bei Ihnen und wünschen Ihnen für die Zukunft alles Gute", sagte ich voller Ironie und hoffte, dass sie sich bald wieder verabschieden würden.

Das taten sie dann auch. Der Helikopter hob ab und wir hatten wieder unseren Frieden. Wie ging es jetzt weiter? Wann wäre für Gianni die nächste Behandlung notwendig? Ich würde Kontakt mit den Forschern in Norwegen aufnehmen und Tapara würde dann das Medikament besorgen, das wusste ich.

Sollten wir hier bleiben? Warum nicht! Die Luft war gut. Wir hatten zu essen. Es war Sommer. Alles sprach dafür. Ich konnte hier Gianni am besten beobachten.

Es ging ihm wirklich immer besser. Die Wanderung hatte er sehr gut bewältigt. Das hätte niemand erwartet. Wir wollten, dass alles so bleiben würde. ME/CFS war schrecklich. Diese ganzen Unsicherheiten über Diagnostik und Therapie. Das machte die Leute wirklich fertig. Keine Perspektiven! Das hielt niemand auf Dauer aus. Weder die Kranken selbst, noch ihre Angehörigen. Das war mir klar.

Und Tapara? Sie spielte eigentlich die Hauptrolle. Bei ihr liefen die Fäden zusammen. Sie tat alles, um Gianni zu helfen. Sie scheute kein Risiko. Ihr hatte Gianni alles zu verdanken. Er wusste das auch. Sie würde sicher die nächste Behandlung organisieren. Trotz des Risikos. Und es würde auch diesmal gelingen. Das wusste ich.

Wir saßen fröhlich auf der Veranda und frühstückten. Müsli, Brötchen, Wurst und Käse. Es fehlte nichts. Es war jetzt wie im Urlaub. So sah es ja am Anfang wirklich nicht aus. Die Sonne schien richtig warm. Alle waren gelassen.

Peter Hill wollte von Tapara wissen, wie ihr früheres Leben war. Und sie berichtete ausführlich und dabei lachte sie viel. Immer wieder streichelte sie über Giannis Kopf. Der ließ es sich gerne gefallen. Auch Susan Hill beteiligte sich am Gespräch. Die Diskussion war lebhaft. Was werden wir heute unternehmen? fragte ich mich. Gestern waren wir auf der Laenta-Hütte.

Als alle satt waren und die Frage aufkam, was heute auf dem Plan stand, schlug ich den 3-Seen-Weg vor. Die Seen heißen Selva, Amperfreila und Guraletsch. Die beiden nächsten Seen lagen etwa auf gleicher Höhe wie unser See. Wir müssten also nicht viel ab- oder aufsteigen. Jeder See war wieder anders. Von der Lage, der Größe und dem Wasser. Alle waren begeistert und so machten wir uns wenig später auf den Weg.

Es war natürlich nicht so einfach, wie wir dachten, denn der Weg war doch ziemlich schwierig. Der Weg war schmal, manchmal auch gefährlich. Wir mussten uns an Stahlseilen festhalten, steil ging es dort nach unten. Aber wir schafften es alle. Wir kamen an. An den beiden Seen war das Wasser kalt. Keiner hatte Lust, darin zu baden. Höchstens die Füße kurz ins Wasser tauchen. Das tat gut. Brote wurden ausgepackt. Alle aßen davon.

Einmal kamen wir an die Stelle, wo die Feierlichkeiten für Ritomare stattgefunden hatten. Ich schaute Gianni und Tapara an. Sie nickten mir kurz zu, sagten aber nichts weiter dazu. Dann begaben wir uns wieder auf den Rückweg. Alles ging gut und wir kamen etwas müde wieder zuhause an. Niemand erwartete uns dort. Alles war friedlich. Aber wir waren doch ziemlich erschöpft. Es war doch anstrengend gewesen. Das Abendessen bereiteten Jutta und Tapara zu. Wir genossen die untergehende Sonne. Dann legten wir uns schlafen.

Das Leben ist ein Spiel. Im Alltagsleben ist vieles Routine. Immer wieder wird diese Routine aber unterbrochen, um ein Spiel zu spielen. Es sind Sport, Kartenspiele, Fernsehen, Kino, Theater, Romane, Singen, Malen, Musik und vieles mehr. Es sind Dinge, die Freude machen. Zum Spaß und zur Unterhaltung. Um sich selbst herauszufordern, um an die Grenzen zu gehen und auch zur spirituellen Bereicherung.

Alle Spiele, die wir kennen, wurden irgendwann einmal erfunden. Es gab immer einen bestimmten Grund dafür.

Der Mensch verwendet viel Zeit, Energie und Geld dafür, Spiele zu spielen. Er erklimmt den Mount Everest oder fährt ein Autorennen. Er will Abenteuer. Er will seinen Horizont und seine Erfahrungen erweitern. Der Mensch ist geschaffen für Abenteuer. Immer schon wollten wir unsere Erfahrungen erweitern. Aber immer wieder fühlen wir uns eingeschränkt. Alles ist begrenzt. Aber wir sind in Wirklichkeit ja überhaupt nicht geschwächt, verletzlich oder gebrechlich und schwach. Wir haben Energie im Überfluss, Weisheit und auch Lebensfreude.

Warum fühlen wir uns dann eingeschränkt? Warum schwächen wir uns denn selbst?

Es gehört einfach zu unserem Leben! Wir brauchen den Gegenpol. Der Mensch entwickelt seine Probleme immer selbst.

Der Mensch hat die Tendenz, sich selbst schwach und hilflos zu machen. Das gehört zum Spiel dazu. In Wirklichkeit ist er aber voller Energie, kraftvoll und kreativ.

Das Leben ist also ein Spiel. „Die Welt ist eine Bühne und alle sind bloß Spieler". Dieser Satz ist von William Shakespeare.

Heute sind uns Filme im Kino natürlich näher. In diesen Filmen aus Hollywood ist nichts so, wie es zu sein scheint. Jede Szene ist genau geplant, bevor sie dann schließlich gedreht wird. Nichts ist zufällig. Immer soll eine bestimmte Wirkung beim Zuschauer erzielt werden. Vor allem Gefühle. Alles an diesen Filmen wirkt echt und authentisch. Aber sie sind es in Wirklichkeit natürlich nicht. Es ist alles Täuschung. Alles ist so gut gemacht, dass der Zuschauer dies nicht erkennen kann. Wer im Kino sitzt, weiß, dass alles eine Täuschung ist. Aber man vergisst es immer wieder. Wenn man hinter die Kulissen schauen könnte, wäre das offensichtlich. Aber die Täuschung ist sehr, sehr gut.

Und so ist es auch im richtigen Leben. Nichts ist zufällig. Alles ist genau geplant. Aber alles ist ein Spiel. Alles wirkt aber total überzeugend. Diese eigenen Filme sind unterhaltend und machen Spaß. Sie sind eine willkommene Ablenkung von der Alltagsroutine. Wir lieben diese Filme wegen der Gefühle. Es geht dabei eigentlich immer nur um diese Gefühle. Nicht ums Denken, um Logik oder Intellekt.

Nun kommt die Quantenphysik ins Spiel. Und auch wieder David Bohm. Er war einer der Wissenschaftler, die den Durchbruch erzielten.

Er fand heraus, dass unsere Alltagswirklichkeit eigentlich eine Täuschung ist. Wissenschaftler fanden das Nullpunktfeld. Es ist ein Energiepotenzial, das noch keinerlei Form angenommen hat. Daraus kann aber alles Mögliche entstehen. Alles entsteht durch die Fokussierung auf das Nullpunktfeld. Nichts existiert unabhängig von einer Person. Dies ist die Schaltstelle von Quantenphysik und Bewusstseinsforschung.

Unser Bewusstsein wählt eine Möglichkeit von vielen aus, die es gibt. An diesen Gedanken müssen wir uns erst gewöhnen. Wir haben große Schwierigkeiten, dies zu verstehen, weil wir immer denken, dass diese Welt ja bereits schon vor uns existiert hat, unabhängig von unserem Bewusstsein.

Die Quantenphysik konnte aber nachweisen, dass das nicht stimmt. Werner Heisenberg sagte: „Atome sind keine Objekte, sie sind nur Tendenzen."

Wenn wir das verstanden haben, dann müssen wir unser ganzes Denken ändern. Dann sollten wir nicht über die konkreten Dinge nachdenken, sondern wir sollten besser über Möglichkeiten nachdenken, die uns unser Bewusstsein schenken kann.

Ich träumte.

Kapitel 28

Wir hatten wieder eine Nacht auf der Hütte verbracht. Ich hatte viel geträumt. Quantenphysik und Bewusstsein. Wie passte das zusammen? Aber die Leute, die die Quantengesetze entdeckt hatten, kannten bereits den Zusammenhang. Deshalb waren sie auch so erschrocken über ihre Entdeckung. Ursache und Wirkung waren vertauscht. Für das Bewusstsein ist das Endergebnis entscheidend. Nicht das Sperma und das Ei sind die Ursache einer Geburt, sondern die Geburt selbst ist es. Die Zwischenschritte sind die Auswirkungen dieser Idee. Ausgangspunkt ist das Bewusstsein. Es denkt sich alles aus. Bis ins kleinste Detail. So entsteht das Spiel, so entsteht unser Leben.

Es ist immer noch schwer zu verstehen, dass das Bewusstsein alles erfindet. Vom Traum kennen wir dieses Phänomen bereits. Dort entstehen ganze Welten, Menschen, Orte und Gegenstände. Alles wirkt real und ist auch greifbar. Aber es ist nicht real. Es sind nur Erfindungen unseres Bewusstseins. Ähnlich ist es auch bei Tagträumen oder bei den im Geist durchgespielten Situationen. Im Traum sieht man alles mit den Augen der Person, die man im Traum ist. Aber wo sind diese Augen? Es gibt sie nicht. Wo ist der Betrachter selbst, während das alles passiert? Es gibt keinen Betrachter. Der Träumer selbst steckt hinter allem. Sein Bewusstsein hat alles erfunden.

An dieser Stelle kommt nun ein großes Problem ins Spiel. Unser Bewusstsein „erfindet" leider auch negative Überzeugungen und Einschränkungen unserer Möglichkeiten. Dinge laufen nicht so, wie sie könnten. Das alles ist aber nicht wahr, es sind nur falsche Vorstellungen. Sie gehören eben zum Leben dazu.

Dann wachte ich auf. Ich roch Kaffee und beschloss rasch aufzustehen. Was würde heute passieren? Wie ging es mit uns und Gianni weiter?

„Guten Morgen", sagte ich und trat aus der Türe. Auch heute war es wieder sonnig. Ich stand auf der Veranda und sah, dass Siggis Wagen fehlte. Was war passiert?

Ich fragte Peter Hill, der auf der Veranda saß.

„Tapara ist mit Siggi weggefahren. Sie holen das Medikament für Gianni. Für seine nächste Behandlung!"

Jetzt viel mir ein, dass Gianni ja den nächsten Therapiezyklus brauchte. So wurde es ja auch in den Studien gemacht. Mehrere Zyklen hintereinander, bis die Patienten keinen Rückfall mehr hatten.

„Und wo bekommt sie das Medikament her?" fragte ich.

„Das weiß ich allerdings nicht, das hat sie mir auch nicht gesagt. Das behält sie für sich. Sie wollte ihre Quelle nicht verraten. Sie wollte uns nicht belasten."

Nicht mal mit mir hatte sie darüber gesprochen. Ich war deswegen aber wirklich nicht enttäuscht. Sie hatte ja Recht. Je weniger Leute davon wussten, desto besser. Es war schon verblüffend gewesen, wie gut das Medikament Gianni geholfen hatte. Er war wieder viel aktiver gewesen. Das hatten alle bemerkt. Also machte es schon Sinn weiterzumachen. Gianni kam aus dem Haus und setzte sich zu uns.

„Andreas, wie geht`s Dir?"

„Gut sagte ich, allerdings habe ich heute Nacht viele seltsame Sachen geträumt. Alles hatte mit Quantenphysik und Bewusstsein zu tun."

Ich erzählte den beiden, was ich so alles geträumt hatte. Die Vertauschung von Ursache und Wirkung fanden beide sehr interessant. Aber dann flachte das Gespräch wieder ab. Gianni war der Mittelpunkt und andere Dinge waren jetzt nicht so wichtig. Das war mir klar.

Wir schauten auf den See. Er lag in der Sonne und die Oberfläche glitzerte.

Tapara und Siggi waren weggefahren. Wir warteten jetzt auf beide. Erst dann würde es sich entscheiden, wie es weiterging. Es war so verblüffend gewesen, wie schnell es Gianni durch das Medikament wieder besser ging.

Nichts von Psyche! Keine Depression! Schnell konnte er wieder verschiedene Aufgaben übernehmen. Die Wanderung war ja auch ein gutes Beispiel gewesen.

„Warum werden die Patienten mit ME/CFS mit psychiatrischen Diagnosen versehen", fragte ich wieder Peter Hill. Ich hatte das schon einmal gefragt, aber Gianni war damals nicht dabei gewesen.

„Warum ist das so?" fragte ich in die Runde.

„Die Häufigkeit, mit der heutzutage psychische oder psychosomatische Diagnosen allgemein bei Patienten benutzt werden, hat Dimensionen angenommen, die den Rahmen jeglicher Vernunft und Wissenschaftlichkeit sprengt", antwortete Peter Hill.

„Es liegt nahe, dass nicht nur Verlegenheit oder Nichtwissen das wichtigste Motiv sein können, weshalb solche Diagnosen eine so breite Anwendung finden, es muss auch noch andere Gründe geben. Auch bei ME/CFS setzten sich verantwortungslose Ärzte und psychiatrische Gutachter seit Jahren über die Klassifikation als neurologisches Krankheitsbild hinweg. Häufig findet man auch eine Durchmischung. Es wird zwar die richtige Diagnose gestellt und auch richtig codiert, aber dann wird noch von einer „psychischen Überlagerung" oder von einem „deutlichen psychogenen Anteil" gesprochen. Allerdings wird dann dieser „psychogene Anteil" nicht weiter erläutert. Für den Patienten hat dies schwerwiegende Folgen. Er muss sich dann Fehlbehandlungen unterziehen. Diese führen dann aber leider wieder zu einer Verschlechterung seines Zustandes."

„Es ist in Wirklichkeit ein Lückenfüller", begann Gianni. „Die psychische Diagnose hat die Funktion, die Hilflosigkeit des Behandlers zu vertuschen. Er fühlt sich eigentlich nicht zuständig und will auch die Verantwortung für den Patienten nicht wirklich übernehmen."

„Er fühlt sich ohnmächtig, will es aber sich und anderen nicht eingestehen", antwortete Peter Hill. „Er psychologisiert, um den Patienten loszuwerden."

Es ist eine unglückselige Tatsache, dass ME/CFS als umstrittene Krankheit gilt, dachte ich.

„ME/CFS ist eindeutig als organische Krankheit von der Weltgesundheitsorganisation verschlüsselt worden. Leider werden sachunkundige Ärzte dazu verleitet, diese Diagnose nach eigenem Gutdünken zu strapazieren. Sie halten sich nicht an die Fakten. Sie geben ihrerseits die Verantwortung ab und das schlimme ist, dass sie die Verantwortung für die Entstehung und Aufrechterhaltung der Krankheit auch auf den Patienten abschieben."

„Das geht gar nicht!" sagte Peter Hill schon ziemlich erregt.

„Dabei gilt die Krankheit bisher als unheilbar", wandte ich ein.

„Bei anderen chronischen Krankheiten wie etwa bei Krebs wird ja auch nicht von einer „psychischen Überlagerung" gesprochen", sagte Gianni.

Ja, da hatte er Recht!

„Schlimm ist es vor allem bei Kindern", begann Peter. Da werden unglaubliche Begründungen verwendet, um den psychologischen Befund aufrechterhalten zu können. Trennungsängste, Schulphobie alles wird dabei herangezogen. Es wird nicht beachtet, dass diese Kinder ja auch in den Ferien weiter krank sind."

Wir schwiegen eine Weile. Jutta brachte uns Espresso.

„Die fatalen Auswirkungen dieser Krankheit werden oft nicht als ihre Folge, sondern als ihre Auslöser angesehen. Ursache und Wirkung werden verwechselt!"

Hoppla, das hatte ich doch heute Nacht auch geträumt, als es um die Wahrnehmung unserer Welt ging.

„Die soziale Ächtung, die finanzielle Misere und die geringe Hoffnung auf Heilungschancen werden von vielen Ärzten nicht als Folgen der chronischen Krankheit gehalten, sondern sie werden als Auslöser der Erkrankung angesehen", warf Gianni ein.

„Alles wird gegen den Patienten verwendet, nämlich mangelnde Motivation, depressive Tendenzen, chronische Überforderung, extreme Stressbelastung, überzogenes Leistungsdenken oder eine perfektionistische Persönlichkeitsstruktur. Aber in Wirklichkeit wünscht sich der Erkrankte nur wieder an seinem früheren Leben anknüpfen zu können, dem er sich als Gesunder erfreuen durfte. Die Patienten wollen wieder einmal einen Ausflug machen oder einen Spaziergang. Sie wollen sich selbst wieder duschen oder die Haare waschen können", fügte Peter Hill an.

„Auffällige Laborwerte werden erst gar nicht berücksichtigt, denn der Gutachter kann damit ja überhaupt nichts anfangen", warf ich ein.

Immer wieder hatte ich das selbst erlebt.

Wieder schwiegen wir. Die Sonne stand nun schon ziemlich hoch. Irgendwie warteten wir auf ein Ereignis und vertrieben uns die Zeit mit Gesprächen über alles Mögliche.

Dann waren wir doch wieder bei dem Thema, das uns alle so sehr beschäftigte.

„Immer wieder erlebe ich, dass den Patienten gesagt wird, ME/CFS gebe es überhaupt nicht. Es sei eine erfundene Krankheit", sagte ich. Das ist schlimm für die Patienten, denn sie wissen dann nicht mehr, was und wem sie glauben sollen.

„Wie kommen sie auf diese Diagnose? Vergessen Sie es! Hören Sie auf, ständig zu Fachärzten zu gehen! Das bringt Ihnen doch nichts! Treiben Sie Sport, dann wird alles wieder gut! Sie müssen abnehmen, denn Sie sind ja übergewichtig! Bleiben Sie mir vom Leib!! Ich will diese Laborwerte gar nicht sehen! Entzündungswerte erhöht, Leukozyten? Das hat doch jeder, damit können Sie uralt werden. Sie kommen zu mir wegen einer seltenen Erkrankung? An die Uni? Vergessen Sie es!"

Ich hatte mich jetzt auch ein bisschen in Rage geredet, denn diese Information hatte eine Patientin vor kurzem wiedergegeben. Dabei hätte der übergewichtige Kollege selbst etwas Sport nötig gehabt.

„Weigert sich der ME/CFS-Patient an bestimmten Rehabilitationsmaßnahmen teilzunehmen, etwa stufenweise gesteigertes Aktivitätstraining, das dem Patienten in Wirklichkeit schadet, dann können ihm die Berentung verwehrt, die Sozialleistungen gekürzt oder sogar entzogen werden", bemerkte Gianni.

„Nur wenn der Patient an diesen Programmen teilnimmt und durch diese Falschbehandlung eine dauerhafte Zustandsverschlechterung erleidet, darf er mit einer Berentung rechnen", ergänzte er.

„Lässt der zu einer kognitiven Verhaltenstherapie verdonnerte Patient nicht von seinen falschen Krankheitsüberzeugungen ab und behauptet weiterhin, an einer körperlichen Krankheit zu leiden, wird er des Therapieboykotts bezichtigt und verwirkt sein Recht auf Inanspruchnahme von Sozialleistungen oder Rente."

Jetzt sagte keiner mehr etwas. Aber ich hatte noch einen Satz auf der Zunge, den ich unbedingt loswerden wollte.

„Seine falschen Krankheitsüberzeugungen gelten als dysfunktionale Kognition und damit als Symptom einer somatoformen Störung. Damit wird die Diagnose ME/CFS vom Verhaltenstherapeuten als eine somatoforme Störung umgedeutet und zementiert. So wird eine Diagnose, die vielleicht tatsächlich einmal als reine Verlegenheitsdiagnose ihren Anfang nahm, zur Waffe in der Hand eines medizinischen Systems, das sie aus Gründen der Wirtschaftlichkeit gegen den rebellierenden Patienten richtet, der sich gegen eine Psychopathologisierung seiner körperlichen Krankheit wehrt."

Jetzt musste nichts mehr hinzugefügt werden. Jeder hatte genug von diesen Dingen. Aber sie mussten doch auch einmal gesagt werden.

Ich schaute Gianni an. Hoffentlich konnte Tapara zusammen mit Siggi das Medikament bald auftreiben. Wir mussten aus dieser Spirale herauskommen. Ich wünschte es Gianni von Herzen. Nur so konnte er wieder gesund werden. Aber Youngstar Pharmacy hatte es ihr ja verboten. Wahrscheinlich wurde sie auch jetzt wieder überwacht. Aber sie war doch clever. Sie würde sich durchsetzen. Ich war mir da sicher.

„Wir vertreiben uns etwas die Zeit", schlug ich vor. „Wir könnten ein bisschen spazieren gehen. Zum See runter. Wir hätten doch alles im Blickfeld und könnten schnell wieder zurückkommen."

Die anderen waren einverstanden und so schlenderten wir den Abhang hinab. Das Gras war noch relativ hoch. Kühe kamen hier nicht vorbei, die waren auf tieferen Weiden. Gemäht wurde hier oben auch nicht, obwohl das Grass bestimmt besonders nährreich war.

Die Murmeltiere waren wieder sehr aktiv und meldeten unser Kommen immer rechtzeitig an, so dass alle Tiere verschwinden konnten, bevor wir um die Felsen bogen. Hier war die Stelle, wo ich Tapara zum ersten Mal gesehen hatte. Sie stand damals neben ihrem Vater. Alles war damals sehr aufregend gewesen und wir hatten auch Angst vor den Fremden gehabt. Dort war auch der Eingang zur unterirdischen Welt gewesen. Und heute? Ich schaute genau hin, dann zu Gianni. Aber es war nur ein ganz normaler Felsen und wir gingen weiter.

Das Ufer war wieder ein bisschen matschig. Aber wir sanken nicht sehr ein. Herrlich diese Luft! Frisch und klar. Ein Paradies, aber nur wenige Tage im Jahr. Im Winter war es bestimmt ziemlich ungemütlich. Ich beugte mich vor und blickte ins Wasser. Kleine Fische stoben wieder auseinander. Blitzschnell ging das. Größere Fische waren nicht zu sehen. Wieder waren wir um mehrere Felsen gegangen und jedes Mal eröffnete sich ein anderer Blick auf die Berge, die im Sonnenlicht blitzten. Kein Wölkchen war am Himmel. Das Haus stand nun in der Ferne. Alles war friedlich. Wir setzten uns auf die Steine und schauten umher.

Ein Murmeltier hatte sich mutig auf einen benachbarten Felsen gesetzt und beobachtete uns. Wir schienen im Moment nicht gefährlich zu sein. Und falls es gefährlich würde, dann war man ja schnell in einer Felsspalte verschwunden. Plötzlich kam auch wieder der weiße Hase herangeschlichen. Mit stoischer Ruhe nahm er etwa zehn Meter von uns entfernt ebenfalls Platz. Er putzte sich sein Fell, das wirklich ganz hell war. Ein Schneehase im Sommer. Er hatte vergessen sein Winterfell abzulegen. Jetzt lohnte es sich wahrscheinlich nicht mehr, denn der Winter kam hier oben bereits früh. Schon Mitte September begann es wieder zu schneien und auch der Wind wurde dann schon ziemlich kühl. Der Hase ließ uns aber nicht aus den Augen.

War das nicht gefährlich, im Sommer mit einem weißen Fell über das Gras zu springen? Sicherlich wusste er, was er tat. Vielleicht machte er das immer so? Vielleicht war das ja sein persönlicher Spaß. Etwas zu wagen. Anders zu sein als die anderen. Ein bisschen mit der Gefahr zu spielen. Wie wir Menschen. Auch wir tun das ja immer wieder. So war halt das Leben. So war es immer schon gewesen. Es durfte nicht alles glatt gehen!

Ich war versunken im Träumen, so dass ich zunächst nicht bemerkte, dass uns wieder Unheil drohte. Ein leises Geräusch, das immer lauter wurde. Ach, oh je, es war wieder der Helikopter. Das bedeutete nichts Gutes. Wir schauten uns an und beschlossen wieder zur Hütte zurückzukehren. Das Murmeltier war wieder weg und auch der Hase verschwand rasch hinter den Felsen. Vorbei war die Ruhe. Wir mussten zurück!

Kapitel 29

Der Helikopter kam rasch näher. Er flog eine Schleife und landete dann wieder direkt vor unserer Hütte. Der Lärm war wieder sehr heftig. Dann berührte er den Boden und die Turbinen wurden heruntergefahren. Die Rotoren kamen zur Ruhe und standen dann ganz still. Wer würde jetzt aussteigen? CEO, COO oder CSO? Gleich würden wir es sehen! Wir gingen nach oben, wieder den Hang hinauf und wir schauten zum Helikopter hinüber.

Emil Bühler selbst kletterte heraus. Aber es waren auch wieder bewaffnete Leute dabei. Sie würden uns sicher wieder bedrohen. Wir warteten, bis alle an der Hütte angelangt waren. Ich begrüßte ihn etwas verhalten und er strahlte mich an.

„Wir sind wieder da!" „Wie geht es ihnen?"

Ich antwortete nicht mehr. Wozu eigentlich. Es spielte keine Rolle mehr. Wir gingen aufs Haus zu.

„Wo ist Frau Moretti? fragte er.

Ich gab keine Antwort. In der Zwischenzeit kamen mehrere Leute aus dem Helikopter heraus. Auch weitere mit Waffen in den Händen. Wir sollten weiterhin eingeschüchtert werden. Das war mir jetzt klar. Ich beschloss, ab jetzt keine Antworten mehr zu geben.

Emil Bühler ging auf die Veranda. Dort setzte er sich in einen der Stühle und holte Schriftstücke aus seiner Mappe. Wir blieben stehen und beobachteten ihn.

„Tapara Moretti ist nicht hier, das ist schade. Ich hätte sie so gerne gesprochen. Ich habe die Untersuchungsbefunde von

Herrn Moretti mitgebracht. Es ist so, dass in seinem Blut inzwischen Veränderungen aufgetreten sind durch die Behandlung mit dem Serum. Das können wir jetzt zweifelsfrei nachweisen."

Er machte eine Pause.

„Wir sind trotzdem noch nicht bereit, in größerem Umfang diese Therapie anzubieten. Wir werden weitere Erprobungen durchführen, bevor wir unsere Einwilligung geben werden. Da lassen wir auch nicht mit uns verhandeln. Bis zu diesem Zeitpunkt werden wir alles tun, um zu verhindern, dass weitere Behandlungen stattfinden. Aber, das haben wir ihnen ja bereits zu einem früheren Zeitpunkt schon einmal mitgeteilt. Falls das Serum erneut eingesetzt werden sollte, werden sie wirklich Schwierigkeiten bekommen. Aber, das kennen sie ja auch bereits. Wir werden also verhindern, dass Frau Moretti das Medikament erneut in ihren Besitz bekommt. Es tut mir leid, aber das sind unsere Vereinbarungen."

Wir sagten nichts. Dieser Mann war nicht richtig bei Sinnen. Irgendwann würde es ihm noch leidtun, so gehandelt zu haben. Aber Tapara war nun wieder einmal in Gefahr, das war mir jetzt klar.

Und Siggi natürlich auch. Sie würden alles wieder überwachen. Davon mussten wir ausgehen. Aber wir würden siegen, davon war ich immer noch überzeugt. Ich beschloss, weiterhin mit diesen Leuten nicht mehr zu kommunizieren. Ich sah hinüber zum Helikopter. Dort wurden Ausrüstungsgegenstände ausgeladen. Säcke, Stoffbahnen, Kisten. Was bedeutete das. Sie wollten wahrscheinlich ein Lager neben unserem Haus aufschlagen, dachte ich mir. Sie machten das nur, um uns noch besser überwachen zu können.

Das hätte sich Gianni niemals gedacht, dass es soweit kommen würde. Er war damals auf der Flucht und hatte dieses Haus am Selva-See gefunden und sich darin versteckt. Jetzt kamen andere und verhinderten seine medizinische Behandlung. Der Wahnsinn war näher gekommen. Er war jetzt ganz nahe. Er war unter uns. Ich schaute zu Gianni. Er sagte nichts. Ich musste zu ihm. Ich legte meine Hand auf seinen Rücken und lächelte ihn an. Er lächelte zurück. Er schien gelassen zu sein.

Er hatte ja Tapara. Sie würde schon alles wieder in Ordnung bringen. Er wusste das und ich auch. Ich beschloss doch, mich an Emil Bühler zu wenden.

„Herr Bühler, Sie wissen, dass Sie das nicht dürfen. Dieses Land gehört Gianni Moretti. Was Sie hier machen ist Hausfriedensbruch. Sie werden dafür bestraft werden. Ich empfehle Ihnen zu gehen und die Leute gleich mitzunehmen."

Er grinste mich an. Er schien die Macht zu haben. Er musste sich nicht mit mir abgeben.

Gut, dachte ich, wir werden ja sehen. Ich holte mir einen Espresso und setzte mich auf die Veranda. Ich saß da und beobachtete die Szene. Unten der See. Wie würde es weitergehen? Wir hatten plötzlich Zeit. Wir konnten warten. Und er? Sicherlich nicht! Er würde bald wieder in den Helikopter einsteigen und davonfliegen. Bis dahin hatten wir noch Zeit. Was könnten wir ihn fragen?

Eine bessere Gelegenheit würde es wohl nicht mehr geben. Ich schaute ihn an. Und ich fragte.

„Wie geht es weiter mit Youngstar Pharmacy? Werden Sie später doch auch ME/CFS-Patienten behandeln?

„Nein, das müssen wir uns gut überlegen. Es ist nicht geplant. Wir brauchen noch weitere Studien", sagte er etwas abwesend.

Das war alles sehr verwirrend. Einmal wollte er mit der Forschung über ME/CFS beginnen, dann lehnte er alles wieder ab.

„Was sind dann Ihre Prioritäten?"

„Bluthochdruck und Diabetes mellitus. Vielleicht noch Depression. Hier sind die höchsten Umsätze zu erzielen. Da wollen wir dabei sein."

Ich ließ es sein. Es hatte keinen Sinn. Ich ging ins Haus, denn ich hatte plötzlich die Idee auf das GPS-Display zu schauen. Vielleicht hatte Siggi ja immer noch seine Uhr an. Nach kurzer Zeit standen die Koordinaten auf dem Display.

Jetzt bräuchte ich ein Navigationssystem, aber Siggis Wagen war weg. Was tun? Vielleicht hatte der Helikopter einen starken Sender? Ich schlenderte langsam hinüber und tat so, wie wenn ich den Aufbau des Zeltes beobachten wollte. Mehrere Leute waren mit dem Zelt beschäftigt. Es war ziemlich groß. Also war geplant, dass wir auch durch mehrere Leute kontrolliert wurden.

Ich erreichte den Helikopter und schaltete mein Handy an. Es funktionierte. Ich hatte Empfang. Dann gab ich die Koordinaten ein und war ziemlich überrascht. Der Wagen stand weniger als 2 Kilometer von uns entfernt in einem Waldstück. Waren sie auf dem Rückweg und hatten vielleicht doch noch rechtzeitig den Helikopter bemerkt? Hatten sie sich dann in dem Wäldchen versteckt?

Ich war mutig und drückte Siggis Nummer. Er ging ran! Ich versuchte möglichst leise zu sprechen. „Siggi, der Helikopter mit Bühler ist da. Er hat Leute mitgebracht und sie bauen ein Zelt auf, um uns zu bewachen. Habt ihr das Medikament?"

Ja!" sagte Siggi. „Kommt heute Nacht, du und Gianni! Wir stehen nach der ersten Weide rechts im Wäldchen."

Er hatte das Gespräch sofort wieder beendet. Vielleicht hatte er Sorge, dass es abgehört wurde. Ich schob das Handy rasch in die Tasche und schaute mich um. Niemand schien mich zu beobachten. Langsam schlenderte ich wieder zurück zur Hütte.

Dort saß Emil Bühler immer noch auf der Veranda und unterhielt sich mit Peter Hill. Der hatte inzwischen einen roten Kopf und gestikulierte aufgeregt.

Wahrscheinlich hatte er ihm nochmals seine Meinung gesagt. Man hielt uns hier gefangen, nur um zu verhindern, dass Gianni die nächste Therapie erhalten konnte. Das war bitter. Gianni sah ich nicht. Vielleicht war er hinter dem Haus.

Ich ging ums Haus herum, dort war er allerdings auch nicht. Ich schaute umher, und sah ihn aber nicht. Wo war Gianni? Ich fragte Jutta und Susan, aber die hatten ihn auch nicht gesehen. Ich schaute ins Haus.

Dort lag er auf der Liege und döste.

„Ich habe mich kurz hingelegt, es ist doch alles ein bisschen viel gewesen."

Ich nickte ihm freundlich zu. Ließ die Therapie bereits wieder nach? Brauchte er dringend den zweiten Zyklus? Wahrscheinlich! dachte ich.

„Tapara und Siggi stehen unten an der Weide und erwarten uns in der Nacht. Wir müssen da hinkommen! Ruhe dich aus! Wir besprechen nachher, wie wir`s machen."

Er lächelte. Ich entschloss mich, wieder ins Freie zu gehen und weiter zu beobachten, was um uns herum geschah.

Das Zelt war jetzt fertig aufgebaut und stand etwa hundert Meter vom Haus entfernt. Verschiedene Gegenstände wurden hineingetragen. Kisten, Taschen und Geräte. Die richten sich hier für längere Zeit ein, dachte ich. Ich setzte mich etwas abseits und beobachtete das Ganze.

Leider haben wir in unserem bisherigen Leben Vorstellungen und Überzeugungen entwickelt, die uns behindern und einschränken. Sie nehmen uns Energie, die dann an anderer Stelle fehlt. Was können wir machen? Zunächst müssen wir sie erkennen. Wir begeben uns auf die Suche nach ihnen. Wie die Kinder beim Ostereiersuchen oder wenn die Kastanien vom Baum gefallen sind.

Was machen diese falschen Überzeugungen? Sie schieben sich wie eine Wolkenwand vor die Sonne. Eigentlich ist die Sonne ja immer da, aber manchmal liegen Wolken davor und verdunkeln sie. Das bedeutet aber, dass die Sonne immer noch da ist. Die Wolken haben sich nur über alles darübergelegt. Ich könnte sie auch wieder entfernen.

Wie kann das gelingen?

Wichtig ist, die falschen Überzeugungen ganz genau zu erkennen.

Was sind Überzeugungen?

Die Psychologen sehen es als Idee oder Konzept. Wir haben sie erfunden und halten sie für wahr. Aber sie sind nicht wahr. Sie sind unsere eigene Erfindung. Sie werden immer aufs Neue erfunden. Die Menschen sind darin außerordentlich kreativ. Positives Denken, Selbstbestätigungen und andere Strategien scheitern allerdings häufig.

Aber wie entferne ich sie?

Es ist wie bei einem Auto. Es gibt den Fahrer und verschiedene Beifahrer. Diese haben allerdings selbst keinerlei Kontrolle über das Fahrzeug. Nur der Fahrer hat sie. Viele Menschen sind als Beifahrer unterwegs. Gelingt es ihnen auf den Fahrersitz zu wechseln, wird sich vieles ändern. Aber das alles reicht nicht aus! Wir benötigen Hilfsmittel, um den „Fahrerwechsel" hin zu bekommen.

Wie soll das gehen?

Ganz im Vordergrund steht die Wertschätzung.

Das hört sich jetzt aber etwas seltsam an! Was bedeutet Wertschätzung? Irgendwie sind wir ja auch stolz auf unsere Schöpfungen, auch wenn sie falsch und belastend sind. Wir selbst haben sie ja alle erfunden.

Wir sollten deshalb trotzdem unsere Wertschätzung dafür ausdrücken. In diesem Zusammenhang sind Emotionen von großer Bedeutung. Dabei spielt die Wortwahl keine Rolle, sie kann immer wieder verändert werden. Wichtig ist, dass diese Wertschätzung echt ist, dass sie wirklich empfunden wird. Es wäre falsch, das Negative zu bedauern oder es sogar noch schlechter darzustellen, als es ist. Es kommt dadurch nämlich eine Verstärkung zustande.

Ich hatte ein bisschen vor mich hingeträumt als ich vor dem Haus saß und die Leute beobachtete. Der Tag war schnell vergangen und die Sonne verschwand langsam wieder hinter den Bergen. Ich musste jetzt mit Gianni einen Plan machen.

Kapitel 30

Ich hatte erkannt, dass die Wertschätzung sich selbst gegenüber und seinen eigenen Erfindungen eine große Rolle spielt, um sich letztlich von alten Überzeugungen und Fehlhaltungen zu trennen.

So paradox es sich auch anhört. Ich soll die alten Überzeugungen anerkennen und mich dafür loben, dass ich sie so gut erfunden habe und immer so ernsthaft daran geglaubt habe, nur dann kann ich mich endlich von ihnen trennen?

Ja, das ist so! Nur so geht es! Nur auf diese Weise kann ich sie hinter mir lassen. Nur so kann ich alles beenden. Das ist das Grundprinzip. Nur so kommt der weitere Prozess in Gang.

Eine positive Verbindung zu meinen eigenen Gefühlen ist wichtig. Eine negative Haltung verstärkt das Vorbestehende weiter. Es ist ein Teufelskreis, der durchbrochen werden muss. Nur so kann ich loslassen. Ein typisches Kennzeichen für belastende Überzeugungen und Fehlhaltungen ist der Energieverbrauch. Der ist dort besonders groß. Die negativen Gefühle verlangen sehr viel Energie. Diese Täuschungen müssen mit einem großen Aufwand am Leben gehalten werden. Das ist die Regel! Um die negativen Überzeugungen endlich loszuwerden, bedarf es also vieler Anläufe. Immer wieder muss ich es versuchen.

Der Mensch neigt ja dazu, ständig negative Überzeugungen zu entwickeln. Wir leben in einem Spannungsfeld zwischen Selbst und Äußerem. Dabei bekommen wir immer wieder negative Impulse. Ich bin schlechter als Andere! Sie sind alle reicher, glücklicher und erfolgreicher! Das ist aber nicht wahr! Wir erfinden nur ständig diese negativen Überzeugungen. Andererseits gelingt es uns aber auch nicht, sie einfach und schnell wieder zu verlieren.

Im Gegenteil, wir haben sogar Angst, uns mit ihnen zu beschäftigen. Wir befürchten, dass es uns dann noch schlechter geht oder sogar ein Unglück passiert. Deshalb ist es ja so schwierig, sie loszuwerden. Aber, wir müssen uns mit diesen Dingen beschäftigen! Je häufiger wir dies tun, desto besser geht es uns danach. Der Widerstand nimmt immer mehr ab. Am Anfang fühlen wir uns unwohl und man spürt die ganze negative Energie. Man muss sich aber auf diese negativen Gefühle einlassen. Die Stärke der negativen Gefühle verdeutlicht nämlich die Energie, die darin steckt.

Wie geht man vor? Was ist zu tun?

Die Sprache spielt eine große Rolle. Sie regelt eigentlich alles. Es ist klar, dass alle Einschränkungen nur erfunden sind. Dies sollte auch in Worten ausgedrückt werden. Man muss sich bewusst machen, dass diese Einschränkungen ein hohes Maß an Energie benötigen, dass dies eigentlich eine große Energieverschwendung sind und deshalb beendet werden müssen. Dieser Vorgang muss immer aufs Neue wiederholt werden.

Viel Energie kommt dadurch frei und steht für andere Dinge plötzlich zur Verfügung. Diesen Prozess kann man immer wieder anwenden, bis alle Belastungen beseitigt sind. Ohne selbst gesprochene Worte, die zum einen die Wertschätzung sich selbst gegenüber hervorheben, dann aber unmissverständlich klar machen müssen, dass es sich um eine eigene Erfindung handelt, gelingt es nicht, diese Energie freizubekommen.

Ich sah Gianni vor dem Haus stehen. Er blickte zu mir. Ich nickte. Keinen von den anderen werden wir informieren, was wir heute Nacht vorhaben. Wir werden es alleine machen, heute Nacht.

Nach dem Abendessen saßen wir noch auf der Veranda. Gianni wollte unbedingt wieder eine Havanna rauchen. Ich fand das nicht so gut. Rauchen schädigt doch das Immunsystem! Aber er wollte es so. Also nahm auch ich eine Montechristo und wir bliesen den Rauch in die Runde. Alle waren gut gelaunt. Ich wusste, was kommen würde und seufzte ein paar Mal. Niemand hatte es aber bemerkt.

Dann kam die Dunkelheit und wir gingen schlafen.

In der Nacht schlichen wir uns aus dem Haus. Es war Neumond und stockfinster. Gianni und ich standen zunächst direkt am Haus und wir versuchten, uns an die Dunkelheit zu gewöhnen. Alles war ganz ruhig. Kein Licht brannte. Schliefen die alle? Hatte uns schon jemand entdeckt?

Dann kam doch ein Schatten am Haus vorbei. Sie bewachten uns also tatsächlich.

Er sah uns glücklicherweise nicht. Er ging still an uns vorbei, und er trug eine Waffe.

Als er weg war, duckten wir uns und versteckten uns dann hinter dem nächsten Felsen. Alles blieb weiterhin ruhig. Wir mussten weiträumig um das Lager der Bewacher herum. Also gingen wir langsam von einem Felsen zum anderen. Immer noch war alles ruhig. Ich sah wieder einen Schatten und drückte Gianni auf den Boden. Eine Gestalt mit einer Waffe kam an uns vorbei, aber er bemerkte uns ebenfalls nicht. Ich kam jetzt schon ins Schwitzen. Aber, wir konnten weiter. Der nächste Fels, und wir waren auf der anderen Seite. Ich fand schnell den Weg ins Tal.

Möglicherweise wurde auch dieser Weg bewacht. Wir mussten also weiterhin vorsichtig sein. Langsam gingen wir weiter.

Plötzlich sah ich eine Bewegung im Dunkeln. Wir schoben uns etwas in die Hecke. Eine Gestalt stand direkt vor uns. Er bewachte sicherlich den Weg. Was sollten wir tun? Ihn umbringen? Das konnte ich nicht. Auch Gianni nicht. Wir mussten ihn bewusstlos machen. Aber wie? Ich schaute Gianni an. Er nickte mir zu. Er schien meine Gedanken lesen zu können. Ich könnte ihm doch einen Schlag auf den Kopf geben. Ich schaute mich um. Mehrere Holzstämme lagen aufeinandergestapelt neben mir. Ich zog vorsichtig einen kleineren Stamm aus dem Stapel hervor. Der Wachposten näherte sich uns und drehte sich dann etwa einen Meter vor uns um. Blitzschnell schlug ich ihm das Holz auf den Kopf. Es knackte und dann war Stille. Er stürzte zu Boden. Der Weg war frei. Wir kamen aus unserem Versteck und liefen dann weiter an der Hecke entlang. Nach hundert Metern zog ich Gianni wieder ins Gebüsch und wartete. Es blieb weiterhin alles ruhig. Nichts war zu hören. Wir warteten still.

Da! Ein Lichtstrahl! Ein Fahrzeug kam von unten oder gab ein Lichtsignal. Wir blieben in den Büschen. Wer war das? Wer kam jetzt noch? Bei dieser Dunkelheit? Wir warteten. Das Licht wurde ausgeschaltet und alles blieb still.

Sollten wir weiter? Wir mussten weiter! Aber erst noch etwas warten. Aber alles blieb weiterhin ruhig. Wenn das Siggis Wagen war, dann hatten sie Glück gehabt, denn der Wachtposten hätte sie sicherlich bemerkt.

Langsam kamen wir aus dem Versteck hervor und blickten den Weg hinab. Es war weiterhin nichts Verdächtiges zu sehen. Gebückt schlichen wir am Gebüsch entlang.

Dann sah ich es! Etwas seitlich versetzt stand ein großer Gegenstand am Weg. Schwarz und groß. Es war dunkel. Wir kamen näher. Ich erkannte es zunächst nicht. Dann sah ich aber, dass es ein Fahrzeug war. Ich schaute zu Gianni. Er blickte nach vorne.

Es war tatsächlich Siggis Wagen und wir waren am Ziel angekommen. Tapara und Siggi kamen uns entgegen. Wir umarmten uns. Sie schoben uns schnell in den Wagen hinein. Langsam fuhr Siggi los. Immer bergab. Bis zum Peiler Bach. Die Holzbrücke schwankte. Wir bogen links ab. Hoffentlich gab es hier keine Wachtposten. Glücklicherweise hatten sie dort keine aufgestellt und wir kamen heil ins Dorf.

Hatten sie unser Verschwinden bereits bemerkt? Gab es im Fahrzeug einen Sender? Konnten sie uns lokalisieren? Siggi fuhr weiter.

„Wohin fahren wir eigentlich?" fragte ich irgendwann.

Tapara drehte sich zu mir um.

„Wir können zu Beat Brand. Er hat hier eine Landarztpraxis. Bei ihm kannst Du dann Gianni das Medikament geben. Er weiß Bescheid, und er ist sehr kooperativ. Er fürchtet niemanden. In ein paar Minuten sind wir dort."

Es war noch dunkel, aber langsam zeigte sich schon ein heller Streifen am Horizont. Ich blickte zurück. Niemand verfolgte uns. Siggi war schweigsam, Gianni sagte ebenfalls nichts. Er war in sich gekehrt. Er wusste, dass alles wegen ihm geschah. Diese Verwicklungen waren nur wegen seiner Erkrankung aufgetreten. Das belastete ihn sehr. Ich legte meinen Arm um ihn. Er lächelte mich an. Ich nickte ihm zu.

Wir waren an der Praxis angekommen. Inzwischen war es noch etwas heller geworden. Tapara stieg aus und klingelte. Beat Brand öffnete selbst. Wir gingen hinein.

Tapara hatte alles in einer Tasche verpackt. Beat war sehr freundlich. Er hatte Tee gekocht und reichte jedem eine Tasse.

Ich hatte ziemlich viel Durst. Beat bot Gianni einen Platz auf einer Liege an. Gianni legte sich hin. Ich nahm die Medikamente aus der Tasche. Zuerst die Prämedikation, also die Medikamente, die verhindern, dass unangenehme Nebenwirkungen auftraten. Dann das eigentliche Medikament als Infusion. Es würde wieder mehrere Stunden dauern. Gianni lag ruhig da.

„Es ist das Anti-CD20-Serum. Gianni verträgt es gut", sagte ich zu Beat. „Er sieht blendend aus!" Gianni grinste mich an.

Ich erklärte Beat die Wirkungsweise des Medikaments. Wir schauten jetzt beide Gianni an. „Alles wird gut, Gianni! Kopf hoch!" Er lächelt zurück. Das waren eben die typischen Ärztesprüche. Wahrscheinlich mussten sich auch die Ärzte immer wieder selbst beruhigen.

Wir tranken Tee und unterhielten uns. Die Stimmung war gut. Gianni lächelt noch immer. Irgendwann war die Infusion zu Ende. Gianni hatte wieder sein Medikament erhalten und es konnte weiter gehen. Wir waren bereit zu gehen. Ich danke Beat Brand für seine Hilfe. Er lachte. Ich dachte mir, dass er eigentlich nicht genau wusste, wie schwierig die Situation für uns gewesen war, aber, das war besser so. Nein, er war gut gelaunt und freute sich, dass er uns hatte helfen können.

Wir saßen wieder in Siggis Wagen. Wohin sollten wir jetzt fahren?

Ein lautes Geräusch ließ uns aufhorchen. Es wurde immer lauter und war schließlich über uns. Siggi stellte den Wagen wieder ab und wir stiegen aus. Dann sahen wir es. Der große Helikopter landete gerade neben uns. Sie hatten uns also doch wieder gefunden. Wir schauten zu, wie die Rotoren abgestellt wurden und die Türe aufging.

Alle stiegen aus. Neben Emil Bucher kamen auch Jutta, Susan und Peter Hill zum Vorschein. Sie kamen auf uns zu. Ich umarmte Jutta, die Hills stellten sich neben den Wagen und schauten uns an.

Emil Bucher rannte auf mich zu und brüllte mich an.

„Warum habt ihr das getan? Ich hatte es euch doch verboten. Das war nicht fair!"

Ich sagte nichts dazu. Dieser Mann hatte nichts begriffen, was sollte ich ihm jetzt auch sagen? Ich blieb stehen und schaute die anderen an. Die Situation war angespannt. Wie sollte es weitergehen? Würden sie uns doch wieder ziehen lassen?

Ja, sie waren alle mit sich selbst beschäftigt. Irgendwie gab es gerade große Meinungsverschiedenheiten bei Youngstar Pharmacy über das weitere Vorgehen. Das konnten wir nutzen. Wir sollten jetzt unsere Gegner zurücklassen.

Ich schaute in die Runde.

„Gianni, wohin fahren wir jetzt?"

Keiner sagte zunächst etwas.

Dann Gianni:

„Ich schlage vor, wir fahren wieder hoch zur Hütte. Wir kaufen hier noch ein paar Sachen im Dorf und genießen dann die Sommertage in den Bergen."

Er hatte Recht, das sollten wir machen. Alle waren einverstanden.

Aber, wir passten ja nicht alle in Siggis Wagen. Peter Hill und ich beschlossen, ein Stück zu Fuß zu gehen. Später trafen wir uns im Dorfladen. Alle hatten ihre Lebensfreude wieder gefunden.

Wir würden bestimmt nun ein paar Tage ganz entspannt leben. Von Augenblick zu Augenblick. Warten, was da kommen würde. Ich war zuversichtlich. Das Leben würde sich ändern. Nicht im materiellen Sinn, sondern offen für Neues. Gianni hatte seine Therapie bekommen, Tapara hatte alles organisiert. Wir konnten wirklich gelassen sein. Wir konnten warten, wie sich alles entwickeln würde. Ich war gespannt.

Kapitel 31

Wir waren alle wieder oben am See. Siggi war zweimal gefahren, denn wir alle hatten nicht in seinen Wagen gepasst. Sie hatten uns wirklich ziehen lassen. Keine Waffengewalt mehr. Irgendwann sahen wir den Helikopter davonfliegen, weg war er.

Alles am Haus war wie zuvor. Sie hatten nichts zerstört. Hatten sie es endlich eingesehen, dass sie es nicht verhindern konnten, dass wir Gianni mit dem Anti-CD20-Serum behandeln mussten? Er hatte doch sonst überhaupt keine Chance, die Krankheit zu besiegen! Die nächsten Tage würden es weiter zeigen.

Wir setzten uns auf die Veranda und tranken Espresso. Der Tag war schön. Die Sonne stand immer noch hoch. Wir waren gelöster Stimmung. Immer wieder schaute ich zu Gianni hinüber. Wie ging es ihm? War alles ok? Es sah gut aus! Er war munter und beteiligte sich lebhaft am Gespräch. Er hatte auch die zweite Behandlung gut vertragen. Es hatte keinerlei Nebenwirkungen gegeben.

Für die nächste Behandlung hatten wir jetzt mehr Zeit. Da konnten wir noch warten. Es schien alles zu passen. Das Abendessen schmeckte, die Sonne ging irgendwann unter und die Nacht kam. Es wurde kalt, wir holten Decken und dann waren doch alle müde. Der Tag war aufregend gewesen. Morgen würde es weitergehen. Schnell schlief ich ein.

Ich träumte.

Wir hatten Glück gehabt! Aber, was ist eigentlich Glück? Wir alle möchten doch ständig glücklich sein. Aber niemand weiß, was das eigentlich bedeutet. Wie kann man dann überhaupt ein Ziel erreichen, wenn keiner weiß, wie es aussieht? Ist Glück wichtig? Ja, die Suche nach Glück bestimmt unser Leben. Und wie werde ich nun glücklich?

Es gibt nur wenige Möglichkeiten, die zum Glück führen. Es gibt viele Ratschläge, aber die meisten führen nicht zum Ziel. Was für ein Traum? Alles dreht sich um Gefühle. Was ist Glück überhaupt? Ich weiß es auch nicht.

Die Definition ist ungenau und verschwommen. Warum wissen wir es nicht? Wir haben uns vielleicht nie richtig damit beschäftigt.

Wie können wir dann dieses Ziel überhaupt erreichen, wenn wir es nicht wirklich kennen? Es könnte ein Grund sein, weshalb es eigentlich nicht gelingen kann, das Glück zu finden. Es hat etwas mit Gefühlen zu tun. Aber, es gibt unterschiedliche Qualitäten von Gefühlen. Positive und negative. Begeisterung und Freude, aber auch Gelassenheit. Das sind positive Gefühle. Negativ sind Traurigkeit, Wut, Ängste oder Frustration. Die positiven Gefühle sind angenehm und wir möchten sie immer wieder erleben. Die negativen Gefühle sind schlecht. Sie tun uns nicht gut. Deshalb müssen wir sie vermeiden.

Diese Überlegungen helfen uns zunächst auch nicht viel weiter. Was hat das mit den Gefühlen auf sich? Alles ist eine willkürliche Einteilung. Die Wirklichkeit sieht doch ganz anders aus. Was denken wir in unserem Inneren? Zuerst sind die Gedanken da, dann kommen die Gefühle und dann die körperlichen Empfindungen. Doch was sind Gefühle? Es hat etwas mit Energie zu tun. Sie fließt in uns. Also sind Gefühle Bewegungen von Energie in uns. Emotionen. Und es kommt dabei zu Schwingungen. Es gibt Zeiten, in denen sich die Energie in uns schnell und stark bewegt. Das sind dann die Emotionen. Gleichzeitig gibt es verschiedene Ausdrucksformen von Gefühlen. Es treten dabei verschiedene Frequenzen auf. Das klingt alles sehr nüchtern. Aber es handelt sich doch hier um Gefühle! Wie kommt es dann zu einer Bewertung der Gefühle? Wut, Angst und Frustration ist etwas anderes als Begeisterung und Freude! Was passiert da! Wer steuert diese Gefühle?

Dazu müssen wir weit zurückgehen. An den Beginn unseres Lebens. Schon damals haben wir diese Schwingungen gespürt, aber wir wussten noch nicht, was sie eigentlich bedeuten.

Die Gefühle hatten zunächst noch keine Namen. Aber dann hat ein Lernprozess eingesetzt. Bestimmte Schwingungen wurden damals mit Namen verbunden. Zunächst gab es noch kein „gut" oder „schlecht". Später wurden dann Schwingungen bewertet und mit einem Gefühl verbunden wie „gut" oder „schlecht". Die Gefühle änderten sich ständig. Sie konnten nie gleich sein. Das besondere sind die sich ständig verändernden Gefühle, die ganze Bandbreite also.

Die galt es wahrzunehmen. Mit der Zeit trat dann ein Mechanismus ein, der zu einer Beschleunigung der Wahrnehmung führte. Es war also eine Art Lernprozess. Die Bewertung „gut" oder „schlecht" erfolgte nun zunehmend automatisch. Es war so zu sagen eine Kopfmaschine, die alles selbst machte.

Diese Kopfmaschine arbeitet wie eine Suchmaschine. Das Gehirn verfügt nämlich über eine eigene Datenbank. Sie wurde im Lauf des Lebens angelegt. Immer, wenn etwas geschieht, dann startet die Suchmaschine und stellt folgende Fragen:

Was passiert da?

Was hat das zu bedeuten?

Was soll ich nun tun?

Anhand der bisher gespeicherten Daten wird dann versucht, auf diese Fragen möglichst rasch eine Antwort zu finden. Je häufiger ähnliche Fragen kommen, desto schneller sind dann auch die Antworten da.

So entwickeln sich die Gefühle und bekommen einen Namen wie Wut oder Freude. Die Kopfmaschine wird immer schneller und besser. Sie erkennt den Namen des Gefühls blitzschnell und dann auch ihre Bedeutung. Sie teilt uns dann das Ergebnis rasch mit. Und wir akzeptieren es sofort.

Dabei muss es aber überhaupt nicht stimmen. Der Automatismus kann total misslingen. Die Kopfmaschine gibt das Gefühl vor. Ursprünglich war das Gefühl neutral. Nur eine reine Energiebewegung, eine Schwingung.

Aber der Mechanismus ist so eingestellt, dass eine Reaktion erfolgt, ob man will oder nicht. Das Programm reagiert unerbittlich. Und immer von neuem. Je älter man wird, desto gleichbleibender sind die Reaktionen, je jünger, desto unterschiedlicher. Wenn etwas passiert, dann erkennt es die Datenbank. Ist es Wut, dann ist es schlecht, ist es Freude, dann ist es gut. Oh, sie ist unerbittlich. Sie ist wie ein Autopilot. Und schnell, und so entstehen keine Zweifel mehr, ob das Gefühl wirklich richtig bewertet wurde.

Dieser Prozess hat viel mit unserem Glücksempfinden zu tun. Die Kopfmaschine erzeugt leider auch vorschnell negative Gefühle, die wieder beseitigt werden müssen, weil sie das Glücksempfinden stören.

Wie sieht die Korrektur aus?

Das Gefühl muss in Frage gestellt, an seiner Richtigkeit muss gezweifelt werden. Ist es tatsächlich das, was ich fühle? Das bringt natürlich Sand ins Getriebe. Die Funktion der Datenbank wird dadurch laufend verändert und sie wird plötzlich langsamer. Zunächst besteht deshalb eine Verunsicherung. Es ist ein Anpassungsvorgang. Im weiteren Verlauf tritt dann wieder eine Stabilisierung ein. Die Kopfmaschine hat inzwischen Korrekturen vorgenommen. Sie hat etwas Neues dazu gelernt und das Glücksgefühl bekommt jetzt eine neue Chance.

Ich wachte plötzlich auf. Das kannte ich noch von früher, dass ich durch Lärm aus dem Schlaf gerissen wurde. Das war auch bei Taparas Kriegern so gewesen. Und jetzt wieder? Es gab wirklich einen Lärm im und um das Haus. Was hatte das zu bedeuten? Ich richtete mich auf und horchte. Es war außen, das hörte ich eindeutig. Ich stand auf und ging langsam die Treppe hinunter. Die Türe vom Haus stand bereits offen. Langsam ging ich hinaus. Die Sonne schien schon kräftig als ich in meinem Schlafanzug hinaustrat. Sie blendete mich sehr. Als ich wieder sehen konnte, nahm ich Leute in Uniform wahr.

„Wir bringen den Rover zurück!" rief einer. „Uf Wiederluege!" sagte er noch und verschwand in einem Polizeifahrzeug.

Alles war wieder ruhig.

Gianni und Tapara standen abseits eng umschlungen. Ja, Gianni lebte wieder auf. Das war offensichtlich. Ich freute mich. Gianni würde wieder gesund werden, das wusste ich plötzlich. Wir hatten viel erreicht. Alle Mühe war nicht umsonst gewesen. Sie ließen uns in Ruhe, die Leute von Youngstar Pharmacy. Wie lange wohl?

„Wir gehen zum Schwimmen runter zum See", rief jemand. Sollte ich mitgehen? Das Wasser war doch immer so kalt. Doch, heute würde es mir bestimmt auch guttun, im kalten Wasser zu schwimmen.

Ich ging wieder hinein und holte mir ein Handtuch. Als ich wieder herauskam, waren alle schon weg. Ich ging langsam den Hang hinunter.

Gerne hätte ich wieder mit Zattomare, dem Schamanen, gesprochen, seine Meinung gehört, aber, das ging ja nicht mehr.

Oder Raja, die Freundin von Tapara, wo war sie eigentlich, warum meldete sie sich nicht?

Ich ging langsam weiter zum See. Alle plantschten schon im kalten Wasser. Das war alles Wasser vom Gletscher. Eiskalt. Aber, sie hielten das aus. Vorsichtig stieg ich auch in den See.

Ach, war das Wasser kalt!

Jetzt in einer warmen Quelle schwimmen, das wäre so herrlich.

Sie spritzten mich nass. Ich hielt es aus. Ich war gelassen. Ich nahm es hin. Langsam bewegte ich mich. Es ging immer besser. Aber irgendwann war es nicht mehr auszuhalten.

Diese Kälte!

Ich musste wieder hinaus. Wie konnten die diese Kälte so lange aushalten? Ihre Haut war rot, aber sie gingen nicht aus dem Wasser. Ich hatte aber genug!

Langsam trottete ich zum Ufer. Aber auch draußen war es frisch. Das Handtuch half wieder etwas Wärme zu bekommen. Ich zog mich wieder an. Alle anderen waren immer noch im Wasser geblieben.

„Ich mache das Frühstück!" rief ich und ging wieder den Hang hinauf. „Espresso für alle!" riefen sie. Das würde ich machen!

Ich erreichte das Haus und war überrascht.

Emil Bühler saß auf der Veranda.

Wo war der Helikopter? Ich sah keinen!

Langsam ging ich weiter. Er lächelte mich an.

Kapitel 32

Emil Bühler, Chief Executive Officer von Youngstar Pharmacy war alleine. Ohne bewaffnete Leute. Ich sah auch kein Fahrzeug. Vielleicht war er ja hierher gewandert?

„Espresso?" fragte ich. „Gerne!" sagte er.

Ich ging ins Haus. Als ich zurückkam, waren die anderen inzwischen auch am Haus angekommen.

Ich reichte Emil Bühler den Espresso. „Danke", sagte er. Alle sahen mich ziemlich verwundert an.

Emil Bühler saß alleine auf der Veranda und trank Espresso. Damit hatte niemand gerechnet. Warum war er da? Ich saß neben ihm und beobachtete sein Gesicht.

„Ich glaube, ich leide selbst an ME/CFS", sagte er plötzlich. „Es ist mir in den letzten Tagen bewusst geworden. Der Stress hat alles noch schlimmer gemacht. Das spüre ich deutlich."

Ich war überrascht. Das hätte ich nie gedacht. Er kam zurück und gab uns diese Diagnose bekannt. Emil Bühler und ME/CFS? Ich war gespannt, was er sonst noch sagen würde.

Zunächst sagte er nichts mehr. Er trank seinen Espresso und schaute mich freundlich an. Was war passiert? Alles hatte sich verändert. Der Chef von Youngstar Pharmacy war selbst zum Patienten geworden.

Wir saßen weiter auf der Veranda und schauten hinab zum See. Wie sollte es weiter gehen? Emil Bühler erhob sich. Wollte er eine Ansprache halten? Vielleicht war er das ja so gewohnt.

Er sprach gerne zu seinen Leuten. Jetzt war er hier oben am See. Er drehte sich um und blickte hinunter.

„Ja, ich weiß es jetzt. Ich leide selbst auch an ME/CFS. Vielleicht ist das auch der Grund, warum ich das alles in Bewegung gesetzt habe, um zu verhindern, dass bei diesen Patienten eine Therapie begonnen wird. Ich wollte es mit aller Kraft verhindern. Ich wollte es nicht akzeptieren. Ich wehrte mich. Jetzt muss ich es wohl annehmen! Es gibt glücklicherweise eine Therapie. Auch für mich! Eigentlich sollte ich dafür dankbar sein."

Er schwieg nun. Auch wir hatten eigentlich nichts mehr zu sagen. Ich blickte auch zum See hinunter. Er war wie immer. Ruhig lag er da. Verträumt. Und wir hier oben. Alle saßen jetzt auf der Veranda. Die einen tranken Espresso, die anderen hörten nur zu. Gianni war auch dabei. Tapara saß neben ihm.

Emil Bühler begann wieder zu sprechen.

„Ich weiß, dass es momentan für ME/CFS-Patienten düster aussieht. Sie werden von allen Seiten in die Zange genommen. Da gibt es psychiatrische Behandlungsempfehlungen und der Versuch, diese körperliche Erkrankung in eine psychiatrische umzudefinieren. Die Behandlung mit Psychopharmaka steht dann im Vordergrund. Genauso geschah es den erkrankten Soldaten aus dem Golfkrieg. Wenn aber schon die Veteranen, die Nationalhelden aus dem Golfkrieg, auf diese Weise abgefertigt werden, warum sollte es dann den ME/CFS-Patienten bei uns besser gehen.

Er machte eine Pause.

„Ich weiß sie werden als faul, hysterisch, verhaltensauffällig, psychisch krank, verrückt, schizophren, als Sozialschmarotzer und Simulanten bezeichnet."

Eine bedrückende Situation trat nun ein.

Emil Bühler, selbst erkrankt, sprach das aus, was er immer bekämpft hatte.

„Auch die Umbenennung der Erkrankung in „SEID", das heißt Systemic Exertion Intolerance Disease, ist eine Katastrophe. Das heißt ja übersetzt „Systemische Anstrengungsunverträglichkeits-Krankheit", auf Deutsch abgekürzt „SAU", auch das hilft niemandem. Es ist ein Desaster für alle Patienten."

Er war in seinem Stuhl zurückgefallen schaute an die Decke. Er zeigte Betroffenheit.

„Diese Krankheitsbezeichnung wird einen Lachanfall bei allen Ärzten und Therapeuten auslösen!" sagte er ernsthaft. „Das sind Faule und sie besitzen auch noch die Frechheit, dies als Krankheit zu verkaufen!"

Wir waren jetzt selbst betroffen. Aber, er hatte ja Recht. So war die Situation inzwischen. Jetzt meldete sich auch Gianni zu Wort.

„Es ist kein Fortschritt einen lächerlichen Namen wie CFS, also Chronisches Erschöpfungssyndrom, der die Krankheit verharmlost und sich nur auf ein Symptom dieser Erkrankung bezieht, abgeschüttelt zu haben, im Tausch gegen einen mindestens ebenso lächerlichen und verharmlosenden Namen wie SEID."

Wieder trat Stille ein. Wir waren alle jetzt niedergedrückt.

„Und wenn es doch eine Infektionskrankheit ist?" warf Peter Hill ein, „das Fieber, die Lymphknotenschmerzen, die grippeähnlichen Symptome, sie sprechen doch dafür!"

Emil Bühler nickte. Er dachte an seine Beschwerden und wie es bei ihm selbst begonnen hatte.

„Es ist ein Täuschungsversuch. Eine infektiöse Erkrankung soll in Vergessenheit gebracht werden."

Peter Hill echauffierte sich jetzt sichtlich.

„Explodierende Gesundheitskosten und Rentenansprüche sollen vermieden werden. Eine sich ausbreitende infektiöse Erkrankung soll unsichtbar werden. Das ist ganz im Sinne der Versicherungsindustrie. Es ist eine Art Schadensbegrenzung mit der Abwehr von Regressen. Es darf sich die Situation wie damals beim Ausbruch der AIDS-Erkrankungen nicht wiederholen"

Wieder war es ganz still.

„Aber, was wird sich in der Praxis ändern?" warf ich ein. „Wir Ärzte haben es tagtäglich mit diesen Menschen zu tun. Wir müssen diesen Menschen ja irgendwie helfen. Sie brauchen eine angemessene Behandlung! Dies müssen wir durchsetzen, auch gegenüber einem Gesundheitssystem, das Widerstand leistet!" sagte ich trotzig.

„Wir müssen weg kommen von den Empfehlungen für die „Graded Exercise Therapie (GET), also die körperliche Aktivierung, das ansteigende körperliche Training. Dies ist schädlich für diese Patienten und führt zu einer Zustandsverschlechterung!"

„Es muss ein Paradigmenwechsel stattfinden!" warf Emil Bühler ein und wir blickten ihn erstaunt an.

„Wir leben gerade in einer kritischen Phase", sagte Peter Hill.

„Aber ein Wechsel, der ist schwer", fuhr Emil Bühler fort. „Die Leute, die bisher eine psychologische Ursache für ME/CFS vertreten haben, können jetzt nicht einfach zur Gruppe der Forscher wechseln, die eine körperliche Ursache für richtig halten. Ihr Lebenswerk wäre dadurch total entwertet."

„Die kritische Phase ist deswegen eingetreten, weil die Psycho-Päpste nun ihren letzten und entscheidenden Angriff gestartet haben. Und sie haben viel Macht, weil hinter ihnen die Sozialsysteme stehen", rief Peter Hill und wedelte wieder mit den Armen.

„Aber sie werden langfristig verlieren, denn irgendwann lassen sich die Forschungsergebnisse nicht mehr unterdrücken", sprach er weiter.

„Sie werden in die Defensive gedrängt werden und der Lächerlichkeit preisgegeben. Sie haben dann alle Autorität verspielt. Sie werden besiegt sein!"

„ME/CFS ist eine grausame Krankheit und ein Politikum", sagte ich.

Gianni reichte uns einen neuen Espresso.

Ende

ME/CFS

„Wir werden eine Behandlungsmöglichkeit finden. Aber es kann noch ein paar Jahre dauern, bis diese dann auch allen Patienten mit ME/CFS angeboten werden kann."

Professor Olav Mella, Universität Bergen, im norwegischen Fernsehen TV2

Quantenphysik

„Ende Mai 1925 erkrankte ich so unangenehm an Heufieber, dass ich Born bitten musste, mich für 14 Tage von meinen Pflichten zu entbinden. Ich wollte auf die Insel Helgoland reisen, um in der Seeluft, fern von blühenden Büschen und Wiesen mein Heufieber auszukurieren. Bei der Ankunft in Helgoland muss ich mit meinem verschwollenen Gesicht einen recht kläglichen Eindruck gemacht haben, denn die Hauswirtin, bei der ich ein Zimmer mietete, meinte, ich hätte mich wohl am Abend vorher mit anderen geprügelt, sie wolle mich aber schon wieder in Ordnung bringen."

„In Helgoland gab es außer den täglichen Spaziergängen auf dem Oberland und den Badeunternehmungen zur Düne keinen äußeren Anlass, der mich von der Arbeit an meinem Problem abhalten konnte, und so kam ich schneller voran, als es mir in Göttingen möglich gewesen wäre."

„Als sich bei den Berechnungen wirklich der Energiesatz bestätigte, geriet ich in eine gewisse Erregung."

„Daher wurde es fast drei Uhr nachts, bis das endgültige Ergebnis der Rechnung vor mir lag. Der Energiesatz hatte sich in allen Gliedern als gültig erwiesen."

„Im ersten Augenblick war ich zutiefst erschrocken. Ich hatte das Gefühl, durch die Oberfläche der atomaren Erscheinungen hindurch auf einen tief darunter liegenden Grund von merkwürdiger innerer Schönheit zu schauen, und es wurde mir fast schwindelig bei dem Gedanken, dass ich nun dieser Fülle von mathematischen Strukturen nachgehen sollte, die die Natur dort vor mir ausgebreitet hatte. Ich war so erregt, dass ich an Schlaf nicht denken konnte. So verließ ich in der schon beginnenden Morgendämmerung das Haus und ging an die Südspitze des Oberlandes, wo ein alleinstehender, ins Meer vorspringender Fels mir immer schon die Lust zu Kletterversuchen geweckt hatte. Es gelang mir ohne große Schwierigkeiten, den Fels zu besteigen, und ich erwartete auf seiner Spitze den Sonnenaufgang."

Werner Heisenberg, Nobelpreis für Physik 1932

Danksagung

Meiner Frau Jutta Stoerl Strienz danke ich für ihr Verständnis für meine Arbeit.